Chris Adel

# DIE BALLADE VOM POTTWAL UND DEM RIESENKALMAR

## NOOLA UND DER WALMENSCHLING

Roman

# DIE BALLADE VOM POTTWAL UND DEM RIESENKALMAR

# NOOLA UND DER WALMENSCHLING

Roman

Chris Adel

ChrisAdel.com

# IMPRESSUM

ChrisAdel.com

1. Auflage

Christian Adelwöhrer
Pfluggasse 9, 1090 Wien

ISBN (Print): 978-3-903315-02-0





Redaktion, Satz und Umschlaggestaltung: Christian Adelwöhrer

Titelbild: Mark Rall

Lektorat: Mag. Johann Auer

*Weil sonst niemand an mich glaubt*

# PRÉLUDE

Er wollte sie mit ihrem Manuskript fortjagen und nie wieder mit ihr zu tun haben!

Severin Roosmeer traute seinen Augen nicht, als er Mondschein vor der Tür stehen sah: Im ersten Augenblick hielt er ihre Polizeiuniform für echte Kleidung. Auf den zweiten Blick erkannte er, dass nur die schwarzen Lederstiefel und die Polizeikappe tatsächlich Kleidungsstücke waren – der Rest war aufgemalt.

Sie lachte und stolperte besoffen ins Vorzimmer, hielt sich an ihm fest. Er schob sie verärgert in die Küche, setzte sie auf den Sessel, öffnete eine Dose Blue Hippo und stellte sie vor die betrunkene junge Frau auf den Tisch. Ungeschickt stieß sie die Dose um. Das pickige Gesöff verteilte sich zuerst am Tisch, dann tropfte es auf den Küchenboden. Seine Hündin Laika kam angeschwänzelt und schlabberte es.

Mondschein roch nach Alkohol, Schweiß und Sperma, und sie lächelte zufrieden. Am haarlosen Körper überall Handabdrücke, die blaue Farbe war an vielen Stellen verwischt. Sie kicherte in Gedanken versunken.

Severin Roosmeer stieg die Zornesröte ins Gesicht. *Was bildet sie sich nur ein?* Er starrte sie an – aber aus anderen Gründen, als sie dachte.

„Gefällt Ihnen, was Sie sehen?"

„WAS FÄLLT IHNEN EIN, IN DIESEM... AUFZUG BEI MIR AUFZUTAUCHEN! Sie ruinieren ja meinen hart erarbeiteten Ruf!"

„Beruhigen Sie sich! Ich denke, meine Gegenwart tut Ihrem Ruf ganz gut... Außerdem weiß niemand, dass ich hier bin." Sie rülpste undamenhaft.

„Die Nachbarn sind sehr neugierig!"

„Ihre schwulen Nachbarn waren auf derselben Party..."

Severin Roosmeer erschrak. „Haben Sie mit ihnen gesprochen?"

Sie lachte. „Nein, aber sie sind stadtbekannt! Man kann diese Tunten ja auch nur schwerlich übersehen."

Er wusste nicht, wie er diese bizarre Situation handhaben sollte. Diese Frau musste von der Bildfläche verschwinden. Vielleicht wusste Noola Rat?

Severin Roosmeer schloss die Augen und atmete tief durch, beruhigte sich langsam: „Wischen Sie sich den Schmutz vom Körper! Kommen Sie, ich werde Ihnen jemanden vorstellen."

Er befeuchtete ein Handtuch und gab es ihr, doch sie sah ihn nur fragend an, war sich offenbar ihres erbärmlichen Zustands nicht bewusst. Ungeduldig riss er ihr das Handtuch aus der Hand und rieb ihr die eingetrockneten, streng riechenden Flecken vom Körper. Die Körperfarbe verwischte und das Handtuch färbte sich blau.

„Kommen Sie!"

Im Wohnzimmer türmte sich links und rechts der Unrat, der sich über die Jahre angesammelt hatte, nur ein schmaler Weg führte durch den Raum. Der Gestank war intensiv und erinnerte an modrige Erde. Sie gingen zwischen Büchern, unzähligen, beschriebenen, mit rotem Kugelschreiber editierten Blättern, ausgeweideten Videokassetten und -rekordern, Kokons und Rattennestern, dann öffnete er die Tür zum Keller und schaltete das Licht ein.

„Kommen Sie, ich stelle Ihnen den Menschen vor, der die beschriebenen Episoden in der ‚Verdünnung' tatsächlich erlebt hat! Kommen Sie!"

Mondschein bekam es plötzlich mit der Angst zu tun. Einige ihrer Kommilitonen an der Universität Babel behaupteten, Severin Roosmeer hätte die kleine Sarah, die vor Kurzem in Babel verschwunden war, entführt.

Wenn man sich in dem Haus umsah, bekam man ein mulmiges Gefühl: Überall stapelten sich wertlose Gegenstände; aus dem Gerümpel hörte man Geräusche von herumhuschenden Tieren, wohl Mäuse, Ratten oder ähnliches Getier. Ein Ast wuchs durch einen Spalt des mit Brettern zugenagelten Fensters.

Hatte der Schriftsteller nach so vielen Jahren Einsamkeit den Verstand verloren und entführte junge Mädchen? Hatte er es nun auf sie abgesehen und lockte sie mit einer grotesken Geschichte in den Keller? Severin Roosmeer, der berühmte Schriftsteller, sollte Kinder entführen, Frauen im Keller festhalten und weiß-Gott-was mit ihnen anstellen? Konnte das denn wahr sein?

Zu seiner Verteidigung musste sie sich eingestehen, dass sie sich ihm aufgedrängt hatte. Er hatte sie niemals eingeladen. Sie wollte doch etwas von ihm, nämlich seine Meinung zu ihrem Manuskript, an dem sie seit Monaten arbeitete.

Tatsächlich wusste niemand, dass sie sich im Haus des Schriftstellers befand. Nicht einmal Regenbogen, ihre Schwester. Würde sie ganz plötzlich verschwinden, so wie erst kürzlich die kleine Sarah, wie angeblich vor Jahren Roosmeers Gefährtin? Nach ihr, Mondschein, würde vorerst niemand suchen. Regenbogen befand sich am anderen Ende der Welt.

Die Kellertür stand weit offen: ein muffiger, dunkler Rachen.

Geraschel im endlosen Sammelsurium der übelriechenden Müllhalde, die den Wohnbereich beherrschte. Eine Großvateruhr tickte laut – es war kurz vor zwanzig Uhr. Sollte sie umkehren, um ihr Leben laufen? Wenn sie starb, was würde aus ihrem mikroskopisch kleinen Schwarzen Loch im Kopf? Erlosch es mit ihr? Oder würde es destabilisieren und ungeahnte Kräfte entwickeln?

„Kommen Sie? Sie müssen nicht, wenn Sie nicht wollen. Sie können sich auch verabschieden. Da liegt Ihr Manuskript! Wenn Sie aber Rat suchen, dann empfehle ich Ihnen, Noola zu treffen."

Mondschein fröstelte, es zog kalt vom Keller herauf. Langsam näherte sie sich dem offenen Maul des Kellers. Sie stieg zaghaft auf die erste Stufe, dann drehte sie sich zu Severin Roosmeer um. *Wird er mich die Treppe hinunterstoßen?* Der Gedanke daran ließ ihre Knie schlottern.

Severin Roosmeer wartete noch ein wenig, dann stieg auch er auf die Treppe.

„Worauf warten Sie? Gehen Sie schon! Die klimatischen Verhältnisse sind perfekt, wie in der Gruft einer gotischen Kirche."

Sie hatte keine Ahnung, wovon er sprach, und stieg vorsichtig die Treppen hinunter.

Plötzlich krachte sie durch eines der morschen Holzbretter. Sie suchte nach Halt, aber da war nichts, woran sie sich festklammern konnte: sie verlor das Gleichgewicht und fiel. Severin Roosmeer hielt sie fest, doch sie zappelte so sehr mit ihren Armen, dass sie ihm wieder entglitt. Donnernd stürzte sie die Holztreppe hinunter, prallte ungebremst wie ein Sack voller Knochen gegen die Wand, kullerte bewusstlos die letzten paar Stufen hinunter und landete regungslos am Steinboden.

In dem kurzen Augenblick ihres Ablebens öffneten sich die Kokons im Wohnzimmer. Zwischen all dem Gerümpel schlüpften prächtige Schmetterlinge, die in dem lauen Lüftchen zu tanzen begannen, das durch die engen Spalten zwischen den Balken am Fenster flüsterte.

Severin Roosmeer stand erschrocken am oberen Ende der Treppe und blickte auf den leblosen Körper hinab. So nahm das Unheil unaufhaltsam seinen Lauf.

„Was soll ich jetzt tun, Noola?"

Die Großvateruhr schlug acht.

Was wusste man über Severin Roosmeer?

Die Gerüchteküche war grausam und unbarmherzig, geschmacklose Lügen wurden seit Jahren über ihn aufgetischt. Die Gründe dafür waren vielfältig, im Wesentlichen beruhten sie auf einer tiefen, persönlichen Abneigung.

War es sein Erfolg als Schriftsteller? War es sein widerlicher Messiecharakter, der um sein Haus und überall, wo er länger verweilte, einen fiesen Geruch verbreitete? War es seine eigenartige Art, sich zu kleiden, die ihm sein Meister beigebracht hatte? War es seine direkte, raue Umgangsweise? Die Tatsache,

dass er vor Jahren mit einer Schwarzen zusammengelebt hatte? Die Gerüchte waren so derb, man will sie an dieser Stelle nicht wiederholen.
Wenn Severin Roosmeer auch nur im Entferntesten geahnt hätte, was ihn erwartete, er wäre zu seiner Mutterblume in den Wald gelaufen und zurück in ihren Blütenkelch gekrochen. Wenn er zumindest nicht den Büchertempel aufgesucht hätte, das Unabwendbare hätte vielleicht ein paar Generationen auf sich warten lassen, hätte vielleicht einen anderen Planeten getroffen. Vielleicht.

Ein paar Tage vor diesem unangenehmen Vorfall mit Mondschein war seine Lust auf Frischgedrucktes zu groß, daher verließ er in seinem Yukata und mit hölzernen Geta beschuht mit Laika an der Leine sein zugemülltes Haus. Er vergewisserte sich, dass auch kein Nachbar in der Nähe war, der ihn blöd von der Seite anmotzen konnte.
Wäre es nicht sein eigenes Haus gewesen, in dem er lebte, man hätte ihn schon längst delogiert. Es war schon schlimm genug, neben einem arroganten Schriftsteller zu leben, doch neben einem Messie? Das war eine Zumutung! Der Gestank aus seinem Haus verbreitete sich, kroch in alle Ritzen. Man hetzte ihm mehrmals im Jahr die Gesundheitsbehörde auf den Hals! Immerhin hielt er sich an die baubehördlichen Vorschriften: Am Haus bestmöglich positionierte Solarpaneele, wo sie sinnvoll waren, um ökonomisch Sonnenstrahlen vom Himmel zu pflücken; Stadtbegrünung, das hieß, begrünte Fassaden und Dächer, um den bis zum letzten Baum fortschreitenden Rodungen und Treibhaus-Effekten aus Industrie-Schloten, brennenden Ölfeldern und in einem fort Methan ausstoßenden Kuhärschen entgegenzuwirken; durch eines seiner zugenagelten Fenster wucherte der Ast eines Baumes, denn er hatte Skrupel, ihn zu fällen; und eine seltene Schlangenart, die eigentlich in der Wüste beheimatet war, hatte sich bei ihm eingenistet – das hatte er den

Ökofritzen gesteckt: Seither war klar, dass aus dem Delogieren nichts mehr wurde. Die geschützte Sonnenschlange war vorerst unantastbar! Wenn sie nicht von selbst aus dem Haus gekrochen kam, durfte niemand ihren Lebensraum stören.

Ein Nachbar hatte einmal versucht ihn auszuräuchern, die Polizei war schnell da und half bei den Räucherungsarbeiten, bald waren aber zu viele Zeugen zugegen und sie mussten das gefährliche Treiben beenden. Seither war Severin Roosmeer nicht gut auf die Polizei zu sprechen.

Vor dem Haus war alles ruhig: kein Schelten, keine bösen Streiche, die man ihm gerne spielte, um ihn zu vertreiben, keine zu lauten Fernsehgeräte, die ihn und Laika um den Schlaf brachten. Erleichtert marschierte Severin Roosmeer los und wandte sich an Laika.

Ein Gedanke geisterte dem berühmten und exzentrischen Schriftsteller durch den Kopf: „Wenn nichts im Leben Sinn macht, dann ist man ganz nahe an der Wahrheit!“, sagte er zu Laika, „Beginnt aber ungeahnt der Sinn durchzuscheinen, hat man sich zu weit von der Realität entfernt. Keiner der beiden Zustände ist vorteilhaft: Entweder man ist in seinem Inneren fixiert, in Bezugspunkten eingeengt, oder man hat den Überblick, schwebt über allem, versteht aber seinen Platz in der Welt nicht mehr, hat sich verloren. Ein Zwischenzustand, bei dem man beinahe unbewusst zwischen den beiden Extremen existiert, wäre ideal: das ist die Roosmeer'sche Unschärferelation des Glücks! So“, sagte er zu seiner Hündin Laika, „so müsstest du denken“, als er die Tür seines Hauses versperrte und in Richtung Park schritt. „So müsste eigentlich jedes Tier denken, das heißt, eigentlich müsste jedes Tier diesen idealen Zwischenzustand schon ohne zu denken erreicht haben. Wozu bleibt eine Riesenschildkröte hundert Jahre am Leben, wo ihr Alltag doch so leer ist. Von Menschen im Dschungel weiß man, dass sie sich schon relativ jung zum Sterben hinlegen, wenn sie finden, dass es genug ist. Der Mensch zerstört mit seiner Architektur – das sag' ich meinem Bruder besser nicht! Ja, besonders ihr Hunde wisst zu leben, lebt im natürlichsten transzendenten Übergangszustand der Unschärfe: der Roosmeer'schen Unschärfe! Nur ganz wenige Jogis oder Buddhas haben diesen Zustand jemals erreicht: Die Hundstrümmerltranszendenz!"

Solche oder ähnlich groteske Ausführungen gab Severin Roosmeer immer wieder zum Besten, wenn er mit Laika Gassi ging. Sie störte sich nicht daran.

Er betrat den gepflegten Park, in dem sich immer dieselben, merkwürdigen Gestalten tummelten.

Ein Beachvolleyballplatz war zum Sumokampfring umfunktioniert: massige Männer, die er zum Teil aus seinem Stammlokal kannte, trainierten ihre Kampftechnik. Die wuchtigen Ringer wälzten sich im kühlen, noch vom Morgentau feuchten Sand und erhoben sich als panierte Schnitzel. Wieder und wieder exerzierten sie ihre Rituale: Angriff und Verteidigung, das Salzen, das Stampfen, das wuchtige Aufeinanderklatschen der Leiber, das Zerren an der Mawashiwindel, dabei die Ginko-förmige Frisur fettig glänzend und zerstörungsfrei beibehaltend.

Severin Roosmeer beobachtete sie fasziniert und sagte nun lachend zu Noola, so wie man manchmal in Gedanken zu Abwesenden zu sprechen pflegt: „Wenn du das nur sehen könntest! Die Bladen beim Kämpfen!"

Im Teich beim Beachvolleyballplatz tummelten sich Schildkröten und man konnte die Ringer kurz vor dem Wettkampf beobachten, wie sie nach ihnen fischten und ihnen den Kopf abbissen, ihn ausspuckten, und das Blut aus dem Hals saugten. Das war angeblich eine jahrhundertealte Tradition, das frische Blut solle vitalisierend wirken. Man hatte ihnen natürlich die Tierschützer auf den Hals gehetzt, aber das brachte nichts – nicht einmal die Polizei wollte sich mit den Zwei-Kubikmeter-Männern anlegen. Sie mussten versprechen, nachhaltig zu fischen, keine jungen Schildkröten zu fangen und nicht mehr als zehn Stück im Jahr. Es war nun wieder die Jahreszeit, in der sie für die anstehenden Turniere trainierten und zuweilen an Schildkrötenhälsen saugten. Tierschützer schrieben schon neue Plakate und lauerten nackt in selbstgebastelten Schildkrötenpanzern für Demonstrationen und diverse Aktionen, die die Medien anlocken sollten.

Severin Roosmeer steuerte mit Laika das andere Ende des Parks an, doch ein gänzlich ungewohnter Anblick präsentierte sich ihnen: Eine Gestalt, völlig verhüllt in Schwarz, ging durch den Park. Vor ihr lief ein Araber mit fettem Schnauzer in Jeans und T-Shirt. Er trug eine Videokamera um den Hals, filmte die kaum bekleideten Ringer und verbat seinem schwarz verhüllten Fraungeheimnis mit bösem Blick und erhobenem Zeigefinger, beim Ringerfilmereignis zuzusehen. Sie tat es wohl trotzdem: die schmalen, verschleierten Augenschlitze der Burka waren ja dafür ausgerichtet, unbemerkt zu beobachten. Nachdem der Araber ausreichend gefilmt hatte, verließen sie nach angeblicher Wichtigkeit in absteigender Reihenfolge hintereinander den Park und schlenderten in Richtung Altstadt.

Die stechende Mittagssonne ermüdete. Severin Roosmeers Bauch war opulent, er schnaufte und hinterließ Schweißflecken, die wie Apfelmännchenstrukturen fluktuierten. Er setzte sich erschöpft auf eine Parkbank.

Laika schnupperte an durch jahrelangen Urinmissbrauch dunkel verfärbten Mistkübelständern.

Severin Roosmeer bildete sich plötzlich ein, dass man seinen feinen Yukata fälschlicherweise für einen Bademantel und ihn, schwitzend und stinkend im Park lustwandelnd, für lächerlich hielt! Verärgert und schnaufend erhob er sich, kontrollierte, ob keine unangemessenen Körperteile herausbaumelten, und zog ganz perfide an der Hundeleine, sodass auch Laika an seinem Ärger teilhaben konnte. Nein, er war nicht bösartig, aber jähzornig, das wusste jeder, der ihn kannte, und man ging ihm deshalb auch lieber aus dem Weg.

Als er den mit Kieselsteinchen ausgelegten Parkweg entlang spazierte, bemerkte er den Briefträger Hank, der sich mit voller Posttasche im Gras sonnte.

„Hallo Hank, du alter Hurensohn!" Sie kannten sich gut aus dem Achtunddreißig.

Hank hob seine Hand und brummte: „Heeeey!"

Trotz seiner Pockennarben war er, wie Severin Roosmeer fand, ein schneidiger Mann, wenig aufdringlich, immer ruhig und respektvoll. Wenn er aber im Rausch jemanden zum Faustkampf aufforderte, egal, ob es sich dabei um einen Zweimeterriesen oder ein armes Würstchen handelte, zeigte er sich herrlich animalisch und äußerst unterhaltsam. Irgendwann kippte Hank dann um und schlief auf einer Parkbank seinen Rausch aus, oder er wurde von der Prostituierten Edit ins Separee geholt, wo er dann die Nacht verbrachte – natürlich um ein paar Scheine ärmer.

Hank drückte seine Zigarette im Gras aus, erhob sich ächzend, hetzte zu seinem Lieferwagen und brauste los, als hätte man ihn zu einem Notfall gerufen.

Der Park war voller Hundebesitzer, Hunde, spielender Kinder und herumlungernder Obdachloser, die weggeworfene Essensreste schmatzten: Mülltonnenfischen mit anschließendem Picknick im Park! Gesetzestreue Hundebesitzer sammelten frisch extrudierten Hundekot in kleinen Plastiksäckchen, als wären sie koprophil. Die Obdachlosen benahmen sich zuweilen selbst wie Hunde. Hunde tunkte man mit der Schnauze in ihr Verbrechen, wenn sie sich erdreisteten, ins Wohnzimmer zu scheißen.

Da! Die alte Frau Weinzierl ließ ihren Köter so einfach hinkoten und kümmerte sich nicht! *Sofort anzeigen – oder eintunken!*, dachte Severin Roosmeer. *Anders wird sie es nicht lernen.*

„Habe die Ehre, Frau Weinzierl! Wie geht's Ihnen denn?"

Sie ignorierte ihn, schritt vorbei und rümpfte die Nase.

War sie etwa schwerhörig?

„Sie alte Funsn!"

Severin Roosmeer blieb unbeachtet, nur den falschen Leuten fiel er auf. *Die Gemeingefährlichen, die Habgierigen und Rücksichtslosen, die Fiesen und geistig Armen stürzen sich auf mich, als wäre ich ein saftiges Blatt für Läuse und giftig für Marienkäfer.*

Er dachte an Noola, wollte ihre Stimme hören: Melancholisch wählte er ihre Nummer auf seinem Mobiltelefon. Es läutete zweimal, dann lauschte er ihrer Stimme: „Hier spricht Noola, bin nicht da, sagen Sie was!" Es piepste.

Er legte auf, vermisste dabei ihr Lächeln und ihre Wärme.

Langsam spazierte er mit Laika zwischen all den schrillen Kindern, apportierenden Hunden, sinnierenden Senioren, sich im Paniersand wälzenden Fleischbergen und schmausenden Pennern zum anderen Ende des Parks, wo hinter einem riesengroßen Gebüsch ein Dönerstand Insekten und auch größeres Getier aus dem Park anlockte. Zwei Männer, der eine uniformiert, der andere besoffen, konsumierten andächtig.

Der Polizist winselte verzweifelt, als hätte man ihm großes Unrecht angetan: „Herst Ali, do is oba ka Fleisch in meinem Döner! Des kaunst jo net mochen!"

„Genug Fleisch hab' ich geben!", herrschte Ali verärgert zurück.

„Habibi, wennst frech wirst, dann schauma amoi, wie legal du eigentlich do bist! Jetzt reib umma a Fleisch, sunst sitzt murgen im nächsten Zug noch Islamabad."

„Genug Fleisch hab' ich geben! Da schau, genug Fleisch! Ich Türke, nicht Pakistani… legal, du bist deppert! Mein Sohn hier geboren! Da, schau her, ich Staatsbürger!", meckerte Ali und präsentierte seinen Pass, als müsste er tatsächlich etwas beweisen.

„Aber immer noch kannst du kein richtiges Deutsch!", meinte Rocky, betont hochdeutsch. „I sog da jetzt zum letzten Moi: reib umma a Fleisch, sonst drah ich da die Bude zua, host mi? A Kakerlak oder a Spinnerin is schnö gefunden –"

Ali, ziemlich verärgert: „Ich bin Staatsbürger!"

„A Gauner bist, sonst nix!", sagte der ebenfalls verärgerte Uniformierte und überreichte Ali den fleischarmen Döner, der widerwillig noch etwas schwer duftendes und gut gewürztes Fleisch vom brutzelnden Spieß in die sonst eher gemüsehaltige Flade stopfte.

Alis Geiz beruhte auf Luxusproblemen: Immerhin wollte er einen nagelneuen Mercedes fahren! Er servierte wenig und billiges Fleisch, hatte nun auch Veggi-Kebabs, wie er sie nannte, im Sortiment. Wobei dieser Analogtofu auch nicht so billig war, wie er sich das erhofft hatte.

„Na oisdann!", war der Polizist schließlich zufrieden und biss voller Genuss in seinen fetttriefenden Döner. Die billigen Soßen liefen ihm über die Finger.

„Geh Oida!", fluchte er. „Loch ned so deppat, Trottel!", herrschte er den Alki an, der sich daneben an seinem Dosenbier festhielt, wankte, und unverhohlen kicherte.

„Sag, Rocky, was ist denn mit dem Charly?", fragte Severin Roosmeer, bekam aber keine Antwort. Hatte er zu leise gesprochen? Er fand es eigenartig, dass Rocky ohne seinen Partner auf Streife war.

Karl Hofstädter war bis vor Kurzem tagtäglich volltrunken im Achtunddreißig, im Etablissement seines Erzfeinds und ortsansässigen Paten Alves-Kruger, anzutreffen gewesen. Seit das elfjährige Mädchen Sarah direkt vor der Kirche verschwunden war, war er allerdings nicht mehr erschienen.

Vor Jahren hatte Hofstädter während eines nächtlichen Einbruchs im Supermarkt einen unbewaffneten Jungen erschossen und war seither in ein tiefes Loch gefallen – jetzt war vor seiner Nase ein junges Mädchen verschwunden!

In Wahrheit scherte sich niemand um Sarah, das Kind einer ausländischen, ehemaligen Prostituierten – aber man tratschte eben gerne und beteiligte sich am Rätsel, das das verschwundene Mädchen aufgab. Ihre Mutter lief verstört durch den Ort und verteilte Flugblätter mit dem Bild ihrer Tochter, doch sie erinnerte dabei an eine Schauspielerin, die ihre Rolle nicht glaubhaft spielte. Die Gerüchteküche scheute auch vor dem gemeinsten Gericht nicht zurück. Sarahs Schuh war vor der Kirche gefunden worden, seither nannte man sie auch Cinderella. Dem Pfarrer konnte man nichts anhaben, da er einerseits ein Alibi hatte, andrerseits der Bruder des hiesigen Paten war und überdies von einer kleinen Privatarmee beschützt wurde: Die für seine Zwecke leicht manipulierbaren christlich-fundamentalistischen Omis verteidigten ihn mit allen Mitteln! Wenn man sich mit ihnen anlegte, konnte man genauso gut aus Babel wegziehen. Ein Kinderleben unter Gottes Gnaden war nur ein kleines Opfer im Lichte der göttlichen Erhabenheit.

„GEHT'S OLLE SCHEISSEN!“, schrie nun der wütende Polizist, der sich einbildete, dass man ihn auslachte, weil ihm die Dönerflade entglitten war. Er warf den Rest des Döners zornig in den Müll.

Ali war über die hundsgemeine Dönerfleischverschwendung erschrocken. Er wollte die Flade in einem unbeobachteten Moment aus dem Müll retten. War ja noch gut.

Severin Roosmeer öffnete eine Dose Blue Hippo, die er mitgebracht hatte. Öffnete man eine solche Dose, erklang das Gebrüll eines Nilpferdes. Er trank alles mit einem Schluck aus und warf die leere Dose salopp in den Müll aufs zu rettende Dönerfleisch.

Aus Alis Blick blitzte Zorn.

Der Alki soff sein Bier aus und bestellte noch eines, denn er genoss es, bei diesem Kaiserwetter im Freien zu trinken.

Severin Roosmeer schüttelte traurig seinen Kopf und wollte Laika seine Meinung zu dem Ganzen erzählen, doch er hielt inne. Die Leute hier hörten zu und dachten sich weiß-Gott-was, wenn sie ihn mit Laika plaudern sahen. Er hatte eine Zeit lang in der Anstalt am Meer gelebt und wollte nicht, dass man falsche Rückschlüsse zog.

Sein Bruder, der nicht ganz unbekannte Architekt David Roth, lebte seit Kurzem in derselben Anstalt: Das hatte der Architekt immerhin selbst veranlasst, nachdem er begann, Stimmen zu hören. Die Stimmen, so behauptete er felsenfest, waren die achtundsiebzig Stimmen von Babel, das Sprachrohr des Universums. Sie versuchten ihn zu einem Bauvorhaben zu überreden, nämlich einen erdbeben- und flutwellensicheren Turm in Babel zu errichten. Es war nicht die anscheinende Unmöglichkeit, die verwunderte, sondern die Nutzlosigkeit eines erdbeben- und flutwellensicheren Turms in einer Gegend, wo es – trotz des aktiven Vulkans Asam in der Nähe – nur selten Erdbeben gab und das Meer zehn Kilometer entfernt war. Er sei der Einzige, so behaupteten die Stimmen, der für das Projekt infrage komme, er müsse sich auch nicht um Solarpaneele und Stadtbegrünung kümmern, das wäre gar nicht notwendig, versicherten sie ihm in unterschiedlichen Sprachen, die er alle auf wundersame Weise verstand.

Für Severin Roosmeer war es immer schwieriger geworden, sich um David zu kümmern; in seinen Diskurs mit den Stimmen verstrickt, vergaß dieser auf Essen und Körperhygiene. Daher hatten sie letztendlich gemeinsam beschlossen, dass er von nun an in der Anstalt am Meer, wo man sich auch fürsorglich um Severin Roosmeer gekümmert hatte, leben sollte. Die tägliche, ärztliche Examination war durchaus erträglich. Die Anstalt lag auf einem Hügel direkt am Meer und man genoss von dort einen wundervollen Ausblick auf die andere Seite der Bucht, wo, ebenfalls am Meer gelegen, der Vulkan Asam thronte. Besonders des Nachts zeigte er sich von seiner schönsten Seite: Glühende Lava lief wie ein niemals endender Tränenfluss aus dem gelb glimmenden Auge ins Meer.

Wenn David Roth von seinem Turmbauprojekt erzählte und die sonderbaren Stimmen in seinem Kopf nicht erwähnte, hielt ihn niemand für verrückt. Er sprach davon, als wäre es ein gewöhnliches Bauprojekt und sein Enthusiasmus riss seine Zuhörer mit! Immerhin hatte er schon andere, unmöglich scheinende Projekte verwirklicht, wie zum Beispiel die invertierte Kirche, ein nach außen gestülptes, gotisches Bauwerk mit Steampunk-Elementen, umrandet von Bananenstauden, im Inneren ein besinnlicher Orangengarten, ein Rückzugsgebiet wie in südländischen Klöstern. Die religiösen Bilder und Ornamente, die man sonst an den Wänden des Kirchenschiffs bestaunte, zierten die Außenfassade. Der Altar, das Kreuz und das Tabernakel waren dort, wo sich sonst das Haupttor befand – daher predigte der Pfarrer im Freien!

Oder das kugelförmige Wohnhaus, das, auf einer Brücke in einem Fluss gelegen, ständig rollte und dabei Strom erzeugte, wovon man aber im Inneren nichts merkte. Es war eines seiner berühmtesten architektonischen Meisterwerke: das weltweit erste elektro-dynamische Haus.

Oder die gläserne Mercury-Brücke, bei der in einer Glaskonstruktion polarisiertes Quecksilber durch ein Magnetfeld gepumpt wurde, wobei die Form und Stärke des Magnetfeldes durch einen einfachen Mechanismus chaotisch fluktuierte und sich dadurch zufällig entstehende, glänzend-flüssige Gestalten formten: Jede Sekunde entsprang eine neue, zufällige Quecksilberfigur. Interessierte konnten dies auch über eine Kamera im Nirwana beobachten.

Inzwischen tat sich David aber schwer, seine Ideen klar zu formulieren und ein Leben als Künstler zu führen. Ohne professionelle Hilfe würde er in nur wenigen Tagen verwahrlosen und schließlich verdursten. Trotzdem galt er als genialer Architekt und Severin Roosmeer war stolz auf ihn, auch wenn es ihm anfangs schwergefallen war, ihn zu akzeptieren: Lange Zeit hatte er ihn für Noolas Leid verantwortlich gemacht.

Doch der berühmte Schriftsteller hatte es auch ohne seinen Bruder schwer: Er war sicher, dass man es auf ihn abgesehen hatte! Man wollte ihn aus Babel vertreiben, dazu war ihnen jedes Mittel recht! Seine schwerhörige Nachbarin, zum Beispiel, schaute bei voller Lautstärke fern – doch im Supermarkt hatte er sie ohne Gehörprobleme mit anderen plaudern gesehen; auf der anderen Seite lebte das schwule Pärchen, das untertags wie Anwälte in feinen Anzügen herumlief, Abends aber perverse Spielchen trieb und ihn ungebeten am offenen Fenster daran teilhaben ließ.

Er hatte das betagte Haus von Meister Higuchi, einem alten Tierpräparator, geerbt, der ihn bei sich aufgenommen und ihn in die Kunst der Taxidermie eingewiesen hatte. Severin würde sich auf keinen Fall vertreiben lassen.

Der noch hungrige, aber angefressene Polizist stieg in seinen Dienstwagen und fuhr davon. Der Alki bestellte noch ein Dosenbier. Ali dachte an das schon ausgekühlte Fleisch.

„Habe die Ehre!“, meinte lässig der schwitzig riechende Dickwanst Severin Roosmeer und trottete mit seinem Köter weiter. Er bekam keine Antwort.

Der angeheiterte Alki vernahm neben Severin Roosmeers Körpergeruch auch eine sanft-fischige Meeresbrise, nebst Seegras und Walrat – und das, obwohl das Meer weit entfernt war. Er hatte eine Nase dafür und nickte zufrieden.

Vielleicht kam der herbe Wind auch vom nahen Fischmarkt, zu dem der Schriftsteller nun für sein Mittagessen aufbrach, bevor er sich den Neuerscheinungen im Büchertempel widmen wollte.

Auch Laika machte einen ganz durstigen Eindruck. Außerdem musste ihre Blase wieder gefüllt sein, wenn sie zu Hause ankamen, um den schwulen Nachbarn ein Souvenir zu hinterlassen.

Der Gestank des Fischmarktes übertünchte Severin Roosmeers Körpermief. Laikas Nase wurde auf eine harte Probe gestellt. Ihre Leine hielt er kurz, denn man sah sie hier nicht gerne herumschnüffeln.

Sprudelnde Wassertanks mit Meeresgetier jeglicher Art: Aale, Muscheln, Seegurken, Quallen, Seeigel, Krabben, Krebse und Hummer, deren Zangen gebunden waren. Antennen suchten verzweifelt einen Weg in die Freiheit. Marktarbeiter bohrten und sägten an tiefgefrorenem Fisch, so als wären sie Schreiner und bauten aus Fischen Tische. Das Fischwasser wurde mit Kübeln und Schläuchen in den Abfluss gewaschen. Dicke Frauen boten frische Ware wohlfeil.

Ein blutiger Teller, auf dem zuvor frischer Fisch ausgenommen und zerteilt worden war, zierte die Stellagen: der Tod eines Fischreisenden.

Severin Roosmeer suchte immer dieselbe dicke Frau auf, heute war sie jedoch abwesend. An ihrer Stelle arbeitete eine andere, die ihre Schwester hätte sein können.

„Hunde haben am Markt nichts verloren!“

„Wo ist denn Magda?“, fragte Severin Roosmeer und ignorierte ihre Unhöflichkeit.

„Lassen Sie Ihren Hund ja nicht an meine Shrimps!“

„Laika ist brav! Machen Sie sich um sie keine Gedanken. Shrimps und getrockneten Tintenfisch, von beiden ein halbes Kilo.“

„Sie sollten lieber mehr Gemüse essen!“

„Was meinen Sie? Ich wäre zu blad? Haben Sie in letzter Zeit in den Spiegel g’schaut?“

„Ich habe neun Kinder! Das sind Liebesringe um meine Hüften! Wie viele Kinder haben Sie? Wohl gerade in freudiger Erwartung!“ Sie lachte.

„Geben Sie mir schon meine Shrimps, wären Sie so freundlich?“

Sie bewegte sich sehr langsam, als sie die Papierstanitzel randvoll mit Tintenfischen und Shrimps befüllte. Mit Klebeband verschloss sie sie gewissenhaft und überreichte sie Severin, der ihr das abgezählte Geld gab. Mit einem prüfenden Blick ließ sie die Münzen in ihre Schürze klimpern.

„Ich mein' es Ihnen nur gut! Mein Mann ist letztes Jahr gestorben: Herzinfarkt! Man behauptet zwar, Fisch sei gesund, aber zu viel ist nie gesund."

Severin Roosmeer konnte sich nicht zurückhalten, öffnete eines der Stanitzel und schob sich die Shrimps roh in den Mund. Er öffnete ein Blue Hippo und leerte die gesamte Dose in einem Zug.

„Für einen Intellektuellen sind Sie ganz schön widerlich."

Mit einem arroganten Lächeln stellte er fest, dass sie ihn erkannt haben musste.

„Magda ist viel netter als Sie. Ich hoffe, sie kommt bald wieder."

„Magda ist tot. Hirnschlag!"

„Bei Ihnen hält's wohl niemand lang aus."

Severin Roosmeer atmete tief durch. Es hinterließ in ihm ein hohles Gefühl, wenn ein Mensch, den er gemocht hatte, für immer weg war. Dann nickte er ihr zu und fand sich damit ab, dass er in Zukunft mit dieser unfreundlichen Person zu tun hätte. Magda war anfangs auch nicht anders gewesen, doch sie hatten sich bald aneinander gewöhnt.

„Wie heißen Sie?", fragte er sie, der Vollständigkeit halber.

„Geht Sie nix an!"

Er verließ den Fischmarkt und stopfte sich im Gehen die Shrimps hinein, dann machte er sich über den getrockneten Tintenfisch her. Erst kürzlich hatte er einen Heißhunger auf diese Meeresbewohner bekommen! Manchmal träumte er davon, im Meer zu treiben, gelegentlich jagte er dabei einen Riesenkalmar. Kurz bevor er ihn fing, wachte er aber auf, so wie man erwachte, kurz bevor man im Traum starb. Was ihn an diesen lebhaften Träumen überraschte, war das Gefühl von absoluter Freiheit, Sorglosigkeit und Leichtigkeit, wenn er schwerelos trieb, sein Leben genoss, wie es eben ein Tier tat. Leider war es nur ein Traum, so wie die einen vom Fliegen träumten und andere vom Zahnausfall.

Er ließ sich auf der gemütlichen Gartenterrasse des Café Noir nieder und rauchte sich eine Zigarette an. Das Schild mit der Aufschrift RAUCHEN VERBOTEN interessierte hier niemanden.

Der südländische Kellner Gregor kam mit wallendem Haar und lächelte vergnügt.

„Sei so gut, Gregor, bring mir eine Melange, ich brauch' was zur Entspannung. Ich hab mich heut' schon genug aufgeregt."

„Sehr wohl, eine Melange!"

Severin Roosmeer lauschte dem Radio: „Und jetzt die Nachrichten: Rätselhafte Brotmorde erschütterten letzte Nacht die Hauptstadt. Mehrere miteinander nicht im Zusammenhang stehende Personen sind mit steinharten Baguettes oder Schwarzbrot ermordet worden. Die Tatwaffen stammen aus unterschiedlichen Quellen. Die Polizei steht vor einem Rätsel und diskutiert eine Ausgangssperre. Zum Sport: Im letzten Sumo-Turnier hat der hiesige Yokozuna Akebono alle Kämpfe gewonnen – er gilt nun als Favorit im baldigen Turnier in Babel. Die Buchmacher nehmen schon Wetten an. Das Wetter: Morgen Regen."

Severin Roosmeer war entgangen, dass Gregor die Melange schon gebracht hatte. Als sie ihm nun ins Auge stach, trank er sie aus, als hätte er es plötzlich eilig, bezahlte am Tresen und verließ mit Laika das Café.

Draußen hob er die Hand schützend vors Gesicht: die Sonne blendete. Der Alki von vorhin mäanderte am Café Noir vorbei und bog nach links ab.

Während er aus Severins Blickfeld verschwand, kam ein asiatisches Mädchen mit ihrer blinden Mutter am Arm um die Ecke, bepackt mit einer dicken Tasche. Das Mädchen erzählte ihrer Mutter, was sie auf der Straße und in der Umgebung beobachtete: „... uns ist gerade ein Betrunkener entgegengewankt... und da steht ein dicker Mann vor der Terrasse des Cafés... du weißt schon, der dicke Schriftsteller, der so schlecht riecht und immer alle schlecht macht… ein lieber Hund kommt auf uns zu, ich glaube, er will gestreichelt werden, er fühlt sich so gut an, willst du ihn streicheln, Mama, komm, ich helfe dir… wir haben nicht so viel Zeit, wir müssen in einer Stunde in der Klinik sein … in einer Stunde, ja, warte, da will ein Auto in die Ausfahrt, komm, wir müssen warten…“ Als das Auto vorüber war, gingen sie weiter und verschwanden im Park.

Severin Roosmeer sah ihnen nach und vernahm das Klatschen und Grunzen der Sumoringer.

Laika fühlte sich wohl. Es waren angenehme Hände gewesen. Wäre Streicheln eine eigene Sprache, sie hätte sich gut mit dem Mädchen verstanden.

Severin Roosmeer passierte das Achtunddreißig, seine Stammkneipe. Er überlegte, ob er sich ein Likörchen genehmigen sollte, entschied sich aber dagegen, wollte jetzt lieber den herrlichen Sonnenschein genießen.

Laika hob ihr Bein und brunzte: Sie hatte das dominante Verhalten ihres Herrchens angenommen und käme niemals auf die Idee, sich wie ein gewöhnlicher, weiblicher Hund beim Urinieren hinzuhocken.

„Himmelherrgottnochmal!“, fluchte Severin Roosmeer, denn ihr Blaseninhalt hatte doch den schwulen Nachbarn gegolten! Also mussten sie am Heimweg doch noch ins Achtunddreißig, um ihre Blase wieder zu füllen, so viel war er diesen Perversen schuldig!

In Babel gab es eine zweite Sonne, nämlich die bronzene Uhr des Uhrturms auf dem Schlossberg ohne Schloss. Rundherum war es grün, die paar Geschäfte der Stadt waren in alten Häusern untergebracht, die noch aus der goldenen Zeit der Monarchie stammten. Wenn man diese Häuser betrat, bekam man vom modrigen Geruch und der Grabeskühle sofort eine Gänsehaut. Selbst intensivste Stadtbegrünung konnte dem nichts entgegenhalten, eher das Gegenteil war der Fall.

Sein Bruder David verabscheute diese alten Gruftbauten, wie er sie nannte, hatte sein ganzes Leben gegen sie modelliert und designt, um die urbane Welt mit Hilfe der Architektur zu bereichern, und nicht zu langweilen, zu erkalten und in die Bedeutungslosigkeit abzudriften. Besonders diese alten Keller hielt er für modrige Schwammerlparadiese für mörderische Machinationen und gewalttätige Perversionen: in diesen alten Häusern gediehen Hass, Neid, Missgunst, Wollust und Charakterlosigkeiten. Davon war David überzeugt!

Es war nun genug mit Sonne: Severin Roosmeer machte sich schnurstracks auf zum Büchertempel. Am Eingang band er Laika fest, der Zutritt war ihr verwehrt.

In der Auslage lag inmitten von Neuerscheinungen das Werbemaskottchen für Blue Hippo: Ein blaues lachendes Nilpferd. Es erinnerte ihn an den Moment, als er das erste Mal Blue Hippo probiert und sich in Noola verliebt hatte.

Rührselig kramte er in seinem Yukata nach dem Telefon und wählte ihre Nummer. Es läutete zweimal, dann sagte sie: „Hier spricht Noola, bin nicht da, sagen Sie was!“ Seine Augenwinkel wurden feucht, seufzend wischte er sich mit dem Handrücken das Gesicht. Der Spaziergang hatte ihm nicht gutgetan: Erst Frau Weinzierl mit ihrem Köter, dann die raue Fischverkäuferin und schließlich dieses verdammte, blaue Nilpferd, das ihn ganz sentimental werden ließ!

Er betrat den Büchertempel mit erhöhtem Blutdruck: ein nerviges Signal ertönte, als er die Tür öffnete, und nochmals, als er sie schloss. Er hielt kurz inne, sah sich um, dann ging er weiter zu den Klassikern der Weltliteratur, so, als ob es dort noch etwas Neues zu entdecken gäbe. Er blätterte in ein paar seiner Lieblingsromane: Als er sie damals das erste Mal gelesen hatte, war es für ihn, als hätte er unbekannte, aber bewohnbare Planeten entdeckt, oder eine unerwartete Erleuchtung erfahren, die ihn auf ein Niveau der Erkenntnis katapultierte, vom dem er nicht gewusst hatte, das es existierte: Die Blindheit wollte bezwungen, der Geist weit geöffnet, die mentale Blockade überwunden werden! Es war Leben auf einer höheren Stufe der Wahrnehmung! – Die Literatur hatte eine neue Bedeutung für ihn bekommen: Sie bedeutete nun sein Leben.

Severin Roosmeer schlapfte zur sogenannten Gegenwartsliteratur, am lächelnden Paten Alves-Kruger vorbei. Man konnte ihn beinahe jeden Tag im Büchertempel oder in der Stadtbibliothek, wo er an seiner Dissertation arbeitete, antreffen. Sie grüßten einander nur unmerklich, der Pate wollte ihn mit einem Augenzwinkern an eine ausstehende Verpflichtung erinnern.

Ein an den Armen tätowierter Fettwanst betrat das Geschäft und flüsterte in Alves-Krugers Ohr, dieser sprang sogleich auf und verließ hastig den Büchertempel. Sein zuvor entspanntes, freundliches Gesicht war zu einer zornigen, krebsroten Grimasse geworden.

Severin Roosmeer kümmerte sich nicht darum, sondern begutachtete die Neuerscheinungen, zwängte sich zwischen die Kunden, die seine Nähe beunruhigt mit ihrer Nase vernahmen, und hob ein Buch auf, das ihn sogleich anwiderte: „Ah, die Kehlratte!“ Dann ein anderes: „Der Glawischnigg!“ Daneben lag ein Buch des liebevoll „Arschgeigerl“ genannten Schriftstellers. Er schmökerte darin, dann fragte er sich: *Ist das die sogenannte Gegenwartsliteratur? Es war kein Wunder, dass Handke in der Grande Nation lebte, keine Überraschung, dass sich Jelinek die Aufführung ihrer Stücke in ihrer Heimat verbat! Ein Land erhielt die Kultur, die sie förderte und verdiente! Die Großartigen, die Außergewöhnlichen, die gehen nicht freiwillig: Sie müssen weg! Die werden von den Neidern vertrieben, von Politikern gedemütigt und von den Medien zum Kasperl gemacht!*

*Nur ich bin noch da*, dachte er. *Ich bin da!*

„Die Verdünnung“ musste seit vielen Jahren in den Schulen von jedem einzelnen Schüler gelesen werden. Noolas Leben – ein Kampf gegen Hunger, Missbrauch und Tod! Schmerzen und Gewalt waren in ihrer Heimat so normal, wie sich hier im Café eine Melange zu genehmigen. Als sie schließlich nach Babel gekommen war, hatte sich ihr Leben schlagartig verändert: Es ging nicht mehr um Gewalt, Unterdrückung, Beschneidung und Vergewaltigung, Hunger und Durst, sondern darum, ein paar Stunden am Tag zu arbeiten, die hiesige Sprache und Klavierspielen zu lernen und vielleicht, mit etwas Glück, respektvoll behandelt zu werden. Gleichzeitig hatte ihr früheres Leben ein Vakuum in ihr zurückgelassen, von dem sie nicht wusste, wie sie es füllen sollte. Mit Liebe? Oder Musik? Sie hatte geweint und gesagt, ihr Leben fühlte sich so unecht, so verdünnt an. Eine gähnende Leere!

War es Heimweh? Einsamkeit?

Sie sagte, sie fühle sich schlecht, weil sie doch eigentlich unendlich dankbar sein müsste.

Er hatte sie daraufhin in den Arm genommen. Ihr gequältes Lächeln blieb nicht unbemerkt – er fragte aber nicht weiter.

Nach der Veröffentlichung der „Verdünnung“ hatte man auch in seinen Worten und Gedanken gewühlt – viele fühlten sich zu einem Kommentar oder einer Kritik bemüßigt. Beinahe jeder hatte seinen Namen in der Schule gehört, sein Buch gelesen und es besprochen. „Die Verdünnung“ konnte man nicht mehr wegdenken!

Und doch, so richtig wahrgenommen hatte man ihn schon länger nicht mehr: Seit seinem Erfolg veröffentlichte er vereinzelt Zeitungsartikel oder massentaugliche Gedichte oder gab hie und da ein Interview. Mehr nicht. Jetzt, fühlte er, war es wieder Zeit für ein neues Meisterwerk!

Er liebte es, die Menschen, die in Buchhandlungen in seinem Roman stöberten, zu beobachten, wenn ihre Lippen lautlos seine Sätze formten, es dann kauften oder ins Regal zurückstellten. Je nach seinem Gemütszustand war er böse, wenn sie es wagten, es zurückzustellen. Gelegentlich überzeugte er einen solchen Menschen, es dann doch zu kaufen. Ein anderes Mal hatte er es selbst erworben und der interessierten Person geschenkt. Dann wieder war er erbost, wenn sie seinen Roman erstanden: Sie hätten es nicht verdient, sein Meisterwerk zu lesen, da sie intellektuell ja gar nicht in der Lage sein konnten, es zu verstehen! Die Sprache näherte sich seinem Gedankenuniversum mit iterativen Schritten an, nur Wort-Kristallisationen von Bildern, Gedanken und Gerüchen machten die Kommunikation verständlich! Wenn er so sprach, erntete er nur verstörte Gesichter.

Plötzlich war er aus seinen Gedanken gerissen: Ihm fiel auf, dass sein Roman nicht im Regal stand. Er sah noch bei S und Q nach, oft waren die Kunden schlampig und stellten das Buch an die falsche Stelle zurück.

*Nein, auch da war nichts! Also musste es ausverkauft sein!*

Er grinste selbstgefällig. Das musste ihm ein noch lebender Autor erst einmal nachmachen: Einen Roman ohne Unterbrechung über Jahre hinweg zu verkaufen. Obwohl sie ihn sowieso in der Schule lesen mussten! Eine Ausgabe der „Verdünnung" gehörte in jeden Haushalt!

Er bummelte an alten Damen vorbei, die sich an den neuesten Sachbüchern und Krimis entzückten, dann zu den billigen Abverkäufen, den sogenannten Ladenhütern, wie alte Filmenzyklopädien aus vergangenen Zeiten oder Biografien von längst vergessenen Eintagsfliegen. Dazwischen lag ein grünes Sachbuch über Pilze. Als er die peinlichen Abverkäufe ein wenig genauer begutachtete und zwischen alten Magazinen und zerfledderten Büchern stöberte, fiel ihm plötzlich etwas in die Hände: Ein ockerfarbener Einband, auf dem Buchcover der stechende Blick eines schwarzen Mädchens. Sein Herzschlag, sowieso schon leicht beschleunigt, stieg nun rasant an. Vor Schreck war ihm der Mund ausgetrocknet. Er griff in seinen Yukata, öffnete ein Blue Hippo mit Nilpferdgebrüll und soff es mit einem Schluck aus.

Zögernd blätterte er mit bebenden Händen in dem Buch. Sein Unterkiefer hing lose herab, sein Gesicht verfärbte sich, glich einem reifen Granatapfel. Sein Atem stockte unter Herzrasen! Auf dem Bucheinband klebte ein runder

Sticker: -90%! Es war ein richtiges Schnäppchen! Mit dem Buch in den zitternden Händen suchte er die Verkäuferin auf, eine Studentin, die sich mit diesem Job ihr lächerliches Stipendium aufbesserte. Ein Äderchen in seinem rechten Auge war geplatzt.

Blind vor Wut leckte er seine Lippen, versuchte das Namensschild der Verkäuferin zu lesen, doch es dauerte eine Weile, bis er es entziffern konnte: *Mondschein.*

## NORDSTERN

Eine leicht gewellte Horizontale teilte den wolkenlosen Himmel und den Wüstensand.

Noolas Körper war zum Schutz vor der gleißenden Tagessonne und der beißenden Nachtkälte in bunte Tücher gewickelt. Ein Neugeborenes war an ihren Bauch gebunden. Der Wüstensand brannte unter ihren nackten Füßen. Manchmal ragte ein Felsen aus der Erde und spendete Schatten, mehr aber dann schon nicht.

Das Mädchen stand unter Schock. Im Schatten eines Felsens trank sie einen Schluck Wasser, gab auch dem Kind ein wenig. Es war schon zu schwach zum Schreien, es greinte. Sie musste etwas zum Essen auftreiben. Untertags war es aussichtslos, aber in der Nacht kamen die Tiere hervor. *Was habe ich mir nur dabei gedacht, das Kind mitzunehmen*, klagte sie sich wütend selbst an. *Es wird sterben, da wie dort!*

In der Ferne hinter ihr stieg schwarzer Qualm auf. Die Flammen fraßen ihr Dorf und transformierten es zu Ruß, Asche und Rauch. Alle in ihrem Dorf waren verstümmelt, geschändet, erschossen.

Was war geschehen? Ihr Vater, der mächtigste Mann im Umkreis, hatte doch immer alles im Griff gehabt! Wie kam es zu diesem furchtbaren Gewaltausbruch? Wieso waren die Frauen vergewaltigt, die Männer enthauptet oder auf der Flucht erschossen worden? Wieso hatten selbst die Kinder sterben müssen? Wieso hatte gerade sie, Noola, überlebt?

Während Noola im Schatten darüber nachdachte, erreichte ein Jeep mit zwei bewaffneten Soldaten der M'sis das Dorf, angelockt von der kurz zuvor erfolgten Explosion des versteckten Waffendepots. Sie hatten schon nach den versteckten Waffen gesucht, doch das hatte sich nun erübrigt: Sie waren ohnedem wertlos gewesen, hatten nur dem Zweck gedient, die Loyalität des Dorfes zu testen.

Ein Junge, angeblich im Auftrag seines Vaters, hatte angeboten, die Waffen zu verstecken. Dass es sich dabei um eine von einem verkleideten arabischen Händler eingefädelte Täuschung handelte, wusste er nicht.

„Vielleicht hat man zu viel Geld geboten?“, meinte einer der beiden Soldaten. Andrerseits war die List so augenscheinlich, darauf würde nur ein naives Kind hereinfallen. Oder hatte jemand dem Dorf schaden wollen?

Die M’sis verlangten absolute Loyalität von allen in diesem Teil des Landes! Die Grenzen blieben vage und wurden jeden Tag aufs Neue gezogen. Wenn man sich auf die Bevölkerung nicht verlassen konnte, stellte sie eine beträchtliche Gefährdung dar! Jede diesbezügliche Gefahr musste ausgemerzt werden!

Einem der beiden Soldaten fielen Spuren auf, die in die Wüste führten. Nur mit Blicken sprachen sie sich ab. Einer von ihnen verstaute seine Machete im Gürtel, schulterte ein Scharfschützengewehr und ausreichend Wasser und folgte den Spuren. Eine milde Brise begann sie langsam zu verwehen.

Noola hatte sich seit Langem vor diesem Tag gefürchtet, trotzdem begann er nicht unangenehm.

Ihr Vater sollte heute einen Anführer der M’sis treffen und hatte ihr, obwohl sie sich eigentlich für ihre Beschneidung vorzubereiten hatte, aufgetragen, eine Kaffeezeremonie abzuhalten. Sie röstete die grünen Kaffeebohnen auf einer Schale über offenem Feuer, den Geruch der ungerösteten Kerne empfand sie als abscheulich und hatte deshalb große Freude am Röstvorgang. Mit bunt verziertem Fächer verteilte sie den Rauch und das Aroma. Noch war niemand da, mit dem sie den wunderbaren Duft teilen konnte. Nur ihre wunderschöne, traditionelle Kleidung nahm den Geruch auf. Ihr bronzener Schmuck hatte sich über Jahre hinweg vom Rauch verfärbt.

Die M'sis sollten bald das Dorf erreichen und ihr Vater bereitete sich auf das Treffen vor. Es schien sehr wichtig zu sein: Nie hatte sie ihn so nervös erlebt! Mit geschlossenen Augen sog sie das Aroma der in der Feuerschale röstenden Kaffeebohnen ein, lenkte sich ab, um nicht an die bevorstehende Beschneidung zu denken. Ihr Gefühl für das Rösten der Bohnen war unübertroffen, ihr Vater, der Dorfvorsitzende und Beschneider, liebte ihren Kaffee über alles. Kaffee verband sie mit Stolz und Vaterliebe. Eigentlich nur den Geruch des Kaffees, denn sie trank ihn niemals: Der Genuss war den Erwachsenen vorbehalten – erst heute Mittag, nach ihrer Zeremonie, war sie eine von ihnen.

Jemand schlich sich von hinten an und hielt ihr die Augen zu. Sie musste unvermittelt lachen: Banar, ihr Freund, ein Junge in Noolas Alter. Für jeden im Dorf war klar, dass sie bald heiraten würden. Es war einer der seltenen Fälle, wo der Vater der Tochter nichts dagegen hatte, denn Banar kam aus gutem Haus und war ein fleißiger Händler.

„Ich bin froh, dass du da bist! Es ist viel schöner, wenn man das Kaffeearoma teilen kann."

„Solltest du nicht warten, bis die Gäste deines Vaters da sind? Sie werden sich über diese Anmaßung ärgern!"

„Es ist nicht meine Schuld: sie sollten schon lange hier sein! Bald ist meine eigene Zeremonie und ich muss mich noch vorbereiten."

Er nahm seine Hände von ihren Augen. Sie rochen nach Minze und Moschus.

„Hast du keine Angst vor den Schmerzen?"

„Du hast keine Ahnung!"

„Meine Familie hält es für Barbarei und ich verstehe auch nicht, wieso es sein muss."

„Es ist Tradition."

„Eine Tradition, bei der du sterben kannst!"

„Mein Vater ist ein erfahrener Beschneider.“ Sie zögerte. „Ich vertraue ihm!“

„Ich habe in den letzten Jahren einiges angespart…“

„Was meinst du?“

„Ich habe es mir lange überlegt –“

„Das ist unmöglich und das weißt du! Ich kann meine Familie nicht verlassen.“

„Deine Familie nimmt mit dieser … Tradition deinen Tod in Kauf!“

„Mein Vater…“

„Dein Vater, ich weiß... Er hat junge Mädchen auf dem Gewissen –“

„Das sind Lügen!“

„Warum sollte mein Vater lügen?“

Sie überführte achtsam die gerösteten Kaffeebohnen in die *Jabana*, ein langhalsiges, bauchiges Tongefäß.

„Was hast du da an der Hand?“ Banars rechte Hand war einbandagiert.

„Nichts, gar nichts! Komm mit mir! Ich kenne das perfekte Versteck an einem sicheren Ort. Wenn die M’sis kommen, verstecken wir uns in einem ihrer Fahrzeuge –“

„Du bist ja verrückt! Sie entdecken uns –“

„Vertraue mir! Bitte komm!“

Sie sagte nichts mehr und er hatte verstanden. Er griff ihr von hinten grob zwischen die Beine und ließ so seine Enttäuschung an ihr aus. So kannte sie ihn nicht – was war in ihn gefahren?

Genauso unauffällig, wie Banar gekommen war, war er plötzlich verschwunden.

Inzwischen hörte man von draußen die Fahrzeuge der M’sis.

Ihr Vater betrat wütend das Zelt.

„Was fällt dir ein, schon mit dem Rösten zu beginnen? Bist du verrückt geworden?“

Er trat mit nacktem Fuß die frisch befüllte *Jabana* um und schlug ihr ins Gesicht.
„Aber du hast gesagt –“
Er schlug noch einmal zu. Sie blieb nun still.
„Sie sind gleich da!“
Sie nickte nur.
„Was ist nur in dich gefahren? Willst du uns vernichten?“
Mit dem letzten Wort betrat einer der Anführer der M'sis das Zelt. Man konnte ihm ansehen, dass er das Kaffeearoma witterte. Er blieb am Eingang stehen und machte keine Anstalten von Freundlichkeit.
Noola verließ das Zelt mit schlechtem Gewissen.
Ihr Vater schäumte vor Wut.

Noola bereitete sich auf ihre eigene Zeremonie vor. Sie war kaum in der Lage ihren Schmuck abzulegen, so sehr zitterte sie. Ihre Schwestern wuschen sie, massierten ihren Körper mit Salben, boten Ablenkungen und tiefe Zuneigung.
Noola war die Älteste der drei Mädchen und kümmerte sich rührend um sie. Ihre Mutter war nach der Geburt der Jüngsten verblutet – das mehrmalige Schließen und Öffnen ihrer Weiblichkeit hatte schließlich dazu geführt. dass sie die Schmerzen nicht mehr ertrug, daher hatte sie die Hebamme um Hilfe angefleht. Davon wusste niemand: die Hebamme war nach der extrem schmerzhaften Geburt ihrem Wunsch nachgekommen, nämlich die Schmerzen zwar zu lindern, aber die Blutung nicht zu stoppen. Dass eine Frau nach der Geburt verblutete, kam häufig vor. Die Hebammen hatten mehr Blut und Leid gesehen, als ein General auf dem Schlachtfeld! Die Infibulation! Die Defibulation vor der Geburt eines Kindes, danach die Re-Infibulation, das

erneute Verschließen mit eisernen Ringen. Kein Tier quälte man so wie die Frauen auf diesem Kontinent!

Die Beschneidung galt als Tradition und man konnte sich ihr nicht entziehen. Noolas Vater wetzte aufgeregt den Dolch, denn das Gespräch mit den M'sis war alles andere als erfreulich verlaufen.

Noola streichelte ihre Schwestern liebevoll, küsste sie schweren Herzens auf die Stirn. Ob sie heute Abend ihre wunderschönen langen Haare bürsten würde, so wie jeden Abend? Ihre Hände zitterten immer stärker.

*Wo ist Banar? Wieso kommt er nicht, um mich aufzuheitern? Um mich abzulenken! Er hat doch nicht wirklich die Absicht, wegzulaufen und seine Familie zu verlassen? Mich zu verlassen?*

Noola roch die Salben, mit denen ihr Körper für das blutige Ritual einmassiert wurde. Die Schwestern kneteten sie gründlich durch, aber letzte Angstknoten blieben. Dann rasierten sie Noolas Körper, nur der Kopf blieb verschont.

„Die Schmerzen bereiten auf das Leben vor!" Diese Lüge hatte sie so oft gehört, dass sie schließlich zur Wahrheit geworden war. Es als Ehre anzusehen half auch nicht über die Angst hinweg.

Zwei ihrer Freundinnen hatten die Zeremonie schon hinter sich, und sie waren danach wie verwandelt: Seither hatte sie sie niemals mehr lachen sehen, ihre schmerzverzerrten Gesichter verfielen von Tag zu Tag mehr. Sie waren immer wieder bei der Hebamme, die ihre Schmerzen linderte. Sie meinten, sie verstehen, dass einen der Schmerz auf das Leben vorbereiten solle, sie könnten das irgendwie nachvollziehen – aber wieso wurde einem die Weiblichkeit genommen? Wieso müsse man für immer Schmerzen haben, beim Urinieren, beim Sex, beim Gebären? Sie wollten keine Kinder, das hatten sie sich geschworen!

Doch schon am nächsten Tag war eine der beiden vergewaltigt und geschwängert worden. Einen der Eisenringe hatte man herausgerissen. Es war kaum vorstellbar, dass man diesen Wahnsinn überlebte!
Noola dachte nun doch, sie hätte auf Banar hören und mit ihm weglaufen sollen! Wo war er? Fragte er sie jetzt in diesem Moment noch einmal, sie liefe ohne zu zögern mit ihm weg, so groß war nun ihre Angst.
Die Schwestern streiften ihr das weiße Kleid über, und sie gingen gemeinsam in das Haus des Beschneiders, der in Gestalt ihres Vaters seines Amtes walten sollte. Ihre Cousins and Cousinen warteten schon, standen mit frischem Wasser, Garn, Tüchern und blutstillenden Mitteln zur Seite. Eine Cousine hatte die Eisenringe und Nadeln zum Verschließen über offener Flamme sterilisiert. Die Schwester ihrer Mutter begann, ein herzergreifendes Lied anzustimmen. Die Wände waren voll mit Fellen und Knochen verschiedener Tiere, mit Dolchen berühmter Beschneider vergangener Zeiten, Gemälde von Noolas Mutter, die prächtige Bilder von Kaffee und Kaffeezeremonien gemalt hatte. Der Holzboden knarrte, zwischen den Planken konnte man die Schatten flinker Schaben ausmachen. Manchmal lugte eine hervor, in der Hoffnung, es würde etwas für sie abfallen.
An den Fenstern hingen Gardinen, nun zugeschoben. Um eine nackte, grelle Glühbirne summten Fliegen. In der Mitte des Raumes thronte ein gefleckter, hölzerner Tisch – ein Altar für die ultimativen Opfer einer Frau: Ihre Freude, Jugend, Weiblichkeit und Libido.
Kein Mensch zu sein, so schien es zuweilen, war der einzige Zustand, der auszuhalten war.
Als ihr Vater, der Beschneider, den Raum betrat, lag sie auf dem Tisch und zitterte. Ihr Herz raste. Ihre Cousins hielten sie an den Armen fest. Sie versuchte schon, sich loszureißen, doch die Cousins waren kräftig und unbarmherzig. Das Lied der Tante drang durch Mark und Bein. Es beruhigte sie

nicht, sondern verstärkte ihre Angst. Ihr Vater hielt den Dolch, mit dem er schon unzählige Mädchen verstümmelt hatte. In seinem Gesicht war keine Emotion zu lesen: Er war nun nicht Vater, sondern durch und durch Beschneider.

Langsam schritt er auf den Tisch zu, wartete die Zeile des Liedes ab, die die Beschneidung beginnen sollte. Noola trat mit den nackten Füßen, doch man hielt sie fest. Nun gab es zum Erwachsenwerden nur noch den Pfad über die Verstümmelung – der Schmerz hatte für alle Zeit anzuhalten!

Der Beschneider stand vor dem Tisch und schob ihr Kleid hoch, tastete sich an ihren Beinen hoch und schlug den Stoff bis zum Nabel um. Zufrieden bemerkte er ihre makellose Rasur – die Mädchen hatten gute Arbeit geleistet. Macht musste demonstriert werden!

„Bleib ganz ruhig! Wenn du stillhältst, wird es schnell vorbei sein."

Noola presste die Zähne und die Augen zusammen. Ihre Finger krallten sich in die Arme der Cousins, die Zehen spreizten sich. Die Tante sang nun lauter, um die baldigen Schmerzensschreie zu übertönen.

Als der Vater nun mit dem Dolch zwischen ihre Beine fuhr, fiel ein Schuss. Der Tante blieb das Lied im Hals stecken. Alle sahen geschockt, wie sie leblos umfiel.

Dann brach die Hölle über sie herein: endloses Maschinengewehrfeuer riss sie zuerst aus dem Schock, dann aus dem Leben. Lichtstrahlen fielen plötzlich durch punktförmige Löcher im Holz der Hütte, die Schüsse waren ohrenbetäubend.

Einer der Cousins war blutüberströmt über Noola zusammengebrochen. Sie schob ihn von sich und sah, dass alle in dem Raum erschossen am Boden lagen. Weitere Schüsse durchlöcherten die Wände. Das Dach qualmte.

Noola rollte sich vom Tisch und beobachtete, wie ein Skorpion im Boden verschwand. Sie kroch inmitten ihrer blutüberströmten Familie unter den einprasselnden Schüssen, öffnete eine Bodenluke und verschwand in der Finsternis.

Sie hatte keine Ahnung, wie lange sie in der Dunkelheit gewartet hatte. Schüsse, wildes Gebrüll, drohendes Feuerknistern, stinkender Qualm, der langsam bis zu ihr vordrang. Hustend erwartete sie, dass jeden Moment jemand die Bodenluke aufriss, sie herauszerrte, schändete und tötete.

Ihr wurde bewusst, dass es keine gute Idee gewesen war, einem Skorpion zu folgen: Ein Stich von ihm und sie verreckte in diesem Versteck! Aber er schien wie sie im Dunkeln auszuharren, verschreckt von Rauch und Lärm. Die Schreie drangen durch Mark und Bein, das Gemetzel schien endlos.

Irgendwann war es plötzlich still.

Sie traute der Stille zuerst nicht. Erst als sich hörbar Menschen und Fahrzeuge entfernten, lugte sie vorsichtig aus der Bodenluke hervor. Zwischen den Leichnamen versuchte sie, die Lage auszumachen. Mehrmals tauchte sie ab und wieder auf, wischte sich die Schaben von den Händen. Keine Stimmen, kein Schrei, keine Schüsse. Sie fasste sich ein Herz und stieg vorsichtig hinauf. Ein schwacher Lichtschein brachte die unter dem Haus versteckten Waffen zum Vorschein: Waffen, die verboten waren; Waffen, die die M'sis suchten.

Noola wollte schleunigst hier raus, der Rauch war dicht und quälte ihre Lungen. Sie schlich hustend, das Kleid vor Nase und Mund haltend, zum Eingang und spähte vorsichtig hinaus. Die gleißende Sonne blendete, brannte ihr ins Gesicht. Die verstümmelten Silhouetten trieben ihr die Tränen in die Augen. Köpfe auf Stöcke gespießt, überall Tote und Körperteile. Man konnte kaum erkennen, was zu wem gehörte.

Sie hielt sich ihr schmutziges, blutig-weißes Kleid vor die Nase: der Gestank war überwältigend! Fliegen tummelten sich, selbst die Geier hatten schon Witterung aufgenommen und kreisten über dem Dorf, ließen sich vom Feuer nicht abschrecken. Das trockene Stroh der Dächer knisterte, der schwarze Rauch bedrohte, warnte die umliegenden Dörfer.

Noola betrat die Hütte ihrer Familie, sie war leer. Alle Familienmitglieder lagen ermordet im Haus des Beschneiders. Alles hatte man ihr genommen, die Familie, das Heim, den Glauben an Redlichkeit – jetzt hatte sie nur noch ihre fünf Sinne, auf die sie für ihr weiteres Überleben vertrauen musste. Noch hatte das Dorffeuer das Elternhaus nicht erreicht, doch das Haus des Beschneiders stand bereits vollständig in Flammen. Die Familie brannte: ihre Geister waren nun frei.

Sie suchte nach Kleidung, nach Tüchern, als sie etwas Ungewöhnliches vernahm, zuerst ein Glucksen, dann einen Schrei. Sie lauschte und verließ das Haus.

In einer der Hütten lagen verteilt die Leiber geschundener, erschossener Frauen, daneben ein Knäuel Kleidung. In einem gelben Tuch bewegte sich ein Händchen.

Als Noola das Bündel aufhob, hörte sie ein Fahrzeug näherkommen. Sie lief mit dem Kind in ihre Hütte, warf sich mehrere Kleidungsstücke über, füllte eine Blase mit Wasser und versteckte sich hinter dem Haus, versuchte dabei, das Fahrzeug nicht aus den Augen zu verlieren. Der Geländewagen mit der bewaffneten Besatzung passierte das Dorf, ohne stehen zu bleiben, so als wären die Berge von Toten, aufgespießte Köpfe und brennende Häuser nichts Ungewöhnliches. Als das Fahrzeug außer Sichtweite war, machte sich Noola auf den Weg in die Wüste, in die Richtung, in der sie die Oase vermutete. Ein paar Schritte weiter übergab sie sich.

Sie hielt ihre Gedanken gewaltsam ab.

Im Schatten ihres Felsens dachte sie darüber nach, ob sie für das brennende Dorf, für den Tod ihrer Familie, das Gemetzel verantwortlich war. Das Baby in ihrem Schoß blickte sie durstig an.

Der bewaffnete Verfolger der M'sis war nicht mehr weit, als sich Noola erhob, aus dem Schatten stieg und der Sonne mit eisernem Willen trotzte. Die Richtung war vom Schicksal vorgegeben: Weg, so weit und schnell wie möglich!

Das Kind an Noolas Brust röchelte.

Es gab eine nahe Oase, laut Banar ein Dreitagesmarsch. Er war mit seinem Vater oft dorthin gereist und hatte ihr davon erzählt. Vielleicht fanden sie Beduinen und nahmen sie mit?

Sie setzte den Marsch fort, nachdem sie dem Kind die Stirn geküsst und ihm „Durchhalten!" zugeflüstert hatte.

Erst wenn die Tiere im Zwielicht aus ihren Schattenplätzen hervorkamen, rückte die Wüste mit der Nahrung heraus. In der Ferne sah sie einen weiteren Felsen und gedachte dort im Schatten auf die Nacht zu warten. Noch war er weit entfernt, aber ein Ziel vereinfachte alles, ein Ziel war das Wichtigste im Leben. Überleben war zu unbestimmt, das Leben konnte quasi unbemerkt in den Tod übergehen, ableben sozusagen, ohne dass man es bemerkte, ohne davon jemals in Kenntnis gesetzt worden zu sein, und die Seele wandert in alle Ewigkeit weiter.

Der bewaffnete M'sis lag im Sand und blickte durch sein Zielfernrohr. Die Sonne blendete ihn, aber er hatte eine kleine Silhouette vernommen. Er war müde, das heutige Gemetzel hatte ihn sehr viel Kraft gekostet. Aber er marschierte weiter.

Knapp über dreißig, konnte er schon auf zwei Jahrzehnte als Soldat zurückblicken. Die M'sis hatten sein Dorf ausgelöscht, so wie sie heute dieses Dorf ausgelöscht hatten. Ab und zu erlosch ein Dorf, so wie ein Stern am Himmel. Die ersten fünf Jahre seines Soldatenlebens war die Machete seine einzige Waffe gewesen, da noch zu wenige Gewehre vorhanden waren. Deshalb war die Machete auch sein liebstes Werkzeug, sie war die ehrlichste Waffe. Obwohl man als Machetier oft eher unangenehme Arbeiten verrichten musste! Frauen wollte er nicht so blutrünstig zurichten. Das war auch nicht notwendig, da gab es andere Methoden, nicht weniger grausam. Methoden, die die Seele zerstörten: erst die der Opfer, dann die der Menschen, die von den Gräueltaten erfuhren. Kinder ließ er, wenn möglich, am Leben. Der Tod kam auch ohne seine Hilfe. Die Anführer befahlen aus Angst vor Rache immer den Kindstod – ein Befehl ging aber leichter von den Lippen als von der Hand.

Was in die Menschen dieses Dorfs gefahren war, verstand er nicht. Die M'sis betrog man nicht, das wusste jedes Kind! Er selbst hinterfragte diese Zustände nicht, kannte er doch nichts anderes. Er war Soldat, im Krieg, und dankte jeden Tag seinem Gott dafür, dass er noch lebte. Bald war der Tag vorbei und er konnte zurück in seine Hängematte.

Er bemerkte das Blut an seiner besudelten Kleidung. In Gedanken holte er sich den angenehmen Duft des Kaffees, den das junge Mädchen geröstet hatte, zurück. Es war das Schönste, das er seit Langem erlebt hatte, dieses wunderbare Aroma der frisch gerösteten Kaffeebohnen auf dem Feuereisen.

Der Soldat war nun bei dem Felsen angekommen, unter dessen Schatten Noola kurz zuvor noch verweilt hatte. Er kletterte hinauf, legte sich mit dem Gewehr im Anschlag auf den Bauch und verfolgte ihre langsamen, kurzen Schritte durch das Zielfernrohr: Noola wandelte unter dem Fadenkreuz, zum Abschuss bereit. Es würde einfach werden. Er steckte eine Patrone in die Kammer und repetierte, dann hielt er ihren Kopf ins Fadenkreuz.

Ihre Statur erinnerte ihn an seine Mutter: sie war noch jung gewesen, als sie von den M'sis ermordet und er entführt worden war.

*Für das Überleben muss man Dinge tun, für die ein Mensch nicht geschaffen ist. Wenn ich sie nicht mit meiner Waffe erlöse*, dachte er, *findet sie es auch bald heraus.* Er überlegte, ob er sie zuerst nur verwunden sollte, um mit ihr noch etwas Spaß zu haben, bevor er sie schließlich tötete. Die Nutten, mit denen er verkehrte, widerten ihn an. Sie stanken und fragten ihm Löcher in den Bauch: „Was macht ihr den ganzen Tag? Wohin geht ihr, wenn ihr für mehrere Tage fort seid? Willst du keine Kinder?“ Er wusste nie, was er antworten sollte. Sollte er ihnen vom Enthaupten und Aufspießen, vom Vergewaltigen und Verstümmeln erzählen? Er verstand, sie waren einsam und wussten nichts Besseres zu reden. Ihre eigenen Geschichten waren auch traurig.

So ein junges, frisches Mädchen wäre hingegen gut für ihn. Einmal im Leben ein normales Mädchen! Vielleicht hatte er Glück, vielleicht war sie noch nicht zugemacht: Es wäre dann einfacher. Auch für sie.

Er atmete tief ein und zielte auf ihre Beine. Tief einatmen, ausatmen – abdrücken.

Doch kurz bevor er den Abzug betätigte, merkte er, wie eine Schlange von rechts über seine Hand kroch.

Er erkannte die tödliche Sonnenschlange! Wenn er still blieb, wenn er nicht einmal atmete, dann würde sie an ihm vorüberkriechen. Langsam über den Gewehrlauf gleitend züngelte sie, bog nach links ab, über seine linke Schulter, und schlängelte sich auf seinen heißen Rücken. Ein sanfter Wind blies ihm Sand in die Augen und er zwinkerte mehrmals, sonst blieb er bewegungslos. Da vernahm er ihr Züngeln an seinem rechten Ohr, als wollte sie ihm etwas flüstern.

Sein ganzer Tag lief plötzlich vor seinem geistigen Auge ab: sein morgendliches Erwachen neben der Prostituierten, die weite Fahrt in das Dorf, das furchtbare Gemetzel, das Hacken und Aufspießen, das Schänden und Anzünden, dann die Fahrt in das nächste Dorf, die Munitionsexplosion, die Rückfahrt und die Verfolgung durch die Wüste, hierher, seine Gedanken und seine Hoffnung auf ein normales Leben, weitab der M'sis – da biss ihm die Sonnenschlange in den Hals.

Er schlug in Panik um sich und fiel vom Felsen. Die Schlange landete weich neben dem Gewehr im Sand. Der Hals des M'sis schwoll an – er röchelte um sein Leben! Die Schlange biss ihn nochmals, diesmal in die Hand, und pumpte ihm den letzten Tropfen Gift in den Körper. Er wollte zu seinem Messer greifen, doch schon schwoll seine Hand an und sein glänzend rot aufgeblähter Hals schnürte ihm die Luft ab. Noch ein paar Sekunden, bis es vorbei war.

Das kleine, tätowierte Mīm am rechten Handrücken hatte ihm auch nicht geholfen.

Die Schlange kroch unter seinen leblosen Körper, um sich vor dem Schlangenadler, der hoch über ihr kreiste, zu verstecken. Später, in der Dunkelheit, würde es sicherer sein, das Mädchen einzuholen.

Noola und der Säugling erreichten bald den nächsten Felsen. Einen Schluck Wasser trinken, ausruhen, auf die Nacht warten. Jagen, essen und dann weiter. Ein eigenartiger, süßlicher Geruch lag in der Luft. Die Sonne fiel nun steil herab, die Schatten wuchsen überproportional. Sie ließ sich in den Schatten des Felsens fallen.

Die Augen des Kindes waren weit offen. Es röchelte.

Noola gab ihm Wasser, es trank gierig.

„Langsam, langsam!“, flüsterte sie. „Bald wird es dunkel, dann können wir etwas fangen. Du wirst sehen! Vielleicht einen Fennek, oder eine Schlange.“

Es war alles so schnell gegangen, sie hatte keine Zeit gehabt, nachzudenken: Die misslungene Kaffeezeremonie, die Angst vor dem Beschneidungsritual, die Zeit mit ihren Schwestern, die sie gewaschen, massiert, rasiert und gesalbt hatten, die liebevollen Hände, die sich bemüht hatten, ihr die Furcht aus dem Körper zu streichen und so das Zittern beruhigen wollten. Doch die Nerven waren überstrapaziert, das Zittern hatte bis jetzt angehalten. Die M'sis hatten sie vor der Beschneidung bewahrt, dabei das ganze Dorf ausgelöscht, so als hätte sich Noolas übergroße Angst als diese skrupellosen Terroristen materialisiert und alles in Panik massakriert. Die Wahrheit darüber, wer oder was wirklich für das Blutbad verantwortlich war, blieb ihr verwehrt. Alle waren tot. Nichts war mehr von ihrer Vergangenheit übrig, außer dem Kind und ihren Erinnerungen.

Noola fragte sich, ob Banar seinen Plan verwirklicht hatte. Im Nachhinein war sie verwundert, dass er ihr die Flucht gerade heute, kurz vor dem Angriff, nochmals vorgeschlagen hatte.

Ihr Dorf war nicht mehr. Es tat ihr um die Menschen leid, ihre Familie, Freunde, die Hebammen, die das Leid der Frauen zu verringern versucht hatten. Tränen fielen auf das Gesicht des Kindes. Mit ihren Fingern führte sie die Tropfen zu seinem Mund. Sein Zustand verschlechterte sich merklich.

Die Sonne berührte nun den Horizont.

Die Sonnenschlange unter dem Kadaver des M'sis spürte die abendliche Kühle und erzüngelte sich ihren Weg zu Noola.

Noola setzte sich auf, wickelte sich aus den Tüchern und legte das Kind zur Seite in den Schatten, gut geschützt in den Tüchern. Suchend blickte sie zu Boden und hoffte auf essbares Kleintier, solange es kein Skarabäus war – sie mochte keine Tiere, die im Kot wühlten. Hie und da huschte etwas vor ihr, aber sie war zu langsam, zu sehr geschwächt. Langsam wurde es dunkler und dunkler, Sternenlicht übernahm die Beleuchtung. Erschöpft lehnte sie sich an den Felsen und wickelte sich wieder in die Tücher, umwickelte auch ihre nackten, geschundenen Füße.

Sie nahm den Säugling in die Arme, drückte ihn an die Brust und verstand die Welt nicht mehr. Bisher war sie klein gewesen und leicht zu verstehen: Einem erwachsenen Mann ging man aus dem Weg, einem Kind stand man bei und jede Frau war deine Schwester, denn sie wussten um den Schmerz, der einen erwartete.

Als sie mitten in der Nacht erwachte, lag das Kind in ihrem Schoß, aber es atmete kaum noch. Sie drückte es an sich, gab ihm Wasser, wünschte, sie hätte volle Brüste. Nichts bewegte sich, kein Wind, keine Stimme, nur endloser Himmel und Wüstensand, und ein Felsen, der ihr in der Nacht auch nicht viel half. Selbst einen Skarabäus würde sie dem Kind nun vorkauen, alles täte sie für das Leben des Kindes. Es durfte nicht ein Massaker vollkommen umsonst überlebt haben!

Die Kälte war in die Tücher gekrochen. Noola hatte gehofft, dass sich nachtaktive Tierchen an ihre Körperwärme schmiegten, aber hier war weit und breit kein Leben. Sie hob das Kind gen Himmel, hielt es an die Sterne, wünschte, jemand da oben fasste nach ihnen und rettete sie, brächte sie in eine neue Welt, wo man keine Angst mehr haben musste. Sie hatte niemals in ihrem Leben eine so große Angst erlebt wie an diesem Tag! Und sie fürchtete sich noch mehr vor dem, was zu tun war, um zu überleben.

Das schwache Kind produzierte dünne weiße Wölkchen, als wollte seine geschundene Seele entfliehen, um in einer Oase ein kleines Donnerwetter, Regen oder einen Sandsturm zu veranlassen, aus Zorn über diese Ungerechtigkeit.

Noola verzweifelte. Ihr Magen knurrte. Alles, davon war sie überzeugt, passiert aus einem ganz bestimmten Grund! Das Kind in ihren Armen gab ein letztes, weißes Wölkchen von sich.

Der Nordstern brannte hell und wies den Weg.

## DEKONSTRUKTION

„Was ihr von mir verlangt, ist unmöglich! Unmöglich! Hört ihr?“

Die Stimmen in Davids Kopf quälten ihn heute wieder besonders eindringlich. Seit Wochen wurde es von Tag zu Tag schlimmer. Er versuchte, dieses Schlimmerwerden vor den Ärzten zu verbergen, doch wie lange ihm das noch gelingen würde, wie lange er noch die Kraft hatte, Widerstand zu leisten, wusste er nicht. Zuerst hatte er sich gegen die Stimmen gewehrt, nun überlegte er tatsächlich, wie er ihre Forderungen verwirklichen konnte: Nämlich einen flutwellen- und erdbebensicheren Turm zu errichten!

„Der Vulkan spuckt Asche“, sagte er laut zu sich selbst, während er aus seinem Zimmer den Sonnenuntergang rechts vom Vulkan Asam beobachtete. „Schön ist's. Doch das, was ihr von mir wollt, das geht nicht, alle meine Experimente sprechen dagegen. Wieso gerade in Babel? Wieso ist das von so essenzieller Bedeutung? In Babel kommen nur die Hügel ringsum infrage. Eine erhöhte Position mit Wellenbrechern würde die Kraft einer Flutwelle abschwächen – vielleicht der Sonnenhügel mit den Sonnenblumenfeldern. Doch der Bürgermeister wird niemals zustimmen. Ein Turm ist ja nicht einfach nur ein Turm. Ein Turm ist ein Zeichen von Macht. Der Bürgermeister aber erlaubt nichts Mächtigeres als sein eigenes Rathaus und der Pfarrer nichts Ehrfurchtgebietenderes als seine Kirche. Niemals werden sie einen Turm zulassen, eine fremde Macht, von der sie nicht wissen, wer sie eigentlich innehat. Nichts darf sie überragen. Das geht zu weit, einen Turm mit diesen Ausmaßen! Wie hoch soll er sein? Hundert, zweihundert, dreihundert, vierhundert, fünfhundert Meter! Fünfhundert Meter? Das ist Wahnsinn! Welche Flutwelle ist fünfhundert Meter hoch?“

„Es ist unmöglich!“, wiederholte er laut. Genau genommen meinte er damit, dass das Meer gar nicht tief genug war, um eine solche Flutwelle zu erzeugen.

*Das wäre nur unter gewissen Umständen möglich, also unmöglich,* dachte er auf seinem Bett sitzend, nun vom Fenster abgewandt. „Es kann auf keinen Fall ein runder Turm werden. Wir brauchen Ecken, eine davon soll zum Meer schauen, wenn – falls! – die Flut kommt. Nur so können wir den Kraftvektor ablenken. Optimal wäre eine flache Pyramide, um die Energie der Flutwelle graduell abzuschwächen. Doch das wäre viel zu aufwendig. Für die Erdbebensicherheit müsste man das Gebäude von der Basis entkoppeln, mit Ausgleichspendel und Aufhängungen. Und für wen soll der Turm überhaupt sein? Sagt es mir doch. Sind Aufzüge, Treppen, Balkone, Fenster notwendig? Wie soll das Licht in den Turm fallen? Für Menschen sind diese Elemente lebensnotwendig, ganz besonders die Fenster: In allen Richtungen müssen Fenster die Umwelt kommunizieren, um keiner Illusion auf den Leim zu gehen. Nein, nein, rund darf der Turm doch nicht sein. Ein flacher pyramidaler Bau geht auch nicht. All die Röhrenmodelle und -experimente sind sinnlos, alles vergebens. Welche Form lenkt die Kraft einer Flutwelle ausreichend ab? Welche Form beschützt den Turm und seinen Inhalt."

*Ja, der Vulkan ist so schön,* dachte er. *Wo ist Severin nur, wenn man ihn braucht? Ich muss ihn anrufen, ihm von meinem Problem erzählen. Vielleicht fällt ihm auch dazu etwas ein. Severin, warum kommst du mich nie besuchen? Ich werde dich anrufen. Ich brauche deinen Rat.*

„Wenn sich das Meer doch aufbäumen sollte, würden die vielen Schiffe in der Bucht regelrecht auf Babel herabregnen und wie Geschosse einschlagen. Alles in der Bucht Schwimmende würde auf uns und den Turm einprasseln. Davor gibt es keinen Schutz. Der Turm bräuchte mehrere Schichten: eine Pufferschicht, in die das Wasser eindringen und an anderer Stelle wieder auslaufen kann, eine Pufferschutzschicht, eine Schutzhaut. Erdbebensicher ist heutzutage kein Problem, die Technologie ist weit fortgeschritten. Gegen Flutwellen allerdings – das ist eine Herausforderung, gegen eine solche Gewalt ist man nur mit dem höchsten Aufwand gewappnet. Das kann und will sich keiner leisten. Soll sie nur kommen und uns wegschwemmen, diese Flutwelle."

Die Stimmen begannen ihn nun richtig zu quälen, er wünschte, sie würden ihn in Ruhe lassen, nur für ein Weilchen, damit er seine Gedanken und seine Pläne ordnen konnte.

„Was wollt ihr nur von mir? Ist es ein Spiel? Wollt ihr mich in den Wahnsinn treiben? Sagt die Bibel nicht, es sei Blasphemie, so ein Bauwerk zu errichten? Habt ihr davon nicht gehört? Und dennoch scheint gerade ihr die achtundsiebzig Stimmen zu sein, die aus dem Zorn Gottes entstanden. Seid ihr keine göttlichen Stimmen? Nun wollt ihr mich in den Abgrund treiben, mich die Götter erzürnen lassen, weil ihr selbst nicht den Mut dazu habt! Was kann er euch schon nehmen? Ihr habt ja nichts, seid ja nur in meinem Kopf. Ihr zerrinnt, wenn man euch fasst. Die Ärzte reagieren zurückhaltend, wenn ich von euch spreche, wenn ich erzähle, was ihr von mir wollt, obwohl ich alles akribisch aufschreibe, alle Berechnungen und Modellmaße aufzeichne, Pläne veröffentliche. Ich plane und skizziere und berechne, weil ich so bin. Aber ein Turm ist ein Bauwerk, und steht deshalb immer mit Menschen in Beziehung. Bauwerke schaffen den Rahmen für das Leben. Man benötigt Fahrwege, Kanalisation, Elektrizität, einen Keller. Ein Bauwerk steht auch immer im Dialog mit seiner Zeit und der Zukunft. Man kann nicht einfach einen Turm, einen Traum, erschaffen. Er muss für Menschen und alle Funktionalitäten, die Menschen betreffen, beschaffen sein und die Gegenwart und am besten auch die Zukunft widerspiegeln."

David hielt kurz inne, als hätte er eine Idee, und flüsterte: „Das hiesige Gesetz zwingt mich darüber hinaus zur Stadtbegrünung, zu Solarzellen oder Windrädern. All das muss berücksichtigt werden."

Er legte sich auf sein Bett und schloss die Augen.

„All das muss berücksichtigt werden!" Und: „Es ist einfach unmöglich! Es ist unmöglich – selbst, wenn man die Natur als Vorbild nimmt: zum Beispiel ein elastisches Bambusrohr. Auch das wird von einer hereinbrechenden Flutwelle gnadenlos vernichtet."

David blieb ruhig, als wäre er eingeschlafen.

„GNADENLOS VERNICHTET!", wiederholte er laut. Er setzte sich verstört auf, als hätte er einen Albtraum gehabt.

„So ein Turm hat immensen Einfluss auf seine Umgebung. Man muss mit Bedacht bauen. So ein Bauwerk überlebt uns. Jedes meiner Bauwerke wird mich überleben: die invertierte Kirche in der Hauptstadt, die Quecksilberbrücke in der Großen Wüste, das Mondfries in Asien – all das sind Bauwerke für die Ewigkeit."

*Babel, Babel, Babel... Was soll das heißen? Babel, Tiere, ich versteh' nicht, was ihr wollt.*

Er stand wieder von seinem Bett auf und beobachtete in der Entfernung die orange glühende Lava aus dem Vulkan fließen.

„Auch wenn sich die Schönheit mit der Zeit wandelt", sagte er langsam und lauter als gewohnt, „ein architektonisch durchdachtes Bauwerk ist zu allen Zeiten schön; und wenn schon nicht schön, dann zumindest bewundert, für eine Perle seiner Zeit gehalten. Ein Turm hat immer eine Bedeutung! Er ist auch immer Machtsymbol. Wer wird den Pfarrer und den Bürgermeister unterwerfen? Wer hat so viel Freiheit, so viel Geld? Vielleicht ein arabischer Pascha!"

David übermannte die Verzweiflung, er hielt sich den Kopf vor Schmerzen.

„Severin, bitte komm doch, ich brauche deinen Rat. Ich werde dich gleich anrufen, wenn mich der Arzt untersucht hat. Die Ärzte lassen mich nicht immer raus am Abend nach dem Essen. Sie sagen, mein Hirn wäre hyperaktiv, was immer das heißen soll. Ich soll mich ablenken, sagen sie, ich soll mich beruhigen. Aber wenn ich versuche, mich abzulenken, mich zu beruhigen, dann brechen die Stimmen über mich herein und quälen mich. Ich hoffe, die

Ärzte erlauben mir zu telefonieren. Dank dir kümmert man sich gut um mich, so wie man sich wohl um dich gekümmert hat, als du hier gelebt hast. Manchmal erzählt mir ein alter Patient, der schon eine halbe Ewigkeit hier lebt, von dir. Aber seine Geschichten klingen ziemlich unwahrscheinlich. Und wenn sie schon nicht wahr sind, dann wenigstens unterhaltsam."

Er wartete darauf, für die Untersuchung abgeholt zu werden.

*Ich finde es interessant, dass keiner Angst vor Asam hat. Er speit Lava und spuckt Asche. Jeder lebt so vor sich hin, als wäre nichts, als wäre ein aktiver Vulkan zu vernachlässigen.*

„Ja, da seid ihr ja!", rief er, als sich die Tür öffnete. Zwei Weißgewandete traten ein, halfen ihm beim Anziehen und führten ihn in ein Zimmer mit wunderschönem Ausblick. Der Himmel war weiß, nicht blau, weiß. Der schwarze Vulkankegel schien Schatten und Substanz in einem zu sein. Das gelbe Licht strahlte und formte einen Halo – eine von der Natur geschaffene Gottheit.

*Ein Engel schwebt herein!*, dachte David, als er den Arzt erblickte, der ihn sogleich bat, den Mund zu öffnen.

„Aaaah, da unten ist nichts, Herr Doktor. ... Was ich mache?"

„Denken", sagte David. *Ich plane das Unmögliche, berechne und modelliere, skizziere und zeichne*, dachte er.

„Sonst nichts", sagte er. Wenn er nicht ununterbrochen nachdenke, was denn dann passiere, wollte der Arzt von ihm wissen. *Er weiß ganz genau, was dann passiert; er fragt nur der Vollständigkeit halber.*

„Die Stimmen!", rief David.

„Der Turm?", fragte ihn der Arzt.

Er antwortete nicht, doch das reichte dem Doktor als Antwort.

„Ich bin Architekt", sagte er schließlich. Doch das wusste der Arzt bereits. Er erwiderte deshalb, dass auch er manchmal wie ein Architekt denken müsse.

Der menschliche Körper sei wie ein Gebäude, ein von der Natur geschaffenes, organisches Gebäude zum Schutz der Funktionalitäten, der Eingeweide, insbesondere des Gehirns. Die Lunge sei der Kamin. Der Magen setze ähnlich der Solarzellen oder eines Generators die vorhandenen Kraftstoffe in Energie um. Die Knochen waren der Rohbau, das Gerüst, das Fleisch der Verputz, Haut und Haare die wasserabweisende Oberfläche. Die Augen waren die Fenster zur Welt, der Mund wie ein Balkon für die Kommunikation – oder die Tür – nach außen, die Ohren Antennen oder Satellitenschüsseln, um Wellen zu empfangen. Die Füße und Beine waren die Basis, der Darm die Kanalisation.

„So habe ich es noch nie gesehen“, sagte David.

*Aber der Arzt plant und baut nichts. Darum kümmert sich die Natur, nicht der Arzt. Gut, zugegeben, er muss über den Bauplan Bescheid wissen, um heilend eingreifen zu können, doch das Gefasel des Arztes bringt mich auch nicht weiter.*

David sagte: „Die Stimmen gehen nicht weg!“

Der Arzt notierte sich etwas, wahrscheinlich genau das: Die Stimmen gehen nicht weg.

*Deshalb gehe ich auf sie ein. Es ist, wie wenn man einen Geist sieht und ihn erst loswird, wenn man ihm hilft. Was bleibt mir sonst übrig?*

„Anhaltende Schizophrenie“, meinte der Arzt, halb fragend.

Der Architekt verneinte. „Sie kommen zu mir und quälen mich, wollen den unmöglichen Turm, für den keiner bezahlen würde, selbst wenn er möglich wäre.“

Wieso der Turm unmöglich wäre, wollte der Arzt wissen. „Weil er einer fünfhundert Meter hohen Flutwelle standhalten muss und ich keine Geometrie finde, die das zustande bringt. Man muss die Kraft ablenken!“

„Was ist mit Wellenbrechern?“, wollte der Arzt wissen und nahm so an dem Gedankenexperiment teil.

*Vielleicht denkt er, ich hätte recht und werde so die Stimmen los. Alleine, dass ich das glaube, kann ja schon Grund genug dafür sein, dass es passiert.*

„Wellenbrecher sind gut, aber das hat nichts mit dem Turm zu tun“, erläuterte er dem Arzt.

„Man könnte entlang des Hügels Wellenbrecher errichten“, erwiderte der Arzt.

„Das ist eine gute Idee, Herr Doktor. Und wenn dann doch keine Flutwelle kommt, wäre es zumindest ein Kunstwerk in den Hügeln von Babel, ein weiteres Meisterwerk von mir! Aber ich kann keinen zylindrischen, bambusrunden Turm, keinen pyramidalen Turm oder einen schmalen, länglichen Turm bauen, der senkrecht zum Meer steht und kaum vom Kraftvektor der Flutwelle erfasst würde. Er müsste so schmal sein, dass darin kein Mensch leben könnte. Auch ein Dreieck im Grundriss übersteht keine Flutwelle. Ich habe es nachgerechnet. Es lenkt zwar etwas von der Kraft der Flutwelle ab, wird aber schließlich weggeschwemmt wie alle anderen auch.

Der Arzt sagte etwas, aber er hatte nicht ganz verstanden.

„Eine Blumenform, meinen Sie, oder eine Sternform? Mit Verlaub, das klingt fantastisch.“

Und der Arzt erklärte, es gäbe in der Natur ganz kreative Formen, die vielleicht in der Lage wären, dieses außergewöhnliche Problem zu meistern. Ein geschwungenes Trapez, vielleicht, oder eine Weihnachts- oder eine Seesternform.

*Die Kommentare des Arztes sind zwar nur Gewäsch. Aber es ist auch nicht ganz dumm, was er von sich gibt*, dachte David.

Dann dozierte der Arzt weiter, dass es in der Architektur ja ähnlich wie in der Mode sei: Geografie und Jahreszeit gäben die Farben, die Qualität und Quantität der Materialen vor. Am Südpol müsse man also anders bauen als in der

Wüste und im Dschungel anders als am Meer – so wie Urwaldbewohner andere Kleidung trugen als Inselbewohner und Inuit andere als Beduinen.

*Ganz unrecht hat der Arzt ja nicht. Aber wie mir das weiterhelfen soll, einen unmöglichen Turm zu bauen? Vielleicht hört er sich gerne reden*, dachte David.

„Danke, Herr Doktor, für Ihre interessanten Einblicke."

Doch das mit den Formen aus der Natur, das wollte David nicht mehr aus dem Kopf gehen.

*Der Herr Doktor erlaubt mir, nach dem Essen zu telefonieren. Ich muss Severin anrufen, ich muss Severin anrufen*, dachte er. *Ich muss ihm von dem Turm und meinen Fortschritten erzählen. Aber zuerst schreibe ich alles auf und publiziere es. Man weiß ja nie, was zurückkommt aus den Weiten des Nirwanas. Vielleicht hat ja jemand die Eingebung, die mir weiterhilft, die Stimmen verschwinden zu lassen.*

David fühlte sich nach diesem Gespräch mit dem Arzt sehr erschöpft. So ein Tag mit andauernden Gedanken war sehr belastend.

*Sie sind heute gut zu mir, die Weißgewandeten, vielleicht weil ich keine Schwierigkeiten mache. Severin anzurufen ist wichtiger, als meinen Willen durchzusetzen, auch wenn der Fraß heute wieder unter aller Sau ist. Ich will nicht undankbar sein. Man kümmert sich gut um mich. Aber für das Geld, das wir bezahlen, da könnte schon ein besseres Mahl kredenzt werden.*

„Oder was meinen Sie?", fragte er im Speisesaal seinen Sitznachbarn, der keine Ahnung hatte, worum es ging, und sich auch nicht weiter dafür interessierte.

*Ja, ich weiß, euch ist alles egal*, kommentierte David bei sich und beließ es dann dabei, bevor er sich in einen Wutanfall hineinsteigerte, was ganz leicht passieren konnte, wenn andere Menschen anwesend waren. Manchmal, wenn er schon wusste, dass er gerade dafür anfällig war, aß er lieber in seinem Zimmer. Das war kein Problem. Auch wenn er Stimmen hörte und es ihm nicht gut ging, war er trotzdem der berühmte Architekt David Roth. Es änderte nichts an der Tatsache, dass er die genialsten Bauwerke geplant und errichtet hatte. Heute ging es ihm gut. Er fühlte, dass er Fortschritte gemacht hatte, auch wenn er es noch nicht richtig fassen konnte.

*Ja, ich habe Fortschritte gemacht.*

„Fortschritte“, sagte er laut, als man ihn in sein Zimmer zurückbrachte. „Der Herr Doktor hat gesagt, ich kann nach dem Essen telefonieren“, merkte er an.

Die Weißgewandteten versicherten ihm, dass das kein Problem sei. Er solle sich kurz ausruhen und entspannen. Gleich würden sie wiederkommen und ihn zum Telefonieren abholen. Er legte sich hin und schloss die Augen. Er glaubte, den schwefeligen Dampf Asams zu vernehmen. *Will Mephistopheles einen Pakt mit mir schließen? Das ist ganz schön blöd, wo ich doch keine Seele habe. Ich ginge ihn sonst glatt ein! Aber sei's drum: Jetzt muss ich Severin anrufen. Severin, bitte sei zu Hause!*

Er lag im Bett und öffnete seine Augen. Die Lichtverhältnisse hatten sich sichtlich geändert.

„Was, es ist schon in der Früh? Habe ich geschlafen? Wo ist die Zeit? Was machen sie nur mit mir? Hilfe, lasst mich telefonieren, telefonieren!“

Er hielt sich den Kopf unter Schmerzen.

„Ja, ich weiß, Babel, Babel, Babel. Aber was ist mit den Tieren, den Tieren? Was habe ich mit Tieren zu tun? Ja, ich versuche mein Bestes, den Turm zu bewerkstelligen. Die Kraftvektoren einer solchen Flutwelle zerstören alles, tragen alles fort, vernichten alles, ertränken alle. Wie sich so eine hohe Flutwelle aufbauen soll, verstehe ich nicht. Das Meer ist hier nicht tief genug! Sie ist nur möglich, wenn eine immense Masse ins Meer stürzt. Ist es das? Ein Asteroid stürzt auf uns und vernichtet uns? Pottwal, Pottwal? Wieso Pottwal? Was soll das heißen, *Pottwal*? Habt ihr euren Verstand verloren? Wieso höre ich nur auf euch? Verschwindet endlich, ich muss jetzt telefonieren!“

„Telefonieren!“, schrie er und trommelte gegen die versperrte Tür.

„TELEFONIEREN!"

Die Tür wurde aufgesperrt. Die Weißgewandeten traten ein und meinten, er könne jetzt telefonieren, und dann gebe es Mittagessen. Er hätte das Frühstück verschlafen, meinten sie.

Er hätte nicht gemerkt, geschlafen zu haben. Er hätte gerade erst zu Abend gegessen, antwortete er.

Man führte ihn an einen Apparat und er rief Severin an. Er hoffte, er wäre zu Hause und nicht mit Laika spazieren.

*Ich liebe Laika*, dachte er. *Ich hoffe, Severin bringt sie mit, wenn er mich besucht. Ich würde sie glatt behalten, wenn ich nur dürfte. Immerhin bin ich freiwillig hier, ich kann ja die Anstalt jederzeit verlassen*, dachte er, *und mir eine Laika zulegen. Aber was mache ich mit so einem Tier, einem unabhängigen Astronautenhund? Ich habe keine Zeit für einen Hund. Ich muss jetzt telefonieren.*

Er wählte Severins Nummer und wartete. Es läutete. Es läutete und er wurde ungeduldig. *Geduld war noch niemals meine Stärke. Aber Severin ist da anders. Er ist schwerfällig, behäbig. Vielleicht ist er im Keller*, dachte David.

Es dauerte lange, bis Severin sich außer Atem meldete.

*So wie er keucht, muss er im Keller gewesen sein.*

David begrüßte seinen Bruder. Sie hatten zwar nicht dieselbe Mutter, doch hatten sie beschlossen, dass sie Brüder waren, immerhin irgendwie blutsverwandt – das war nun einmal so. Aber die Mühe, es nachzuprüfen, brauchte man sich nicht zu machen. Besser war, es blieb unklar, bevor man einen Wirbel in das Gefüge der Menschheit hineinbrachte. Nur keinen Wirbel machen, auch wenn sie so schon genug Staub aufwirbelten: Er mit seinen Bauwerken und Severin mit seinen Texten. Es war das Beste, seinen Platz in der Welt zu finden und darüber hinauszuwachsen. Severin klang gehetzt und noch immer außer Atem.

*Ist er noch fetter geworden? Er soll aufhören, dieses Blue Hippo zu trinken*!

So fragte er ihn auch direkt: „Trinkst du immer noch dieses abscheuliche Blue Hippo? Es ist nicht gut für dich!"

Severin antwortete nicht, sondern fragte nur, was er wolle.

David hätte ihm gerne von seinen Fortschritten erzählt. Nur konnte er es nicht auf den Punkt bringen. Daher sagte er nur: „Bitte komm her, bitte besuch mich!"

*Dabei will ich ihn mit solchen Rührseligkeiten eigentlich gar nicht belasten*, überlegte David.

Severin antwortete nicht.

*Wahrscheinlich fühlt er sich jetzt schlecht. Hasst er mich immer noch? Die Stille ist eine Hassstille. Vielleicht könnte ich sein Interesse mit einer Lüge etwas anstacheln*, dachte er und schrie: „ICH HABE ES GESCHAFFT!"

Severin fragte ihn, was er denn geschafft habe, und David wollte ihn über den Stand seines Projekts informieren, das sich nicht nur im Reich seiner Fantasie manifestierte, sondern es nun auch in die Realität geschafft hatte.

„Der Turm, den ich in Babel errichten will: Ich habe endlich die Pläne für den Turm fertig", erklärte David.

Severin sagte: „Wäre nicht ein Bunker, ein Loch tief in der Erde, die beste Lösung, um eine Flutwelle zu überleben?"

„Fertig", wiederholte David noch einmal, ohne auf Severins Kommentar einzugehen.

„Fertig, fertig, ich bin fertig."

Das merke er, antwortete Severin.

Doch David verstand nicht genau, was er meinte. „Bist du immer noch böse auf mich? Bitte sei nicht mehr bös' auf mich. Ich wollte sie nicht verletzen. Niemals würde mir das in den Sinn kommen", sagte David.

Severin blieb still.

Was er denn nun wolle, fragte Severin schließlich.

„Ich brauche deine Hilfe", sagte David. „Ich brauche deinen Rat. Ich kann diese Stimmen nicht verstehen. Ich verstehe nicht, was sie wollen. Vielleicht kannst du kommen und mir helfen." *Komm doch, ich kann ja nichts dafür, dass es so gelaufen ist, wie es gelaufen ist. Ich kann nichts rückgängig machen. Bitte steh mir bei, mein lieber Severin.*

Sanfte Klaviermusik füllte plötzlich den Äther.

„Hörst du das auch?", fragte David.

Leise klimperte es aus einem jungen Herzen. Er konnte sich nicht mehr konzentrieren.

Er komme morgen, versprach Severin, immer weiter in den Hintergrund gedrängt.

*Wird er wirklich kommen?*, fragte sich David und legte auf, ohne sich zu verabschieden. Er folgte der Musik.

*Das muss mit dem Turm zu tun haben!*

Er hatte es vor den Ärzten geheim gehalten, dass diese Klaviermusik ihn beruhigte. Wenn er sie hörte, stellte er sich ein junges Mädchen vor, das konzentriert und lächelnd spielte. Manchmal tauchte die Musik plötzlich auf, dann war es wieder still. Es gab kein Muster, zumindest konnte er keines erkennen. Er vermutete, dass sie irgendwo in dieser Anstalt spielte, aber er hatte sie noch nicht finden können. Unbemerkt entfernte er sich vom Fernsprecher, streifte durch die Gänge der Anstalt, folgte langsam der lauter werdenden Musik wie ein neugieriges Kind einem lustig flatternden Schmetterling.

*Das Lied muss von meinem Herzschlag kommen*, dachte er. *Wo sind nun die Stimmen? Sie werden ruhig, als hätten selbst sie vor dieser Musik Respekt. Sie sollte den ganzen Tag spielen. Diese Ruhe tut so wohl!*

„Da ist er ja!", hörte er sie hinter sich rufen. Nun war er im Griff zweier Weißgewandeter, die ihn zwangen mitzukommen.

*Ich will zu dem Mädchen, will es umarmen und küssen, mich für die fabelhafte Musik bedanken. Wahrscheinlich führt mich diese Musik zum Turm, zu dem Geheimnis des Turms. Lasst mich los!*

„LASST MICH!“, schrie er lauthals, *lasst mich, lasst mich, lasst mich! Ich muss zu dem Mädchen!*

„ICH SCHEISS AUF EUCH!“

Sie zerrten ihn den Gang entlang. Die Musik drohte ihm abhandenzukommen. Sie wurde wieder leiser, die Stimmen immer lauter.

*Wo ist Severin, wenn man ihn braucht? Er kommt erst morgen, er hat es mir versprochen, morgen kommt Severin.*

„LASST MICH!“, schrie er verzweifelt, schlug um sich, als wollte man ihn aufs Schafott zerren, als schliffe der Henker schon das Beil. Er riss sich los, wurde aber sofort wieder eingefangen und zu Boden gedrückt. Er schrie und weinte verzweifelt, dass sie ihn alle im Stich ließen, er den Stimmen überlassen wurde. Für immer und ewig wäre er ihr Sklave und müsste an einem unmöglichen Turm arbeiten. Man machte ihm weiß, dass der Turm sein letzter Ausweg wäre. Er musste hier weg. Er war freiwillig hier. Man konnte ihn nicht zwingen. Er bezahlte gutes Geld für seinen Aufenthalt. Wenn er der Klaviermusik folgen wollte, dann durfte er das! Er war immerhin freiwillig hier. Man musste ihn gehen lassen.

Sie krempelten seinen Ärmel hoch und stachen ihn mit einer Nadel. Die Stimmen wurden lauter und die Musik immer leiser. *Turm, Turm, Turm*, schrien sie, als wäre er schwerhörig. Warum konnten sie ihn nicht endlich in Ruhe lassen? Er würde sich ja um den Turm kümmern! Was hatte er sonst auch für eine Wahl?

*Wo ist Severin, wenn man ihn braucht? Hoffentlich ist es morgen nicht zu spät. Hoffentlich kommt er morgen. Wohin bringen sie mich? Ihr Gauner, lasst mich!*

Er konnte nicht mehr sprechen. Die Welt zog an ihm vorbei: Die klinischen Gänge, die weißen Wände und Türen, die Weißgewandeten und Patienten. Es öffnete sich eine Tür und er landete weich. Er roch Asam, als wäre er ganz nahe. Asche und Schwefel.

Die Stimmen wurden unbarmherzig laut, immer lauter, hallten durch seine Gehirnwindungen. *Babel, Babel, Turm, Turm, Tiere, Pottwal…*

Der Emir und seine in Schwarz gehüllte Frau hatten mit einem kleinen Koffer auf einer Holzbank vor David Roths Zimmer gewartet und mussten mit ansehen, wie er bewusstlos dorthin gebracht wurde. Sie erhoben und bedankten sich freundlich. Morgen wollten sie wiederkommen, um dem bedeutenden Architekten das Geschenk zu überreichen.

## OASE

Des Nachts folgte Noola dem Nordstern. Tagsüber versteckte sie sich im Schatten von Felsen oder in kleinen Höhlen vor der Sonne, einmal musste sie sich sogar im Sand eingraben, weil es weit und breit keinen Schutz vor der Sonne gab. Zu Essen hatte sie seit jenem letzten Abend mit dem Kind nichts mehr gefunden. Einmal hatte sie Skarabäen gejagt, doch sie waren gleich wieder unauffindbar verschwunden. Sanddünen wechselten sich mit kaum bewachsener Steppe ab. Nichts war aufzutreiben, dem man die Feuchtigkeit entziehen konnte. Bleiche Skelette von Vieh, vom Dromedar, manchmal sogar von Menschen. Nicht einmal Insekten wollten in der prallen Sonne leben, nur Skorpione gesellten sich in der Nacht zu ihr und schmiegten sich unbemerkt an ihren warmen Körper. Nach und nach schwand Noolas Kraft, schwand das Wasser in der Blase, schwand der Sinn für Realität. Sie träumte von der Oase, vom kühlen Nass, vom Herumtollen im Wasser. Manchmal wollte sich das Blut, der Wahn aufdrängen, aber sie begrub ihn in ihrem Herzen, so wie man es tat, wenn man mit einer Erinnerung oder einem Gefühl nicht leben konnte.

Zwei Nächte war sie dem Nordstern gefolgt. Sie rührte mit den Augen in der Milchstraße, zählte Sternschnuppen (das Wünschen bei Sternschnuppen war ihr unbekannt, hätte sie aber ein wenig getröstet), sah die Sterne aufleuchten und plötzlich verschwinden, so als hätte ein unsichtbares, unheimliches Weltraumtier sie geschluckt. Sternzeichen, die sie nicht benennen, aber zuordnen konnte.

Als sie sich am dritten Tag eingrub, dachte sie, dass sie in der Nacht nicht mehr die Kraft haben würde, wieder aufzustehen. Doch später, als nur ein dünner Sichelmond die Nacht durchschnitt, hielt sie sich an ihm fest und zog sich mit einem Ruck hoch. Sie lief ein paar Stunden, fand einen Felsen, an den sie sich lehnte, und den sie als Schatten für den Tag, vielleicht gar als letzte Ruhestätte verwenden wollte. So wie früher der Atem des Kindchens war ihr eigener Atem jetzt auch nur noch ein dünnes Wölkchen in der kalten Luft.

Sie hatte viel überstanden, jetzt zu sterben war nicht akzeptabel! Sie sprach es laut aus: „Es ist inakzeptabel, mich so zu quälen!“

„Mit wem sprichst du, mein Kind?“

Sie hatte keine Kraft mehr, sich umzusehen. Sie hatte kaum noch Kraft, die Augen aufzuhalten.

*Wird man wahnsinnig, kurz bevor man stirbt?*

Unerwartet fühlte sie eine Bewegung, zuerst hinter sich, dann zwischen ihren Beinen, hoch zu ihrem Schoß: eine Sonnenschlange!

Dass sie die Schlange verstehen konnte, war für sie der Beweis ihres Wahnsinns. Noola hätte hysterisch gelacht, hätte sie noch die Kraft dazu gehabt.

*So endet es also: in Angst, in Qual, mit furchtbaren Schmerzen!*

„Seit Tagen versuche ich dich einzuholen. Deine Fährte zu erzüngeln ist nicht einfach. In dir ist nicht mehr viel.“

*Bring es endlich hinter dich!* Noola verdrehte die Augen.

„Du musst weiter! Hörst du? Du musst weiter, du kannst jetzt nicht aufhören, einen Tag noch und du hast die Oase erreicht! Steh auf und geh weiter!“

Noola bewegte sich nicht.

„Sieh’ her, ich opfere mich dir! Du kannst mich braten! Oder roh essen, du scheinst ja eine Vorliebe dafür zu haben!“

Noola wollte ihrem Wahn nicht das Gefühl geben, dass sie ihn ernst nahm. Sollte diese Schlange sie doch endlich beißen, sie fressen oder sich wieder verrollen, es machte keinen Unterschied mehr! So endete es also. Im Sand, am Felsen, vielleicht nicht weit von der Oase.

„Du gibst auf? Und wenn ich dir erzähle, dass dich ein ungeheuerliches Schicksal erwartet, ein Schicksal, von dem die Zukunft der Erde abhängt? Bald, sehr bald, wird sich alles ändern, wird auf den Kopf gestellt, Leben,

Tod, die Weltordnung, die Hierarchien im Sonnensystem. Schau hoch! Ich weiß, wie sehr du die Sterne liebst! Schau hoch!“

Noola gehorchte. Sie besaß gerade noch so viel Kraft, um ihre Augen nach oben zu rollen. Wie jede Nacht war da die Milchstraße, milchig weiß, mit farbigen Schlieren, die man oft für Einbildung hielt. Der Himmel war voll mit Himmelskörpern. Auch die Seelen der Verstorbenen schwebten im Äther der Ewigkeit! Sie wollte sich ihnen nun anschließen und machte die Augen zu.

„Beiß mich endlich!“, flüsterte sie kaum hörbar. „Beiß mich, bringen wir es hinter uns!“

„Weit gefehlt, junge Dame, weit gefehlt!“, sagte die Sonnenschlange. „Tatsächlich wird das Gegenteil der Fall sein! Bleib auf Kurs und du wirst finden, wonach du suchst!“

Noola war kurz davor, ihr Bewusstsein zu verlieren, als die Sonnenschlange aus ihrem Schoß in Richtung ihres Herzens kroch. Sie züngelte am Kinn, spürte kaum mehr Noolas Atem – es war Eile geboten! Sie glitt am Kinn hoch, stieß an den halbgeöffneten Mund, schob ihren Kopf zwischen Noolas Zähne, die trockene Zunge entlang in den Rachen, und glitt geschmeidig und zügig durch die Speiseröhre in den Körper.

Noola riss die Augen auf, würgte, doch sie hatte keine Kraft sich zu wehren. Die Schlange drang immer tiefer in sie ein und bald war auch der Schwanz in Noolas Mund verschwunden.

Noola war an Armen und Beinen gefesselt, die Welt schaukelte.

Es war helllichter, gleißender Tag und sie lag bäuchlings auf einem Dromedar. Sie erkannte nicht, wie viele Dromedare in der Reihe, wie viele Menschen in dieser Karawane marschierten. Abgesehen vom Atmen der Tiere, den Schritten im Sand, vernahm sie nichts.

Sie hatte keine Erinnerung bezüglich ihrer Gefangennahme. Man musste sie des Nachts entdeckt, sie aus den vielen Tüchern gewickelt und auf das Dromedar gehoben haben.

Obwohl sie seit Tagen darbte, fühlte sie sich stark, nur ein wenig durstig. Den letzten Schluck Wasser hatte sie gestern Nacht getrunken. Der aufsteigende Rauch aus ihrem Dorf war schon lange aus dem Blickfeld. Das Dorf und seine Menschen waren längst verweht.

Sie hatte sich manchmal die Frage gestellt: *wozu noch überleben? Wozu weitergehen, wenn alle, die ich kannte, tot sind? Wozu sich weiter schinden, wozu diese endlose Qual, wo ich diese Gräuel doch nie wieder aus dem Kopf bekomme, für immer damit leben muss?*

Doch je mehr sie sich quälte, desto intensiver materialisierte sich ein Sinn dafür, die Gewalt der Vergangenheit zu vergessen und die Zukunft zu erträumen. Sie kam schließlich zu dem Schluss, dass etwas oder jemand auf sie warten musste. Warum wäre sie sonst hier? Aber was oder wer es war, wo es wartete, ob es überhaupt wünschenswert war, dies zu erfahren, das wusste sie nicht.

Von dem, was die Schlange gesprochen hatte, wusste sie nichts mehr, und selbst wenn sie sich hätte erinnern können, sie hätte es als Traum abgetan.

Auch wie lange sie schon durch die Wüste ritt, wusste sie nicht. Die Sonne stand am höchsten Punkt des Himmels, es konnte also noch nicht sehr lange sein. Wäre sie bei den M'sis, man hätte sie schon geschändet und geschlachtet.

Sie hörte einen Vogelruf, versuchte etwas zu erkennen, konnte aber noch immer nicht mehr als schwankende Dromedare und gleißenden Wüstensand ausmachen. Sie dachte daran, sich bemerkbar zu machen, blieb aber still. Sie würde früh genug herausfinden, wohin ihre Reise ging.

Zumindest musste sie nicht mehr selbst laufen. Im Moment konnte sie an ihrer Situation wenig ändern.

Als jemand an ihrem Tier vorbeilief und es mit einer Gerte antrieb, galoppierte die ganze Herde einen Hang hinauf. Die Dromedare ächzten und schnauften. Als sie den Hügel wieder hinabstiegen, wurde sogleich ein deutlich angenehmeres Klima spürbar: Ein sanfter Wind kühlte ihre nackten Fußsohlen. Das Atmen fiel nun leichter. Trotz der Sonnenglut war da eine gewisse Feuchtigkeit in der Luft.

Dann konnte sie es auch mit eigenen Augen sehen: vor ihr tat sich ein kleines Tal auf, an das ein Hügelland anschloss. Ein Qanat beförderte aus den anliegenden Hügeln Trinkwasser. An einem See tummelten sich tränkende Dromedare, Ziegen und Pferde. Wo kein Fels an den See grenzte, wuchs es grün. Dort grasten die Tiere und lustwandelten die Oasenbewohner. Mehrere Dattelpalmen- und Olivenbaumhaine zierten die unbewohnten Stellen dieser Oase. Satellitenschüsseln auf lehmgrauen Ziegelbauten, durchzogen von bunten Vorhängen, Teppichen und anderen Stoffen, prägten das Bild dieser märchenhaften Siedlung. Ein Palais mit einem reich verzierten Minarett befand sich prominent in der Mitte der Niederlassung, nicht unweit des Seestrandes, der einzige Bereich um den See, der nicht grünte. Von dort führte auch ein Steg ins Wasser. Hinter der ersten Hügelkette entstand ein gigantischer Turm – Männer wuselten an Gerüsten, Maschinen und Kränen um den Rohbau herum.

Als die Karawane endlich den Grünbereich der Oase betrat, vernahm Noola unterschiedlichste Geräusche. Tiergeschrei, lauthals diskutierende Frauen, Händler, die ihre Ware feilboten, Stimmen aus Radio- und Fernsehgeräten, schreiende Kinder. Menschen in bunten Roben starrten sie neugierig an und flüsterten hinter vorgehaltener Hand. Allerlei Gerüche aus allen Richtungen.

Das Dromedar, auf dem Noola bäuchlings schaukelte, hielt nun an. Man zerschnitt ihre Fußfesseln und zog sie von dem stinkenden Tier. Ein Mann mit langem Bart und Turban musterte sie, dann stieß er sie an, deutete ihr, vorwärts zu gehen. Nach ein paar Minuten fand sie sich in der kleinen Parkanlage des Palais. Sie gingen auf den Eingang zu, umgeben von Sträuchern, deren Silhouetten Tieren glichen. Gerade wurde ein weiterer Strauch gepflanzt.

Der Beduine zog sie an den Handfesseln, er schien es eilig zu haben. Am Eingang waren Wächter positioniert, die beide streng begutachteten. Sie redeten in einer fremden Sprache mit dem Beduinen, dann lachte einer der Wächter lauthals und winkte sie durch. Im Hof des Palais kam ein weiterer Wächter auf sie zu, das Prozedere wiederholte sich. Das Gelächter dieses Wächters war noch viel schmutziger. Schließlich deutete man ihr zu warten. Nach kurzer Zeit kamen zwei vollkommen verhüllte Gestalten, Noola erkannte sie als Frauen. Sie führten sie durch einen Nebeneingang in das Palais, in einen reich eingerichteten Salon mit samtener Couch, Mahagonitisch, gemütlichen Fauteuils, frisch polierten Kommoden, in Gold gerahmten Naturmalereien und Stillleben. In ihrem schmutzigen Kleid kam Noola sich fehl am Platz vor. Sie wurde aufgefordert, inmitten des Raumes stehenzubleiben. Die beiden Frauen verschwanden durch eine kleine Tür.

In dem Moment, als diese zufiel, kam durch den Haupteingang ein prächtig ausgestatteter Mann, gefolgt von seinem nicht minder ausgestatteten Diener.

Der Mann versuchte mehrere Sprachen, bis Noola endlich verstehen konnte, was er sagte: „Woher kommst du? Nach deinem Äußeren zu urteilen bist du aus dem Süden, vor den M'sis auf der Flucht. Warum sollte man sich sonst mitten in der Wüste an einen Felsen gekauert verstecken. Bist du aus dem Dorf, das überfallen wurde? Ja?"

Noola nickte.

„Furchtbare Barbarei! Aber keine Sorge, die M'sis kommen nicht hierher. Hier bist du sicher. Hat jemand von deiner Familie den Überfall überlebt? Wohl kaum, sonst wärst du nicht alleine, nicht wahr?"

Er gab dem Diener ein Zeichen und dieser ging sogleich auf Noola zu und zog ihr mit einem Ruck das schmutzige Kleid vom Körper. Sie war erschro-

cken über diese unerwartete Grobheit, ihre plötzliche Nacktheit, und bedeckte sich beschämt mit ihren Armen.
Der Mann des Hauses, der Emir dieses Oasenstaates, betrachtete sie eingehend und konnte sich ein Lächeln kaum verkneifen.
Sein Blick verlor sich auf ihrem glatten Körper.
„Du bist schön! Viele werden dich für deine Schönheit beneiden, du wirst es im Harem nicht leicht haben! Nichts ist schlimmer, als eine Horde alternder, neidischer Gemahlinnen!"
Der Emir lachte lauthals.
*Was habe ich von meinem Leben schon zu erwarten*, dachte Noola. Hier gab es eine unerschöpfliche Quelle an Wasser, Datteln, Oliven, Dromedare, Ziegen und sogar Pferde. Die Menschen lachten; nicht nur die Wächter, auch der Emir. Zu Beginn würde es natürlich schwierig werden, aber vielleicht könnte sie an diesem fremden Ort mit diesem Unbekannten glücklich werden.
„Bezahl den Beduinen, bring ihm noch einen kleinen Bonus. Ich bin sehr zufrieden mit ihm. Er soll bald mit einer weiteren Überraschung wiederkommen."
Der Diener wollte sich schon auf den Weg machen, als ein weiterer Diener mit Noolas Tüchern, in denen sie sich und das Kind eingewickelt hatte, den Salon betrat. Er zitterte, schien sehr aufgebracht zu sein.
Der Emir schrie ihn ungeduldig an, deutete dabei auf das Bündel.
Noola erschrak. Sie wollte etwas sagen, ihre Lippen zuckten, brachten aber kein Wort heraus.
Der erste Diener wurde plötzlich unruhig. Er ertastete in den dunklen Tüchern ihren Inhalt, ließ sie vor Schreck fallen: aus den Tüchern fiel ein kleines Bein. Der Diener verstand zuerst nicht, was er da sah – als er jedoch begriff, kam ihm das Frühstück hoch.

„Was zur Hölle!“, schrie der Emir, schritt auf das Bündel zu und öffnete es mit seinen bestiefelten Füßen. Über die Reste des abgenagten Kindes erschrak sogar er, der in einer Vielzahl von Kriegen und Aufständen mitgewirkt und viel Blut und Verderben erlebt hatte. Der Kopf, die Hände und der Körper waren vollständig erhalten, nur das abgetrennte Bein war mit Bissspuren versehen.

Noola schämte sich. Doch der Tod des Kleinkindes hatte ihr Überleben ermöglicht. Der letzte, dünne Atem des Kindes, den sie in dieser einen Nacht vernommen hatte, der Tod dieses Kindes, war der Anstoß ihres Überlebenskampfes gewesen. Das Kind war das letzte Glied zu ihrer Vergangenheit gewesen. Überleben unter diesen Bedingungen war nur jenseits der Menschlichkeit möglich und sie hatte sich als Monstrum erwiesen. Ein Mensch eben! Nicht jeder hätte überlebt, wahrscheinlich die wenigsten. Ihr Wille zu überleben war ausgeprägt! Warum das so war, wusste sie selbst nicht.

Der Emir versuchte, die Tücher mit seinen Stiefeln wieder über den Kinderleichnam zu schieben, was ihm aber nicht gelang. Er brüllte, völlig außer sich.

Der Diener, der sich gerade übergeben hatte, kam zurück, aber er zögerte.

Der Emir gab dem Bündel einen sanften Tritt, sodass es bei der Tür hinausschlitterte. Er sprach zum Diener und deutete auf das abgetrennte Bein des Säuglings.

Der Diener konnte einem leidtun: er hielt sich die Hand vor den Mund und am liebsten hätte er auch seine Augen verborgen, als er mit Hilfe eines anderen Tuches das Beinchen des Kindes wieder in das Bündel steckte, den Kinderleichnam gut in den Tüchern verbarg und ihn eilig wegtrug.

„Der Beduine wird bei Sonnenuntergang mit fünfzig Peitschenhieben bestraft, weil er unsere heilige Oase mit diesem… dieser… Kreatur entweiht hat! Sorgt dafür, dass er diesen Ort nie wieder betritt!“

In diesem Moment rief der Muezzin zum Gebet aus.

Der Emir, der Noola gerade noch eine Heirat in Aussicht gestellt hatte, wandte sich wieder an sie: „Was soll ich mit dir machen? Was für eine Kreatur bist du? Hast du denn keinen Anstand? Ist es das, was ihr in den Dörfern macht? Ich sollte wen zu euch schicken und euch in den Lehren Allahs unterweisen! Ihr Kannibalen! Sogar der Kerker ist zu gut für dich!"

Der Emir war außer sich vor Wut.

„Der Kameltreiber darf zusehen, wie man dir den Kopf abschlägt. Wir werden ihm dein Haupt um seinen Hals hängen, und ihn in die Wüste jagen. Dann werden wir ja sehen, ob er ein gottesfürchtiger Mensch ist, oder so eine Kreatur wie du!"

Noola hatte die ganze Zeit über zu Boden geblickt, dann sah sie hoch, blickte ihm in die Augen und sagte: „Es wäre gut für euch, wenn du mich laufen lässt! Wenn du mich tötest, dann wird etwas Schlimmes passieren!" Was das war und was plötzlich in sie gefahren war, wusste sie selbst nicht.

Der Emir riss seine Augen auf. Hatte er sich verhört? Hatte die Kannibalin den Verstand verloren?

„Ich lasse gerade das höchste Minarett der Welt errichten! Ich werde auf der ganzen Welt riesige Minarette bauen, so gewaltig, dass man sie aus tausend Kilometern Entfernung noch erkennen kann, gewaltig, schön und herrlich, sichtbar vom Meer im Osten und von den Ölbohrtürmen im Westen. Die ganze Welt wird vor Allah in die Knie gehen und ihm den Respekt zollen, den er verdient. Das ist Allahs Werk! Das ist es, was mir aufgetragen wurde! Er wird sich hüten, mir eine Katastrophe zu schicken! Es ist schon schlimm genug, dass ich mich mit dir herumschlagen muss!"

Er spuckte ihr ins Gesicht, wandte sich angewidert von ihr ab, verließ den Salon und kommandierte den anwesenden Wächter, sodass auch sie es verstehen konnte: „Bringt sie weg! Bei Sonnenuntergang enthauptet sie, dann peitscht den Kameltreiber aus, hängt ihm ihren Kopf um und jagt ihn davon. Dass er mir ja nie wieder die Oase betritt!“

„HÖR MICH AN!“, schrie Noola, „LASS MICH GEHEN!“ Ihr Geschrei verhallte in den Gängen des Palais. Sie fiel verzweifelt in sich zusammen.

Man streifte ihr das Kleid wieder über und führte sie hinaus auf die Straße.

Der Beduine wurde von Wächtern festgehalten. Als er sie sah, wollte er sich losreißen und sich auf sie stürzen, doch mit dem Hieb eines Gewehrkolbens wurde er zur Vernunft gebracht.

In einer Kettenseilschaft lenkte man ihn und Noola zum Hauptplatz, wo man über einen Brunnen das Trinkwasser bezog und die Lakaien des Emirs ihre Ansprachen hielten, wenn es etwas zu verkünden gab. Einer der Wächter verlas die Urteile. Doch es gab eine weitere Nachricht, die die Menschen nun in helle Panik versetzte: Ein Sandsturm war im Anmarsch! Man hörte die Menschen „samum“ und „habub“ murmeln und sie stoben auseinander, zurück in ihre Häuser, um sich und ihr Hab und Gut vor dem herannahenden Sturm zu schützen. Langsam bekamen auch die Tiere Wind davon: Die Dromedare begannen laut zu grunzen und zu schreien. Hunde bellten, zerrten an ihren Leinen, waren bald nicht mehr zu bändigen und wurden schließlich an einen sicheren Ort gebracht. Am Horizont konnte man die schnell näherkommenden, bedrohlichen Sandwolken ausmachen.

Vom Minarett des Palais wurde die Sturmwarnung lautstark an die Bewohner der Oase mitgeteilt. Die Menschen auf den Gerüsten brachten sich in Sicherheit.

Die Wächter entschieden schließlich, den verurteilten Beduinen für die Dauer des Sandsturmes in den Kerker zu stecken. Der Wind wurde heftiger und Noola schloss die Augen: Sie vernahm die Schreie der unruhigen, näherkommenden Dromedare.

## MONDSCHEINSONATE

*Was ist gestern Nacht passiert?*
Wenn Severin Roosmeer aus einem dieser hundsgemeinen Räusche erwachte, war es ihm, als wäre er aus einer fremden Dimension in die gnadenlose, sogenannte Realität zurückgeschleudert, und wäre er plötzlich am Mars oder unter Dinosauriern erwacht, es hätte ihn wenig überrascht. Sein Bett rotierte. Nur ein enger Platz zum Schlafen, der Rest war zugemüllt mit Büchern, Manuskripten, bekritzelten Heften und Zetteln und fremden Tagebüchern, sinnlos vollgeschriebenes Zeugs, dass er bei Antiquitätenhändlern oder auf Flohmärkten erstanden hatte. Dazwischen lagen Wäsche, ein Vorhang, durchgetragene Schuhe, ein Supermann-Cape für Laika, ein Videorekorder oder anderer elektronischer Müll aus vergangener Zeit.
Insekten, beheimatet in diesem speziellen ökologischen System, gaben diverse Geräusche von sich. Diese noch unerforschte Welt unter seinem auf den ersten Blick wertlosen Müll beherbergte bis dato unbekannte endemische Insekten und Bakterienstämme, die nur hier, zwischen dem sinnlosen Kram, in einem komplexen synergetischen System überleben konnten. Verschiedene Arten von Spinnen, Ratten und auch die geschützte Sonnenschlange gediehen. Großvateruhren schlugen mehrstimmig zur vollen Stunde, es war oft nicht einfach herauszufinden, welche Stunde es wirklich war. Zwischen seinem Bett und dem Rest des zugemüllten Zimmers war nur ein schmaler Gang frei, der Abfall türmte sich und drohte zuweilen mit unheimlichen Geräuschen. Die Fenster waren auch hier mit Holzbalken vernagelt, man hörte ja von so vielen Diebstählen. Sogar vor dem Haus hatte sich mit der Zeit unbrauchbarer Krempel angesammelt. Die Nachbarn rebellierten nicht zu Unrecht.

Ein gemeines Brennen massierte ihm die Schläfen. Er versuchte sich zu erinnern. Das Buch über Pilze fiel ihm ein.

„Mondschein", sagte er.

Sie hatte zuerst noch gelächelt und ihn dann ganz perplex angesehen, als er, mit dem Buch in der Hand, sich vor ihr aufbäumte und wie ein Berserker im Bademantel hysterisch schrie: „HABT IHR ALLE DEN VERSTAND VERLOREN? WAS SOLL DENN DAS HEISSEN – PREISREDUZIERT! WIE KANN MAN WELTLITERATUR PREISREDUZIEREN? DAS IST VERRAT AN DER KUNST! BLASPHEMIE! WELTLITERATUR! SIE HAT GEBLUTET FÜR DIESEN ROMAN! VOR DER VERÖFFENTLICHUNG, UND NOCH VIEL SCHLIMMER DANACH! DAS IST EINE BODENLOSE IMPERTINENZ, DAS WERDE ICH NICHT AUF MIR SITZEN LASSEN! SIE WERDEN VON MEINER ANWÄLTIN HÖREN! SIE WIRD DIESE UNVERSCHÄMTHEIT ANGEMESSEN BEANTWORTEN! ICH WERDE DEN BÜCHERTEMPEL ERST WIEDER BETRETEN, WENN ICH EINE FORMELLE ENTSCHULDIGUNG ERHALTEN HABE!"

Alle hatten sich nach ihm umgedreht, um zu sehen, wer denn hier so einen Tumult veranstaltete. Die Buchverkäuferin mit dem schwärmerischen Namen Mondschein machte einen Schritt rückwärts, um nicht von seinem wütenden Geifer angesprayt zu werden. Er warf ihr angewidert den preisreduzierten Roman vor die Füße, schwitzte vor Ärger, roch deshalb noch schlechter als sonst. Sie nahm das Buch auf, blätterte darin herum, wollte etwas sagen, doch er schnitt ihr das Wort ab: „SPAREN SIE SICH IHRE AUSFLÜCHTE, ICH HABE MEINEN STANDPUNKT VERDEUTLICHT UND ERWARTE EINE ANGEMESSENE ENTSCHULDIGUNG VON IHNEN! Und Sie werden", setzte er etwas ruhiger fort, „den Preis wieder an den ursprünglichen Wert angleichen, oder noch besser: Sie können den Preis jetzt um ein Vielfaches erhöhen, denn das ist nun die berühmte Ausgabe, wegen der der Schriftsteller Roosmeer einen Tumult in diesem Geschäft losbrach! Mein zukünftiger Biograf wird wohl diese Ausgabe benötigen, warten Sie, ich schreib Ihnen noch eine Widmung. ‚Das ist die berühmte Ausgabe, die mein Blut zum Kochen, mich zum Ausrasten brachte! Alles Gute, Severin Roosmeer.' Ich warne Sie, ich schicke Ihnen meinen Beißer, mit meiner Anwältin ist nicht zu spaßen, das versichere ich Ihnen! Aber Sie verstehen das wohl nicht, nicht wahr, Sie können es nicht verstehen, wie sich ein Autor so aufregen kann, wenn man sein Werk verscherbelt – JA! VERSCHERBELT! Warum verschenken Sie es nicht gleich. Es heißt ‚Die Verdünnung', nicht ‚Die Verdummung', das können Sie sich abschminken, hier wird nichts verscherbelt, schon gar nicht Weltliteratur – ob mein Buch verschenkt wird oder nicht, entscheide immer noch ich! Massentauglichkeitsgedichte vielleicht, Opium fürs Volk, aber sicher nicht ‚Die Verdünnung'. Sie haben es in der Schule gelesen, hab' ich recht? Dachte ich es mir gleich! Also bitte, ich verbitte mir so eine Frechheit und wünsche, dass bis morgen dieses Missverständnis bereinigt ist, Frau … Frau … Mondschein? Was für ein Name: Mondschein!", lachte er hysterisch. Er bemerkte nun, dass er das Zentrum der Aufmerksamkeit war, und fügte hinzu: „JA, DA SCHAUT IHR ALLE, WENN ICH EINMAL LAUT WERDE UND AUF MEIN RECHT ALS KÜNSTLER POCHE! ICH KANN IHNEN VERSICHERN, SIE TÄTEN AN MEINER STELLE DASSELBE! KEINER WILL SEINE KUNST VERSCHERBELT SEHEN, SELBST EIN KIND KANN DAS VERSTEHEN! ABER ICH BIN KEIN KIND, SONDERN DROHE MIT MEINER ANWÄLTIN, SO WIE JEDER ERWACHSENE KÜNSTLER, DER SICH VERARSCHT FÜHLT!"

Die Menschen waren von seinem Anfall peinlich berührt, wunderten sich aber nicht besonders, denn sein Ruf war der eines Verrückten, der in einem versauten Haus wohnte und laut mit seiner Hündin sprach. Wohl hatte er auch etwas mit dem Verschwinden der kleinen Sarah zu tun. Man wandte sich wieder ab und stöberte in den Büchern, als wäre nichts passiert.

Mondschein war von dem übelriechenden Ungetüm verängstigt: Die monumentale Gestik eines Theaterschauspielers, seine animalische, leicht debile Mimik, sprühender Geifer, der ihm vom Kinn tropfte und auf dem wie ein billiger Bademantel aussehenden Yukata einen wachsenden Fleck bildete.

War er im Recht? – Nein, aber das wusste im Moment nur Mondschein, die ihn über die Gründe für die Preisreduktion aufklären wollte, aber nicht zu Wort gekommen war. Ihre Stimme wäre auch zu leise gewesen, um von ihm ernst genommen zu werden; ihr freundlicher Blick hätte seinen wütenden Augen nicht standgehalten; ihre Körpersprache wäre von ihm falsch interpretiert worden; ihr Wesen sprach eine gänzlich andere Sprache: Wenn man zwischen den Zeilen las, tat sich eine neue Welt auf, die Severin Roosmeer erst später entdecken sollte, und die dazu führte, dass letztendlich diese Welt dem Ende entgegensteuerte.

Laika hatte beim Betreten des Achtunddreißig zur Begrüßung gebellt.

Die Stimmung war getrübt, das verschwundene Mädchen, Sarah, wurde besprochen. Der Pfarrer, die Sau, musste es gewesen sein, da war man sich bald einig. Seine Brüder, der Bürgermeister und der Pate, deckten ihn. Der Pfarrer war viel zu freundlich, fürsorglich, viel zu christlich für einen Pfarrer! Das machte ihn verdächtig! Sein Vorgänger war ein versoffenes Arschloch gewesen, der im Religionsunterricht auch Hiebe verteilte. Das war es, was man von einem Pfarrer erwartete: Alkoholismus, unerbittliche Strenge, katholische Entschiedenheit, Warmherzigkeit zu Weihnachten. Das Zölibat pervertierte, da war man sich einig! Für Osterkerzen und Rosenkränze bestand Verdunkelungsgefahr! Allerdings musste man ihm zugestehen, dass er ein Alibi hatte:

Zum Zeitpunkt von Sarahs Verschwinden unterrichtete er die restlichen Kinder im Chor –

„Na und! Dann hat er sie eben entführen *lassen* und an einem geheimen Ort versteckt, wo er sich in aller Ruhe…“

Wieso ihn die Polizei nicht auf Schritt und Tritt überwachte, war jedem bei gesundem Menschenverstand ein Rätsel. Waren die christlich-fundamentalistischen Omis schon so mächtig? Am Ende war der Pfarrer auf irgendeine Weise schuldig, das war so sicher wie das Amen im Gebet!

„Was macht der Hofstädter? Schläft er seinen Rausch aus?“

Severin Roosmeer hatte andere Probleme, wo ihm doch gerade eine unverzeihliche Ungerechtigkeit widerfahren war: „Der Büchertempel ist zum Scheißen!“

Die Prostituierte Edit feilte unbeeindruckt an ihren Nägeln.

„Sie meinen, der Pfarrer und der Büchertempel stecken unter einer Decke?“

„Die haben mein Meisterwerk preisreduziert! Der Laden gehört zugesperrt!“

„Wie? Die Kleine wird im Büchertempel gefangen gehalten und dort vom Pfarrer…? Jetzt, wo Sie's sagen!“

Allen war klar, dass sie es nur wagten, so über den Pfarrer zu sprechen, weil sein Bruder, der Pate Alves-Kruger, abwesend war. Ansonsten hätten sie sich über jemand anderen das Maul zerrissen. Wahrscheinlich über Roosmeer.

Dann meldete sich ein Fremder zu Wort: „Seid doch vernünftig!“

„Genau“, sagte Edit und feilte unbeirrt weiter. Der Wirt servierte Severin Roosmeer ein Likörchen, dazu einen halbvollen Brotkorb. Das Brot war steinhart – gemäß den aktuellen Nachrichten von den Brotmorden galt das beinahe schon als Morddrohung!

„Hätte jemand meine Tochter entführt, ich würde die Stadt niederbrennen, bis die Ratte aus dem Keller gekrochen kommt“, meinte der Wirt und blickte dabei Severin Roosmeer an, als hielte er ihn für den Schuldigen.

„Weiß man was Neues von Rocky, oder Hofstädter?"

„Hofstädter ist im Moment sehr beschäftigt damit, die Mutter eindringlich zu verhören, immer und immer wieder, richtige Polizeiarbeit, ihr versteht, was ich meine – und vergiss Rocky, der findet ja nicht mal seinen Pimmel in der Unterhose. Irgendetwas ist komisch an Nadja, findet ihr nicht?"

„So ein dummes Gewäsch!", meinte der versoffene Hank.

„Halt doch deine Fresse!"

„Wie schafft es jemand, ein kleines Mädchen am helllichten Tag, auf offener Straße und vor der Kirche zu entführen? Da ist doch etwas faul! Wer in unserer Stadt ist denn zu so etwas fähig?"

Die Antwort kannte jeder, es offen auszusprechen wagte jedoch niemand.

„Wahrscheinlich ein Fremder", meinte Hank und blickte dabei den Fremden an.

„Wieso tut die Polizei nichts? Es ist zum aus der Haut fahren! Man müsste alle Häuser und Keller durchsuchen!"

„Glaubt ihr nicht, dass ihr so den Entführer verschreckt und er sie dann…?"

„Was soll man denn sonst machen?"

„Die Stadt niederbrennen! Babel muss brennen, bis die Ratte zum Vorschein kommt!"

„Was ist, wenn die Kleine am Balkan schon unter Drogen gesetzt… ihr wisst …?"

Akebono hielt sich mit seinen sonst recht derben Ausdrücken zurück, wenn Frauen anwesend waren.

Der Wirt brachte dem Schriftsteller noch ein Likörchen, Wasser für Laika und ein weiteres Schnitzel für Akebono, der für ein Turnier auffetten musste.

Severin Roosmeer dachte nur an diese empörende Ungerechtigkeit, die ihm widerfahren war. Ob er nicht tatsächlich seine Anwältin zu Rate ziehen sollte?

Edit war nun bereit für den nächsten Kunden.

Der Fremde sah aus, als hätte er seit Wochen nicht geschlafen, ein bleiches Gesicht mit dicken, schwarzen Augenringen.
„Warum so missmutig, Herr Roosmeer, hat man Ihnen was aus dem Garten gestohlen?", sagte der Fremde.
„Was glaubt ihr, lebt die kleine Sarah noch?", fragte der Wirt trübsinnig in die Runde.
„Die taucht schon wieder auf, früher oder später", meinte Akebono mit vollem Mund. Man vermutete, dass Alves-Kruger, der Pate, etwas mit Sarahs Verschwinden zu tun haben musste, da er für gewöhnlich bei allen Verbrechen auf die eine oder andere Art beteiligt war. Niemand traute sich das offen auszusprechen. Doch es war auch nicht sein Stil, sich an Kindern zu vergreifen. Alves-Kruger war zwar ein skrupelloser Pate, aber niemand hielt ihn für einen Unmenschen, sondern eher im Gegenteil, für ein wertvolles Mitglied der Babel'schen Gesellschaft, der zwar in Drogenhandel, Glücksspiel und Prostitution partizipierte, aber auch Kunstmäzen war, an seiner Dissertation arbeitete, Wettbewerbe und Sportereignisse sponserte und jedes Jahr eine stattliche Summe an die Universitätsklinik beim Sonnenhügel und die Kirche spendete.
Severin Roosmeer zog ein Blue Hippo aus dem Yukataärmel, öffnete es – der Nilpferdschrei zauberte ihm gleichzeitig ein Lächeln und eine Träne ins Gesicht – und zischte es in einem Zug.
Der Wirt sah das nicht so gerne und plusterte sich auf, doch Hank brüllte plötzlich wie ein Löwe. Sein Rausch war immens! Edit erschrak, beruhigte sich aber gleich wieder. Von Hank war man einiges gewohnt – zumindest war er noch angezogen.
Severin Roosmeer bekam ein weiteres Likörchen serviert, sie beruhigten sein Gemüt. Edit stand auf und setzte sich auf den Schoß des Fremden, flüsterte ihm etwas ins Ohr, biss ihm ins Ohrläppchen und kicherte.

Der Wirt trocknete nachdenklich die Gläser ab.

Hank fletschte die Zähne: Ein Tick, der zu Tage kam, wenn er betrunken war.

Der Fremde nahm Edit bei der Hand. Sie gingen die Treppe hoch und verschwanden im Separee.

Die Debatte über Sarahs Verbleib flaute ab.

Akebono stocherte nachdenklich in seinen Zähnen, Hank war schließlich eingeschlafen und der Alki starrte in sein Bier. Von oben hörte man schrille Schreie.

Severin Roosmeer bekam noch ein Likörchen serviert, dann bezahlte er und verließ das Etablissement, noch immer leicht verstört von seinem Erlebnis im Büchertempel. Die Likörchen hatten ihm nicht gutgetan. Wie zuvor der Alki mäanderte nun er durch die Straßen, mit Laika an der Leine. Er sah den Polizisten Hofstädter und Sarahs Mutter Nadja mit zusammengesteckten Köpfen auf der anderen Straßenseite. Beobachteten sie das Achtunddreißig? Als sie ihn bemerkten, stiegen sie in den Dienstwagen und fuhren davon.

Auf dem Weg nach Hause war Severin Roosmeer nostalgisch geworden und rief Noola an: „Hier spricht Noola, bin nicht da. Sagen Sie was!" Tränen standen ihm in den Augen. Laika wollte Wasser lassen. Er hielt sie davon ab: „Jetzt noch nicht!"

Er sprach auf den Anrufbeantworter: „Noola, meine Liebe! Du kennst mich, ich bin kein böser Mensch. Aber wenn sie dein Andenken beschmutzen, fällt es mir so schwer, mich zurückzuhalten. Sie wollen dein Leben verscherbeln! Das kann ich nicht zulassen! Bitte verzeih' mir, wenn ich unangemessen reagiert, wenn ich mich zum Narren gemacht habe. Was meinst du? Ich sollte David besuchen? Ja, ich kümmere mich um ihn, ich fahre gleich Montagmorgen, um zu sehen, wie es ihm geht. Ich verspreche es! Ja, ich habe ihm verziehen. Es war nicht seine Schuld, was passiert ist, es war meine – meine ganz alleine! Bis bald, meine Liebe!"

Er steckte das Telefon ein und wischte sich die Tränen von den Wangen. Er kramte in seinem Yukataärmel: kein Blue Hippo mehr. Im Café Noir brannte noch Licht. Gregor putzte.

Severin Roosmeer liebte den Park bei Nacht. Zu dieser Zeit war es hier ganz ruhig. Laika wedelte ungeduldig mit ihrem Schwanz.

Beim Haus angekommen, betrat er nicht seinen Garten, sondern schlich zur Eingangstür seiner Nachbarn. Er öffnete seine Hose und pinkelte an ihre Haustür. Laika tat es ihm gleich. *Das wird sie lehren!*, dachte er grinsend.

Plötzlich öffnete sich ein Fenster über ihm und ein Schuss hallte durch die Nacht. Vor Schreck ließ er sich zu Boden fallen und landete in seiner eigenen Lache, versaute sich dabei den Yukata. Angeschossen war er nicht. Er vernahm Gelächter und das Fenster über ihm schloss sich wieder.

Wie er ins Bett gekommen war, wusste er nicht mehr.

Severin Roosmeer wuchtete sich also am nächsten Morgen brandig aus dem Bett und stolperte durch die engen Gänge in die Küche. Gewaltige Haufen beschriebenen Papiers, Schreibmaschinen, Farben, Pinsel und weiße oder beschmierte Leinwände drohten jeden Moment, ihn unter sich zu begraben. Das Ungeziefer, das hier hauste, hatte enorme Ausmaße. Die Spinnen webten ungestört, wuchsen zu einer stattlichen Größe – Arachnologen hätten ihre helle Freude! Die Ratten fraßen die Spinnen, die Schlange die Ratten, und Laika jagte die Schlange, wenn sie sich aus dem Gerümpeldickicht herauswagte und ihrem Herrchen zu nahekam. Es gab auch eine Reihe Kokons, die unbemerkt gediehen, die Raupen waren hier geschützt, hatten ausreichend Nahrung zur Verfügung und sich in aller Ruhe vermummt. In all dem widerlichen, jedoch für Severin Roosmeer lebensnotwendigen Chaos gab es einen einzigen, ordentlich gebundenen Stapel Papier, der wie eine exotische, weiße Blüte aus dem Gerümpel ragte: es war ein Teil seines neuen Manuskripts, siebzehntausend Seiten. Weitere dreitausend verstaubten langsam neben der alten Schreibmaschine.

Die Küche machte auf den ersten Blick einen ordentlichen Eindruck, wenn da nicht Hunderte, oder vielleicht Tausende von weißen Plastikmensagabeln und -messern wären. Seine ranzigen Küchenschränke öffneten sich unter dem Gewicht des Plastikbesteckes, das er seit Jahren aus der Mensa, wo er manchmal zu Mittag aß, mitgehen ließ. Weiße Plastikgabeln und -messer flossen wie frisch erschlossene Quellen. Dann blieben sie dort liegen und verstaubten und verkrusteten langsam mit der Umgebung.

Er eilte zum Kühlschrank, der randvoll war mit Blue Hippo Dosen. Die gestrigen Likörchen rächten sich bitter, dabei hatte er nach dem Eklat im Büchertempel nur seine Nerven beruhigen wollen.

Ein Nilpferd schrie. Es brach ihm das Herz. Er überlegte, ob er den Keller aufsuchen sollte.

Laika kam angetapst und verlangte nach bodenständiger Nahrung – diese fuhr sogleich in den Napf. Bei der Eingangstür lag ein riesiger Haufen Post, die durch den Briefschlitz gefallen, am Boden ihr überflüssiges Dasein fristete. Seit Wochen, vielleicht Monaten. Wenn es wichtig ist, dann rufen sie an!

Er schaltete das Radio ein, aber nicht zu laut. Popmusik, immer diese lärmende Popmusik, Werbung, wieder Popmusik und Gefasel der Radiomoderatoren, die sich für witzig hielten, dann wieder Popmusik, Werbung. Sollte er in den Keller?

Manche der Großvateruhren schlugen zur vollen Stunde, das Radio reagierte angemessen mit den Nachrichten: in der Hauptstadt war ein Politiker das Opfer eines Attentates: Er war einer Brotskulptur zum Opfer gefallen und Salvador Dalí gab in einem Interview seinen Senf dazu. War Dalí nicht tot? Musste man sich nun vor rabiaten Bäckern mit skurrilen Brotskulpturen in Acht nehmen?

Laika schlabberte ihr Fresserchen und wollte dann hinaus. Er spähte vorsichtig aus dem Fenster, mit Blick zum Park: Die Sumoringer gönnten sich sonntags eine Pause, dafür spielten hübsche Teenager Beachvolleyball. Frau Weinzierl führte ihren Köter äußerln, so wie jeden Tag.

Vor seinem Haus auf dem Gehsteig beobachtete er wieder ein muslimisches Pärchen, aber es unterschied sich von dem gestrigen dadurch, dass der Mann wie ein Beduine in bunten, arabischen Gewändern eingehüllt und die Frau, wieder ganz verhüllt in schwarz, zwei Köpfe kleiner war als er. War sie seine Tochter? Gab es kein Vermummungsverbot? Dieses Mal gingen sie nicht hintereinander, sondern Hand in Hand nebeneinander her. Hatte über Nacht eine Kulturrevolution stattgefunden? Severin Roosmeer wusste wenig über muslimische Bräuche und Umgangsformen, aber dass ein solches Paar Hand in Hand ging, kam ihm doch sehr ungewöhnlich vor. Es machte den Eindruck, dass die Frau noch sehr jung war – seit wann trugen Kinder Burka? Scheinbar gab es Probleme, denn sie wollte sich von ihm losreißen. Der Vermummte zog sie zu sich, flüsterte ihr ins Ohr – eine Drohung, eine Belohnung, ein gutgemeinter Rat? – sie nickte und schritt wieder ganz ruhig neben ihm her. Wie friedlich wäre die Welt, gingen alle Paare Hand in Hand!

Er beobachtete Laika beim Schlabbern.

Der Briefschlitz bewegte sich wie durch Geisterhand. *Hank war auch sonntags unterwegs? Oder war es der Wind?*

Da erschien ein Finger.

*War hier ein Einbrecher am Werk?* Selbst Laika war verwundert und begann zu bellen, doch dieser Finger ließ sich nicht abschrecken, wuchs sogar ein bisschen, erinnerte an einen Pilz, der ganz unvermittelt Wasser ließ. Männer lachten.

Severin Roosmeer identifizierte sie ganz schnell als seine schwulen Nachbarn, während nun ein dünner, gelber Strahl auf seine mehrere Wochen alte Post herabregnete und sich darunter eine Lache bildete.

Das Pritscheln versiegte und der Pilz zog sich zurück. Schritte entfernten sich eilig.

Laika lief zur Urinpfütze, schnüffelte daran und wedelte mit dem Schwanz, als freute sie sich über die unerwartete Abwechslung. Jemand hatte ihr Revier markiert! Sie bellte.

Er konnte es kaum fassen! Noch ehe er sich um Reinigungsmaßnahmen kümmern konnte, läutete sein Telefon.

*Noola?*

„Ja?"

David war am Apparat, erzählte vom Turmbau und den Stimmen, die ihn quälten und deren Bedeutung er nicht verstand. Severin konnte ihm kaum folgen, verstand nur, dass David ihn um einen Besuch bat, und er willigte ein, versprach ihm, gleich morgen zu kommen. Ihm war, als hätte er es erst kürzlich schon einmal versprochen. Das Gespräch wurde unterbrochen, als David unerwartet das Thema wechselte und die Verbindung plötzlich abbrach.

Severin machte sich kurz Sorgen, aber er wusste, in der Anstalt am Meer war David in guten Händen.

Die erst vor Kurzem aus Übersee gelieferte Großvateruhr schlug zwölf, kurz darauf folgten andere Großvateruhren ihrem Beispiel. Laika winselte, an diesen Lärm gewöhnte sie sich nur schwer.

Severin Roosmeer öffnete das einzige Fenster, das noch zu öffnen war. Der Fernseher der schwerhörigen Nachbarin lief. Schüsse, wohl ein Krimi.

„DREH' DOCH DEN FERNSEHER LEISER! ODER VERWENDE KOPFHÖRER!", schrie die Tochter der schwerhörigen Alten. Erneut Schüsse, dann Schreie. Kurz darauf verließ die Tochter das Haus, der Fernsehlärm blieb gnadenlos bestehen.

Severin Roosmeer überlegte, ob er arbeiten sollte. Die Nachrichten über den Brotmord und die Brotskulpturen hatten ihn inspiriert.
*Wie es wohl Noola geht?*, fragte er sich.
Schüsse aus dem Fernsehgerät der Nachbarin.
Laika bellte.
Die Schlange hatte eine Ratte gefangen, die nun um ihr Leben fiepte – aber nur kurz.
Severin Roosmeer verschwand im Keller.
Laika pinkelte als Antwort auf den Haufen Post.

Severin Roosmeer verweilte gerade im Keller, als nochmals das Telefon läutete. Er wollte es läuten lassen, aber vielleicht war es ja wieder David? Er stolperte die steile Treppe hoch, aus der feine Späne bröselten, und griff nach dem Hörer.
Ein Mann meldete sich: „Guten Tag! Mein Name ist Erich Sommer von der ‚Welt', verzeihen Sie die Störung. Hätten Sie Zeit für ein Telefoninterview? Es würde in der nächsten Ausgabe, das heißt, nächste Woche, erscheinen."
Severin Roosmeer war gleichzeitig genervt und erfreut, wollte mit seinem Katerkopf kein Interview geben, fühlte sich aber dennoch geschmeichelt, dass man sich an ihn erinnerte.
„Nur, wenn ich es gegenlesen darf, bevor Sie es veröffentlichen!"
„Natürlich, Herr Roosmeer, wie Sie wünschen, sobald ich es fertig habe, sende ich es Ihnen zu. Die Fragen sind so allgemein gehalten, Sie werden sehen, es wird völlig unproblematisch."
„Was unproblematisch ist, entscheide immer noch ich! Gut, dann schießen Sie los!"
„Wann und wo wurden Sie geboren?"

„Ist das nicht schon Allgemeinwissen? Schlagen Sie im Lexikon unter Roosmeer nach! Im Wald, nicht unweit von hier, vor siebzehn Jahren."

„Im Wald? Ihre Mutter hat Sie im Wald zur Welt gebracht?"

„Wo sollte einen eine Mutterblume denn sonst gebären?"

„Mutterblume? Sie meinen Ihre Mutter?"

„Eine Mutterblume im Wald eben!"

„Ihre Mutter hat Sie im Wald auf die Welt gebracht?"

„Verstehen Sie schlecht? Oder sind Sie bescheuert?"

„Herr Roosmeer! Bleiben Sie bitte sachlich! Na gut, die nächste Frage: Sind Sie verheiratet?"

„Geht Sie nichts an!"

„Haben Sie Kinder?"

„Klar, viele… Sie müssen nur in den Wald gehen…"

„Können Sie das bitte kurz erläutern?"

„In meiner Jugend bin ich öfters in den Wald… es war wie ein innerer Drang, na egal... Das kennen Sie wahrscheinlich von sich selbst, Sie wissen schon: den Samen säen..."

„Ich verstehe nicht, was Sie meinen..."

„Ich hab die Mutterblumen befruchtet. Aber es wurde meines Wissens kein Menschling geboren, abgesehen von mir und –"

„Und?"

„Mein Bruder ist nicht im Wald –"

„Sie haben einen Bruder? Ist er ebenfalls Künstler?"

„Das kann man wohl sagen! Er ist der Architekt David Roth, er ist ja nicht unbekannt."

Kurze Stille, dann fragte der Journalist: „Was halten Sie von der Demokratie?"

„Würde Wählen etwas ändern – es wäre längst verboten!"

„Wie haben Sie Ihre Jugend verbracht?"

„Ich bin in der Anstalt am Meer aufgewachsen."

„Die Geschichte ist bekannt. Ich meine, was haben Sie gemacht, bevor man Sie gefunden hat? Wo haben Sie gelebt?"

„Was meinen Sie? Mein Auffinden war kurz nach meiner Geburt – es gab kein Davor!"

„Aber Sie sind doch älter als siebzehn Jahre?"

„Ich verstehe nicht, was Sie meinen."

„Sie sind doch nicht als Erwachsener auf die Welt gekommen!"

„Ich habe erst in der Anstalt, dann bei Meister Higuchi gelebt."

„Was unsere Leser noch interessiert: Schreiben Sie wieder? Wird Ihr nächster Roman an die ‚Verdünnung' anknüpfen?"

„Ich schreibe jeden Tag."

„Sie haben aber seit der ‚Verdünnung' nichts mehr veröffentlicht!"

„Was ich mit der Welt teilen will, wird veröffentlicht."

„Wird das bald passieren?"

„Ja."

„Ist es ein Roman? Worum geht es darin?"

„Er geht um –"

Severin Roosmeer legte auf. Plötzlicher Widerwillen hatte ihn überkommen. Jedes weitere Wort erschien ihm eine Beschmutzung seiner Seele.

Er stieg wieder in den Keller hinab, kam aber kurze Zeit später zurück, setzte sich an die Schreibmaschine und begann zu tippen. Er hörte wieder den Fernseher der Nachbarin, das Wuseln der Ratten, das leise Geräusch der Insekten im Gerümpel. Die schwulen Nachbarn kamen nach Hause, sie lachten hysterisch. Waren Sie auf Drogen? Sie öffneten das Fenster, nur um ihn zu quälen, und starteten ein widerliches Stöhnkonzert, klangen dabei wie rollige Katzen. Ein Schuss, ein Schrei: Der Krimi der Nachbarin im Fernsehen.

Der Schuss von Gestern aus seiner Erinnerung! Er wurde sogleich von einer anderen Erinnerung verdrängt: Was hatten Nadja und Hofstädter vor dem Lokal besprochen? Vermuteten sie das Mädchen in dem Etablissement? Im Keller? Im Separee für die Kundschaft?

Hätte man das asiatische Mädchen, das Laika vor dem Café Noir gestreichelt hat, entführt, nicht einmal Hofstädter hätte sich dafür interessiert.

Am Schreibtisch sitzend lauschte Severin Roosmeer den Klängen der Nachbarschaft und der Natur in seinem Haus, die langsam, aber sicher überhandnahm. Die Sonnenschlange kroch zwischen den Stuhlbeinen und seinen nackten Füßen in den Müllsalat. Das Fiepen der verwaisten Rattenbabys lockte die Schlange an.

Er hatte versprochen, David zu besuchen. Eine Reise ans Meer! Er liebte den Anblick des Vulkans Asam. Das gelbe Leuchten der Lava bei Nacht!

Die schwulen Nachbarn beendeten ihren Sexakt. Sie lachten befreit und glücklich.

„Mach das Fenster zu, der Gestank von drüben kommt herein!"

Er fing an zu tippen. Der Manuskriptturm gedieh langsam unter seinen Gedankenergüssen.

Kurz nachdem die Großvateruhren sieben schlugen, klopfte es an der Tür. Laika sprang auf, stürzte zur Tür, kratzte, wollte hinaus, bellte, lief aufgeregt im Kreis.

Severin Roosmeer zog sich einen frischen Yukata über.

Wollten ihm die Nachbarn noch einen Streich spielen?

Er blickte durch den Spion und traute seinen Augen nicht.

„Was wollen Sie?"

*Was war gestern auf dem Namensschild gestanden?*

Er öffnete die Tür.

Mondschein.

## MISRATA LAMPEDUSA

Die Sandwolken drohten düster, unaufhaltsam. Selbst die hartgesottenen Wächter hatten bei ihrem Anblick am Horizont Angst bekommen. Die Tiere der Oase wurden unruhig, sie spürten die herannahende Bedrohung.

Als die Wächter den Beduinen endlich befreiten, um ihn zu den Kerkern zu bringen, kam jemand in weißen Tüchern verhüllt angeritten. Er sprang vom Pferd und ließ die eilig hantierenden Wächter passieren, hieß sie schneller zu machen, dann schritt er auf Noola zu, die dem Treiben nur ungläubig zusah, als wäre all das, was passierte, nicht real – eine Theatervorstellung, extra für sie inszeniert, mit einer Handlung, in die sie nicht eingreifen konnte.

„MACH, DASS ES AUFHÖRT!“, schrie der Emir in wütender Verzweiflung. „Wenn du dich hier noch einmal blicken lässt, bei Allah schwöre ich, dein Ende wird noch viel grausamer als das, was dich hier erwartet hätte.“ Mit seinem Schwert zerschlug er das Seil, das Noola an den Pfahl band. Ihre Hände blieben gefesselt. Die ersten Sandböen schnitten die Haut.

„Los, du Kannibalenbrut, mach, dass es aufhört!“

Die immer lauter werdenden Schreie der Dromedare wehten herüber. Der Wind wurde spürbar stärker und brauste in den Ohren. Der Emir hielt sich die Hände schützend vor die Augen, sein Pferd scheute, riss sich los und lief davon. Da kam schon das erste Dromedar herangelaufen, zertrampelte alles, was sich ihm in den Weg stellte. Dahinter folgte eine schier unendliche Flut an weiteren Dromedaren, sie strömten durch die Straßen, hinterließen grunzend vor Angst Verwüstung, tobten am Emir vorbei. Das nächste Tier stieß ihn um – die Herde drohte ihn zu zertrampeln!

Noola erkannte in dem Chaos ihre Gelegenheit und wollte eines der Dromedare fassen und auf seinem Rücken in die Wüste fliehen.

Der Emir schloss seine Augen und kauerte wie eine Schildkröte am Boden. Verwundert, dass er noch nicht zu Tode getrampelt war, blickte er hoch und erkannte Noola, die sich furchtlos der Stampede entgegengestellt, schützend vor ihn platziert hatte. Die Tiere strömten an ihr vorbei, als wäre sie von einer unsichtbaren Energie geschützt, wie elektromagnetische Teilchen hielten sich die tobenden Dromedare an die Gesetze der Elektrodynamik.

Der Emir würde später darauf zurückblicken und sich diese Todesangst niemals eingestehen. Dass ihn eine junge Kannibalenhexe vor einer Dromedarstampede gerettet hatte, daran war nicht einmal erlaubt zu denken! Er drohte jedem, der Noola in seiner Gegenwart erwähnte, mit der sofortigen Enthauptung.

*Ich muss weiter*, dachte sie, als der rasende Fluss an Dromedaren dünner wurde, *ich muss weiter!* Sie hielt eines der galoppierenden Tiere an, indem sie sich ihm in den Weg stellte, hievte sich unter Schwierigkeiten mit ihren gefesselten Händen am Höcker hoch und schloss sich dem Strom der Tiere an.

Der Sandsturm hatte die Oase erreicht und fegte über die Siedlung hinweg, riss alles, was nicht niet- und nagelfest war, mit sich, und begrub alles unter sich.

Der Sturm holte auch Noola schließlich ein. Es war, als ob man sich im schlagenden Herzen der Wüste befand. Der Wind transportierte so viel Sand, sie musste sich ihr Kleid schützend vors Gesicht halten. Die Dünen brachen wie Meereswellen über sie herein. Überall der feine Sand, der die Haut schabte, schliff, zuweilen schlitzte und einen letztendlich unter sich begrub!

Es war still, als Noola sich in jener Nacht aus dem Sand grub. Das Tier unter ihr war kalt, verendet, vollständig vom Sand bedeckt. Erst als die Sonne untergegangen war, hatte sich der Wind gelegt und der Himmel lächelte nun mit blanken Sternen.

Sie schaufelte sich frei und orientierte sich. Rechts von ihr konnte sie die Silhouette der Hügellandschaft ausmachen. Würde ihr der Emir in die Wüste folgen? Sie beschloss, auf den ersten Hügel zu klettern, um sich bei Sonnenaufgang einen Überblick zu verschaffen.

*Nicht zu nahe an die Oase heran, sonst entdecken mich die Oasenbewohner.*

Ihre Hände waren noch immer gefesselt, die Haut unter den Fesseln war schon zerrissen und blutig. Furchtbarer Durst quälte sie, das Wasser der Oase war so nahe. Sie beschloss, an den See zu schleichen.

„Durst ist schlimmer als Heimweh!“, hatte Banar einmal gesagt.

Sie stapfte durch die Wüste, zuweilen ragte ein verendetes Dromedar aus den Dünen. Vom strahlenden Weiß ihres Kleides war nicht mehr viel zu erkennen. Hinter Häusern, Ställen, wo Tiere grunzten, sandigen Gärten mit meterhohen Palmen und dichten Büschen, schlich sie sich ans Wasser. An der Oberfläche spiegelte sich der Himmel, der Mond war nun zweimal da und spendete entsprechend mehr Licht. Keine Welle störte die Wasseroberfläche. Es war jedoch zu dunkel, um ihr Spiegelbild zu erkennen: Sie war nur ein geisterhafter, schwarzer Schatten, mit dem Sichelmond als Krönchen.

Noola fragte sich, ob sie denn wirklich noch lebte.

Noola entfernte sich schleunigst von der Siedlung, marschierte schnellen Schrittes in die Hügellandschaft, stieg, von der Oase und dem bewachten Turm nicht einsehbar, den ersten Hügel hinauf. Zwischen Felsen brachen Kräuter und Gräser hervor, Skorpione und Sandvipern lauerten, ließen sie aber passieren, da ja das Überleben der Erde – sogar des Universums! – auf dem Spiel stand. Zweimal stolperte sie, konnte mit gefesselten Händen gerade noch ihr Gleichgewicht halten.

Eine Stunde später erreichte sie nach beschwerlichem Fußmarsch den Gipfel.

Der Minarettrohbau war in die Nähe gerückt, sie hatte Angst von Nachtwächtern entdeckt zu werden. Die immensen Ausmaße dieses Bauwerks wurden nun klar erkennbar: es musste das Werk eines Verrückten sein! Es war so groß wie ihr ganzes Dorf, an die hundert Männer hätte man der Höhe nach stapeln können, um den oberen Rand des Turms zu erreichen.

Noola schüttelte den Kopf – der Anblick dieses übertriebenen Bauwerkes machte sie traurig. Letztendlich kostete es nur Menschenleben.

Sie lehnte sich an einen Felsen und schloss fröstelnd die Augen. Als sie sie kurz darauf wieder öffnete, blinzelte die Sonne hinter dem Turm am Horizont hervor. Sie überblickte die Oase, wo sich noch nichts rührte. Alles war voller Staub und Sand, die Häuser, Straßen, selbst die Palmen und Büsche waren vom Sand bedeckt. Ein Hund bellte, ein Hahn krähte.

In die Ferne erkannte sie noch weitere, kleinere Oasen, die wie kleine Palmeninseln um die große Oase verstreut waren. Hatte man dort von ihrem Missgeschick noch nichts gehört und würde ihr helfen? Vielleicht gab es doch einen guten Menschen auf dieser Welt! Sie bemerkte auch einen kleinen grünen Hain, etwas abseits gelegen. Eilig machte sie sich auf den Weg, bevor sich die Menschen aus ihren Schlafstätten erhoben und ihrem Tagesgeschäft nachgingen. Vielleicht erhielt sie Wasser? Oder etwas zu essen? Vielleicht gab es Werkzeug für ihre Fesseln?

Später erinnerte sie sich gerne an die Tage bei dem alten Mann in seiner winzigen Oase, die aus ein wenig Weidefläche, einem Teich, drei Ziegen, mehreren Granatapfelstauden, einem Dattelpalmenhain und einem Häuschen bestand.

Noola schlich sich an, wollte zwei der leuchtend roten Granatäpfel pflücken, als sie eine leise, raue Stimme vernahm. Sie verstand jedoch nichts.

Ähnlich wie der Emir versuchte diese Stimme verschiedene Sprachen, bis sie endlich verstand: „Brauchst Hilfe?“ Sie konnte nicht ausmachen, woher die Stimme kam.

An ihrer verwunderten Reaktion erkannte der alte Mann, dass sie verstanden hatte, und sprach akzentfrei weiter: „Ja, du! Schau doch nicht so verschreckt! Hast noch nie einen alten Mann gesehen?“

Sie blickte um sich, verwirrt, verängstigt. War es ein Geist? Dann sah sie ihn endlich, den weißen Bart, der direkt in sein weißes Haupthaar überging, unterm Bart ein sonnengegerbtes Gesicht. In der Hand hielt er ein Gewehr.

„Bist das Mädchen, das man gestern hinrichten wollte?“

Sie antwortete nicht, aus Angst, er würde sie sofort erschießen.

„Wie hast den Sandsturm überstanden? Musst ganz schön tapfer sein, so alleine da draußen. Siehst gar nicht wie eine Kannibalin aus. Willst einen Granatapfel stehlen, und nicht mich auffressen?“

Er lachte und senkte sein Gewehr, lehnte es an eine Palme.

„Dass der Emir nicht mehr alle Tassen im Schrank hat, sieht man ja an dem Turm. Jedes Jahr sterben auf der Baustelle Hunderte, wie beim Pyramidenbau der Pharaonen! Er behauptet, Allah hätte zu ihm gesprochen! Allah sei Dank belästigt er mich nicht. Warum schaust so zerzauselt? Weil ich deine Sprache spreche?“

Noola nickte neugierig.

„Hab’ nicht immer hier in diesem kleinen Paradies gewohnt, war eine Zeitlang in einem eurer Dörfer, bis die M’sis einem das Leben unerträglich gemacht haben. Vom Handel mit den Arabern habe ich mir dieses Fleckchen Land geleistet. Nicht schlecht, was? Aber was suchst hier, Mädchen? Siehst wie ein Flüchtling aus! Los, sag schon! Wovor flüchtest? Warum bist so weit weg von zu Hause?“

Noola blickte zu Boden und als sie wieder aufblickte, waren ihre Wangen nass.

„Die M’sis?“

Sie nickte, hockte sich auf die Erde und weinte.

Der alte Mann zog so fest an seiner Zigarette, dass sie für mehrere Sekunden rot aufglühte, dann ließ er sie fallen und trat sie aus.

„Zuerst einmal kümmern wir uns um die Fesseln. Wennst versprichst, mich nicht zu fressen!“

Er trat auf sie zu, half ihr hoch und führte sie in einen kleinen Schuppen neben dem Haus. Dort schnitt er die Fesseln entzwei. Sie rieb sich die wunden Stellen.

„Komm, wir verarzten deine Arme, dann gibt es Granatapfel zum Frühstück. Und Tee.“

Er reinigte ihre Wunden und band jeweils ein gesalbtes, rotes Tuch um ihre beiden Handgelenke. Dann öffnete und entkernte er einen Granatapfel und bereitete Tee.

„Was hast jetzt vor?“

Sie zuckte mit den Schultern.

Der alte Mann überlegte, dann sagte er: „Es wäre das Beste, jenseits des Meeres in einem der reichen Länder ein neues Leben zu beginnen. Was machst sonst? Es gibt kein Zurück mehr!“

„Wie komme ich ans Meer, wie kann ich es überqueren? Ich habe kein Geld, ich kann nichts. Ich bin nur ein Kaffeezeremonienmädchen!“

Von draußen hörte man zwei Reiter näherkommen. „Versteck dich dort!“

Der alte Mann deutete in eine vom Eingang nicht einsehbare Ecke und trat hinaus, sprach mit den Reitern. Einer der Reiter kam näher, schien aber Angst davor zu haben, das Haus zu betreten, und kehrte wieder um zu seinem Pferd. Dann ritten sie weiter, zur nächsten Siedlung. Der Alte kam zurück ins Haus.

„Sie suchen dich. Angeblich will sich der Emir bei dir bedanken. Hat man so was schon gehört! Glaub ihnen kein Wort, das ist sicher ein Trick, damit du freiwillig herauskommst. Hättest sein Leben gerettet, behaupten sie. Erst Kannibalin, dann Lebensretter! So ein Unsinn!“

Er schenkte ihr noch einen Tee ein.
„Wieso sind sie nicht ins Haus gekommen?“
„Sie haben Angst vor der Krankheit meiner Tochter.“
Noola blickte sich um, konnte aber niemanden sehen. Tatsächlich gab es eine weitere Kammer, aus der feiner Moschusduft herausströmte.
„Habe sie vor einer Woche begraben. War in deinem Alter! Ein gutes Mädchen! Aber krank, ihr Leben lang krank. Der Todesengel hat sich schließlich erbarmt.“
Der Schrei eines Schlangenadlers durchbrach die Stille.
Draußen wurde es langsam heiß, hier in der Stube blieb es angenehm kühl. Sie trank noch einen Nanaminztee.
„Was mach’ ich nur mit dir? Schlaf erst mal, mir wird schon etwas einfallen. Leg dich da hin und schlaf, danach gibt’s noch einen Granatapfel und Tee.“
Mit diesen Worten verließ er das Haus und besuchte das Grab seiner Tochter, erzählte ihr von den besonderen Vorkommnissen, wie er es jeden Tag seit ihrem Begräbnis zu tun pflegte.

Als Noola im Haus des alten Mannes erwachte, befand sich wie versprochen ein Granatapfel, dazu ein paar frische Datteln, auf einem Porzellanteller, und daneben ein Glas Tee. Ein Messer war für den Granatapfel vorbereitet. Der alte Mann sprach draußen mit jemandem.
Noola trat an den Eingang und beobachtete, wie er eine Ziege molk. Dabei erzählte er ihr etwas in seiner Sprache. Er merkte, dass er beobachtet wurde, und blickte über seine Schulter, lächelte zahnlos und molk lachend weiter. Kurze Zeit später betrat er seine Behausung und stellte das Gefäß mit der Milch auf das niedere Tischchen.
„Ich mag die Milch nicht besonders, aber das Joghurt und den Käse umso mehr.“

Noola hätte am liebsten den ganzen Topf in einem Zug geleert. Er bemerkte ihre gierigen Augen, sagte aber nichts, machte sich nur daran, den Granatapfel zu öffnen und zu entkernen.

„In zwei Tagen kommen Beduinen, sie ziehen nach Westen und kommen nahe an Misrata. Dort befindet sich ein Hafen, von dort wagen Flüchtlinge die gefährliche Reise übers Meer. Schließ' dich den Beduinen an! Die Reise dauert in etwa drei Wochen."

„Aber ich habe doch nichts! Wie kann ich so lange in der Wüste überleben?"

„Lass das nur meine Sorge sein! Ich werde mit ihnen sprechen."

Er entkernte geduldig den Granatapfel und sie aß die roten Kerne.

Die folgenden Tage hieß er sie, tagsüber in der Hütte zu bleiben, nur des Nachts ließ er sie hinaus an den kleinen See, um sich zu waschen. Er fürchtete, dass man sie erspähen und sofort verraten könnte. Sie erhielt ein Kleid seiner Tochter, damit sie nicht nackt herumlaufen musste, während sie ihr ehemals weißes Zeremonienkleid wusch. Als sie es sauber rubbelte, hielt sie inne und bat den alten Mann, ihr das Kleid zu schenken. Sie wollte ihr weißes Zeremonienkleid nicht mehr, wollte es im Lagerfeuer verbrennen. Er überlegte kurz, dann nickte er.

Noola ruhte sich für zwei Tage im Schatten aus. Sie bekam Suppe und etwas von der Ziegenmilch. Die Granatapfelstauden schienen eine unerschöpfliche Quelle zu sein.

Schließlich kamen die Beduinen an die kleine Oase – aufgrund des Sandsturms einen Tag später als erwartet. Sie kannten den alten Mann gut, errichteten ihre kleine Zeltstadt, pumpten frisches Wasser in große Plastikcontainer, molken die Ziegen des alten Mannes und ihre eigenen Dromedare, scherten ein Schaf, die gebrachten Tiere grasten auf den Grünflächen. Sie pflückten Datteln und Granatäpfel, ließen aber ausreichend für den alten Mann übrig. Sie wollten ihm etwas Schafwolle lassen, doch er konnte die Wolle nicht verarbeiten und lehnte dankend ab. Abends entstanden Lagerfeuer und man schächtete eine Ziege.

Langsam traute sich Noola aus der Behausung und beobachtete neugierig das bunte Treiben. Der alte Mann saß mit seinem Freund am Feuer, winkte Noola zu sich. Der Beduine musterte sie, nickte, dann schickte sie der alte Mann wieder weg. Sie setzte sich abseits in den Sand und beobachtete die musizierenden Kinder, die das Abendessen zubereitenden Frauen und die an Wasserpfeifen saugenden Männer. Sie wurde nicht zum Essen eingeladen, niemand war neugierig auf sie. Irgendwann schlief sie ein.

Als Noola erwachte, lag sie im Haus auf der Schlafstätte. Die Sonne lag noch unterm Horizont auf der Lauer. Der alte Mann war schon – oder noch! – wach und band ein Tuch zu einem Beutel. Auf dem Tisch stand ein Glas Nanaminztee, noch warm.

„Komm, gleich geht es los! Wickel diese Tücher um“ – er deutete auf einen Haufen weißer Tücher neben ihr auf dem Schlafplatz – „mach dich bereit für den Abmarsch! Bei Sonnenaufgang beginnt die Reise.“

Noola erhob sich, trank einen Schluck Tee und fing mit dem Wickeln an.

Der alte Mann beendete seine Tätigkeit und überreichte ihr das Bündel.

„Das wirst auf deiner Reise brauchen. Gehe sorgsam damit um! Ich habe es aus einem eurer Dörfer mitgebracht. Jetzt weiß ich auch, wofür.“

Sie war nun vollständig in den Tüchern eingewickelt und nahm das Bündel, ohne hineinzusehen. Die roten Tücher, die sie bis jetzt an ihren Handgelenken getragen hatte, waren schön zusammengefaltet auf dem Tisch neben dem Teeglas hingelegt. Der Alte deutete, dass sie sie behalten sollte. Zögernd steckte sie die Tücher ein.

„Aber es ist kein Geschenk, sondern ein Geschäft. Du musst mir etwas versprechen, hörst du?“

Noola nickte. Er stellte sich vor sie hin und blickte ihr ins Gesicht.

„Wirst auf deiner Reise jemanden treffen, der bittet, dass'd bei ihm bleibst. Wennst merkst, dass er es ernst meint, dann bleibst bei ihm! Kannst es versprechen?"

Noola nickte. Sie bemerkte, dass er noch etwas sagen wollte, doch er zögerte.

„Hast wirklich dein Kind…?"

Noola blickte verschämt zu Boden. Der alte Mann machte ein trauriges Gesicht.

„Manchmal ist es besser, einfach zu sterben…"

Noola überlegte auf ihrer Reise mit den Beduinen ernsthaft, bei ihnen zu bleiben: einen der Männer heiraten, eine Familie gründen und ein hartes, aber gerechtes Leben als Nomade in der Wüste führen.

Als *hadar*, als Verwurzelte, hatte sie es bei ihnen zuerst nicht leicht. Sie verstand ihre Sprache nicht, es gab nur sehr wenig zu essen und zu trinken, doch man kümmerte sich um sie: Sie bekam jeden Morgen eine zähe Flade, einen Schluck Ziegenmilch, eine Dattel und lauwarmen Tee. Dann wurden die Zelte abgebaut und man wanderte mit dem gesamten Hab und Gut auf dem Rücken der Dromedare durch die Wüste.

Sie passierten karge Siedlungen, lauerten den wenigen Tieren auf, die sich in der Hitze herauswagten: Schlangen wurden gefangen, manchmal auch für das Abendmahl zubereitet.

Noola fragte sich, was man von ihr erwartete, welchen Beitrag sie zu leisten hatte. Ihren Körper für die ledigen Männer? Arbeitskraft? Jeder musste bezahlen! Auf dieser Welt gab es nichts geschenkt.

Einmal wurde ein junger Beduine frech und überreichte ihr eine Wurzel; die Kinder lachten. Sie wusste nicht, ob es ein ernstgemeintes Geschenk einer sehr seltenen Wurzel (und Wurzeln waren in der Wüste sehr selten!) oder eine Verhöhnung war, die sie nicht verstand. Zumindest wurde sie angelächelt.

Am Abend des ersten Tages begutachtete sie den Inhalt des Bündels, das ihr der alte Mann auf den Weg mitgegeben hatte. Es kam ein Sack zum Vorschein, der nach frischen Kaffeebohnen roch, es war kein besonders gutes Aroma. Sie musste lächeln, denn sie fand noch eine schön bemalte und verzierte *Jabana* und ein kleines Eisenblech zum Rösten der Kaffeebohnen.
Sie trat an das Zelt der Familie, die sich um sie kümmerte, zeigte auf die Feuerstelle und bot an, eine Kaffeezeremonie abzuhalten. Man deutete ihr wortlos, sie möge näherkommen, und gab ihr die Erlaubnis, am Feuer zu arbeiten. Sie legte das Blech aufs Feuer, platzierte darauf eine Handvoll Kaffeebohnen und begann den Röstprozess. Die Kinder beobachteten neugierig jeden Handgriff. Sie glupschten mit großen Augen, als sie hochkonzentriert den herrlichen Duft mit einem Tuch im Zelt verteilte: Alle sogen gierig das delikate Röstaroma ein. Die Kinder liebten die Zeremonie, waren später aber enttäuscht, da sie das schwarze Gebräu nicht probieren durften. Die Frau des Beduinen stand plötzlich von ihrem Platz auf und begann zu kramen. Als sie zurückkam, überreichte sie Noola lächelnd eine Kaffeemühle. Sie nahm sie entgegen, füllte sie mit den gerösteten Bohnen und mahlte. Dabei stimmte sie ein Lied an, das sie von ihrer Mutter gelernt und sonst ihren Schwestern vorgesungen hatte. Ab und an hatte sie bei der Kaffeezeremonie gesummt, das Singen war ihr nicht erlaubt gewesen, schon gar nicht, wenn Araber anwesend waren – es ist eine Zeit der Ruhe, des Genusses, der Meditation. Jetzt, in dem Zelt mit der Beduinenfamilie, hielt sie dieses Lied für angebracht. Ihre Stimme war leise, tief und rau. Doch der Gedanke, nie mehr für ihre Schwestern zu singen, machte sie traurig und ließ sie wieder verstummen. Sie füllte das frisch gemahlene Kaffeepulver in die *Jabana*, goss es mit heißem Wasser auf und wartete, bis sich das Pulver absetzte. Dann leerte sie den dicken, dunkelbraunen Kaffee in zwei kleine Schälchen und der Beduine und seine Frau genossen zufrieden das leicht süßlich-bittere Getränk. Der Abend war zwar

kein passender Zeitpunkt für Kaffee, aber den Beduinen war das egal. Kaffee war für sie eine angenehme Abwechslung. Tagsüber war dafür ohnehin keine Zeit.

Noolas Kaffeezeremonie sprach sich schnell herum und jeden Tag zelebrierte sie sie in einem anderen Zelt. Sie bekam zu essen und zu trinken und man lauschte ihrem traurigen Gesang.

Ein besonders gastfreundlicher Beduine tischte selbstgemachten Granatapfelwein auf und sie war von nur einem Schluck gleich beschwipst. Ihr Gesicht errötete, sie bat um Wasser. Der Mann lachte, schon illuminiert von dem dunkelroten Getränk. Er war der Einzige, der sie in ein Gespräch verwickelte, was wohl daran lag, dass nur er ihre Sprache beherrschte. Und er alleine lebte.

„Du fliehst vor den M'sis? Du hast Glück, nicht im Harem des Emirs gelandet zu sein! Dort hätten dich seine eifersüchtigen Frauen im Schlaf erdrosselt und dann durch den Fleischwolf gedreht."

„Er wollte mich heiraten, hat es sich aber anders überlegt."

„Wenn es in seinem Harem zu chaotisch zugeht, dann verurteilt er unangenehme Gattinnen zum Tode. ‚Enthaupten' soll sein Lieblingswort sein! Hast du seinen Park gesehen? Unter jedem Busch soll eine begraben sein und das Tier, das der Busch darstellt, soll den jeweils dort Begrabenen entsprechen."

„Bei mir hat er erst gar nicht so lange gewartet!", lachte sie düster, aber er verstand nicht.

„Hast du den Turm gesehen? Man erzählt sich, der Emir hört Stimmen, die ihm befehlen, den Turm zu errichten. Obwohl seine Oase reich und paradiesisch ist, machen wir lieber einen großen Bogen um sie. Wir wollen nichts mit ihm zu tun haben, besuchen lieber den alten Mann. Er ist ein guter Mensch. Es tut uns leid, dass seine Tochter gestorben ist."

„Der alte Mann ist ein guter Mensch!", wiederholte Noola.

„Auf den alten Mann!", rief der Beduine mit erhobenem Glas und sie tranken noch einen Schluck Granatapfelwein.

Die Tage vergingen, manchmal ritt sie auf einem Dromedar, manchmal ging sie zu Fuß. Sie dachte viel an ihre Zukunft, hier wie dort. Die unbarmherzige Wüste oder das Unbekannte jenseits des Meeres? Vereinzelt konnte sie in der Ferne Bohrtürme sehen. Endlose Reihen sich drehender Räder und geheimnisvoller Spiegel zierten die Wüste. Sie gaben ihr Rätsel auf: die Räder mussten wohl mit dem Wind, die Spiegel mit der Sonne zu tun haben. Was sie aber für eine Aufgabe erfüllten, darauf kam sie nicht.

Zuweilen flogen Düsenjets tief über sie hinweg, verbliesen Sand und knallten in den Ohren.

Am einundzwanzigsten Tag rückte das Meer ins Blickfeld. Das ewige Blau, wie ein dunkler Spiegel des Himmels. Ebenfalls ins Blickfeld gerückt war eine große Stadt, eigentlich eine rauchende Stadtruine.

Der Beduine zeigte darauf: „Misrata“, sagte er. „Misrata!“

Noola stockte vor Schreck der Atem.

„Misrata Lampedusa“, sagte der Beduine, „Misrata Lampedusa.“

Sie packte weinend ihr Bündel mit ihrem Hab und Gut, der *Jabana*, dem Eisenblech, dem letzten Rest Kaffeebohnen und einer Blase mit Wasser. Sie verabschiedete sich von den Beduinen und machte sich in einiger Entfernung von der rauchenden Stadt in die Richtung auf, wo am Horizont Blau auf Blau stieß.

*Falls ich kein Schiff finde*, dachte sie, *werde ich den Beduinen folgen und bei ihnen bleiben.* Sie wusste, in welche Richtung sie zogen und wer von ihnen sie aufnehmen würde.

Wellen umspülten ungestüm den felsigen Strand, geiferten ihr ins Gesicht. Sie stieg mit nackten Füßen ins kühle Nass, erfrischte sich und beobachtete den schwarzen Rauch aus der ruinierten Stadt aufsteigen. Sie war an verlassenen Zelten vorbeigekommen, wo Kinder mit zerfetzten Reifen spielten. Zerstörung, Verwahrlosung und Traurigkeit. Ausgebrannte Autos, gelegentlich ein Toter, der sich in der Sonne der Natur zurückgab.

Am Strand ging sie der rauchenden Öde entgegen, in die Richtung, wo sie den Hafen vermutete. Als sie den Stadtrand betrat, bemerkte sie in einem kleinen Schrankenhäuschen zwei schwitzende Uniformierte. Sie kratzten sich den Kopf, als sie das Mädchen kommen sahen. Ein Kriegsopfer? Hatte sie Wertsachen bei sich? Sie war hübsch, doch die aus dem Osten waren zugenäht. Das war zu beschwerlich, zu schmutzig.

Als Noola am Fenster des Schrankenhäuschens anklopfte, flüsterte sie zögerlich „Lampedusa?“

Sofort war den Uniformierten alles klar.

Sie wiederholte, diesmal etwas beherzter: „Lampedusa!“

Sie sparten sich ausschweifende Erklärungen über die Gefahren im Kriegsgebiet, im Hafen, auf der Überfahrt, da sie ahnten, dass das Mädchen ihre Sprache nicht verstand, und auch wenn sie sie verstünde, sie ihre Reise trotzdem fortsetzen würde. Zwei Geländewagen sausten heran und die Uniformierten öffneten den Schranken.

Noola blickte sie nur fragend an und sie deuteten in die Richtung hinter ihnen, am Strand entlang. Sie nickte und marschierte unbeirrt weiter.

Aus den Häuserschluchten drangen Schreie und Schüsse, kleine Explosionen, vereinzelt rasten Geländewagenkonvois die zerrüttete Straße entlang. Keiner hielt Noola an oder nahm sie gefangen.

Kurz rastete sie am Strand unter einem Felsen versteckt und überlegte, was sie wohl auf der anderen Seite des Meeres, jenseits des Horizontes, erwarten würde. War jemand dort, der sie empfing? Sie spürte es! Sie war unbeschadet hierhergekommen und würde auch übers Meer gelangen, dessen war sie sich nun sicher. Eine Stimme in ihrem Kopf befahl ihr, weiterzugehen, nicht stehenzubleiben.

Wieder fielen Schüsse, eine weit entfernte Explosion. Sie wartete noch eine Weile, dann verließ sie den Schutz des Felsens und setzte ihren Marsch fort. Das Bündel, das ihr der alte Mann bereitet hatte, war mit der Zeit leichter geworden. Sie hatte nur noch eine Handvoll Kaffeebohnen übrig.

Bald darauf kam sie an einen Schiffsfriedhof. Verwahrloste, rostige Kähne trieben in einem mit Felsen eingerahmten Hafen.

In der Ferne konnte sie Menschen ausmachen, die darauf warteten, auf ein Schiff zu gelangen: Lädierte Krieger, zerfranste Flüchtlinge, darbende Frauen und Kinder, mitleiderregende Krüppel, Araber mit fetten Schnauzern, sogar ein Weißer, vielleicht ein Fremdenlegionär, war unter ihnen – ein Schmelztiegel verschiedener Kulturen.

Lagerfeuer spendeten Licht und Wärme unter der sinkenden Sonne. Eine feine Brise wehte vom Meer herüber.

Am Schiffsfriedhof wurde einer der rostigen Kähne flott gemacht. Es wurde gewerkt, Anweisungen fürs Beladen geschrien. Man reparierte, was zu reparieren war, rollte ein paar Fässer mit unbekanntem Inhalt an Board.

Noola hielt einen der beschäftigten Männer an: „Lampedusa?"

Er hielt genervt inne, antwortete nicht und schob sie zur Seite. Langsam wurde es kühl und die Sonne war dem Horizont schon nahe.

Frustriert ächzte sie, setzte sich auf einen Stein bei einem der Lagerfeuer und bereitete ihre letzte Kaffeezeremonie. Sie röstete die letzten Kaffeebohnen, mit der Kaffeemühle, die sie als Geschenk mitbekommen hatte, mahlte sie die dunkelbraunen Bohnen.

Alte Männer saßen um das Lagerfeuer und rauchten stumm, beobachteten sie neugierig.

Zwei Männer entfernten sich vom Schiff und kamen zum Lagerfeuer. Einer von ihnen hatte ein Auge verloren. Der andere trug einen blutigen Verband am Arm.

„Hey Baby, was ist denn das Gutes? Sieht nach Kaffee aus! Ich hab gehört, du willst mit aufs Schiff? Baby, du kannst bei uns bleiben, wir passen gut auf dich auf!"

Er zwinkerte, aber mit dem fehlenden Auge.

„Der Kaffee riecht köstlich! Bekommen wir einen Schluck?"

Sie nickte.

Konzentriert leerte sie das frisch gemahlene, dunkelbraune Pulver in die mit ihrem letzten Wasser befüllte *Jabana*, die im Feuer gestanden hatte.

„Du bist weit weg von zu Hause! Was verschlägt dich hierher?", wollte der Einäugige wissen.

„Lampedusa!", sagte Noola und überreichte ihm die heiße *Jabana*, da sie keine Tasse zur Verfügung hatte.

Er roch an der Öffnung – ein Lächeln erblühte: Erinnerungen an Zuhause gingen im Kopf auf. Seine Reise an den Hafen von Misrata war weitschweifig, riskant, von einer unglücklichen Entscheidung nach der anderen gesäumt gewesen.

„Weißt du eigentlich, was Lampedusa ist?"

Noola zuckte nur mit den Achseln, sie vertraute darauf, dass sie der alte Mann in die Freiheit verschickt hatte.

„Lampedusa ist eine wunderschöne, paradiesische Urlaubsinsel."

*Das klingt schön*, dachte sie.

„Jedes Jahr fliehen dorthin Tausende wie wir, sie haben ein Auffanglager errichtet. Dort angelangt, wird man entweder wieder zurückgeschickt oder aufgenommen. Je nachdem, was man für einen Status hat. Oder man flieht."

„Status?"

„Der gibt an, welche Art von Flüchtling du bist, ob du ansteckende Krankheiten hast, ob du minderjährig bist. Bist du schon… erwachsen?"

Noola antwortete nicht auf so eine dreiste Frage.

„In deinem Gesicht kann ich sehen, dass du noch unberührt bist. Du bist schön. Wenn du im Lager an den Falschen gerätst, wirst du schnell erwachsen. Bleib besser bei uns, wir passen auf dich auf!"
Er grinste, wollte ihre Wange streicheln, aber sie zuckte weg.
Vom abfahrbereiten Schiff her tönte Geschrei und die Leute versammelten sich nun, drängten sich auf das kleine graublaue Schiff.
„Komm Kleine, komm mit uns! Wir helfen uns gegenseitig."
Sie ließ alles zurück, drängte sich gemeinsam mit den beiden und gefühlten tausend anderen an Bord des rostigen Kahns. Was diese Menschen dafür tun mussten, um auf das Schiff zu dürfen, das wusste sie nicht.
In der Abenddämmerung detonierte eine Autobombe, nicht weit entfernt. Schriller Alarm anbei stehender Autos heulte auf. Schüsse folgten. Menschen wie aufgeschreckte Hühner.
An Bord stieß einer mit einer Stange das volle Schiff vom Steg ab und man steuerte aus dem Schiffsfriedhof aufs offene Meer.
Noola versuchte, die Aufregung zu ignorieren. Endlich war sie auf dem Schiff nach Lampedusa.
Doch ihr war nicht wohl dabei.

„Lampedusa", hatte sie nur gesagt, „Lampedusa", so wie es ihr der alte Mann aufgetragen hatte, und tatsächlich trieb sie jetzt auf einem kleinen, rostigen Kahn mit Dutzenden anderen im Ozean – auf dem Weg nach Lampedusa. Sie wusste nicht einmal, wo sich Lampedusa befand. Lampedusa, es klang so fremd, gar Angst einflößend. Lampedusa war der abstrakte Traum aller, die in die neue Welt flohen, weil sie nichts zu verlieren hatten. Diese Leben waren nur so viel wert wie das rostige Schiff, das sie trug. Die Hoffnung trieb die Verzweifelten zu Irrationalem, so wie eben an Bord eines löchrigen Schiffes zu gehen. Niemand, außer dem großen Hoffnungslosen, betrat eine solche

Ruine von einem Schiff, das wohl nur durch den Lack zusammengehalten wurde. Die Angst vor dem Tod im Krieg wich der Angst vor dem Tod auf dem Meer.

Sie mutmaßte, vielleicht wurde man bei Ankunft sofort wieder zurückgeschickt, oder noch schlimmer, man durfte erst gar nicht anlegen und musste wieder umkehren.

Niemand würde sich ohne Nahrung und Trinkwasser, ohne Sanitäranlagen, ohne Möglichkeit, sich zu waschen, auf dieses Schiff begeben – außer eben der Hoffnungslose, der Verzweifelte, derjenige, der mit dem Schicksal pokerte, mit seinem eigenen Leben als Einsatz.

Man dachte, man hätte genug Treibstoff aufgetrieben, doch nach acht Stunden begann der Motor zu rauchen und beendete seinen Dienst – man trieb im Meer und hoffte, weit genug gekommen zu sein, um von der fremden Marine aufgegriffen zu werden. Angst machte sich breit, aber die Angst wurde einem schnell von der Seekrankheit ausgetrieben.

Man behauptete, es seien nur hundertvierzig Kilometer bis nach Lampedusa, aber mit abgestorbenem Motor waren auch hundertvierzig Kilometer unendlich weit entfernt. Wie weit waren sie gekommen? Hundert Kilometer? Fünfzig?

Das Schiff schaukelte unsanft, an Bord Körper an Körper gereiht, nur eine Tonne mit fauligem Wasser als Verpflegung. Wasser, mit dem man sich nicht einmal waschen wollte. Bald wurde der erste krank und übergab sich. Wenn man fand, dass die widerlichen Ausdünstungen gerade noch auszuhalten waren, wurde man bald eines Besseren belehrt. Der Rost manifestierte sich als Geschmack auf der Zunge. Schon bald nach dem Morgengrauen brannte die Sonne unbarmherzig. Zumindest war das Meer ruhig.

Noola hatte Durst wie noch nie in ihrem Leben. Sie verlor unter der Hitze und dem Gestank bald das Bewusstsein. Sie träumte von der Oase und dem herannahenden Sandsturm.

In ein paar Stunden sollten die noch Übriggebliebenen dieser Odyssee den Gesang der Sirenen hören.

Noola erwachte in der Dunkelheit. Man lag auf dem Schiff, wo Platz war. Wer nicht schlief, kotzte, beobachtete den Himmel oder erzählte unglaubliche Geschichten.

Eine frische Meeresbrise ließ Noola Gänsehaut aufsteigen. Jemand schnarchte ihr ins Ohr. Ein nackter Fuß ruhte auf ihrem Bauch, der vor Hunger grummelte. Sie setzte sich auf, blickte sich um: Absolute Finsternis. *Gewann die Dunkelheit über das Licht? Warum hatte die Dunkelheit mehr Platz im Universum?* Erst nachts stellte man sich diese Frage, tagsüber war man vom Licht geblendet. Die Sonne verblendete die Wahrheit. Die Nacht war also ehrlicher als der Tag.

Was hatte sie sich nur dabei gedacht, diesen rostigen Kahn zu besteigen? Jetzt war sie hier und hatte Angst. Wo auch immer dieses Schiff hintreiben sollte: Falls sie nicht schon zuvor vor Hunger verreckt waren, würde man sie überhaupt aufnehmen? Was musste sie noch auf sich nehmen, um zu überleben? Hatte sie nicht schon genug mitgemacht?

Noola mochte es, tagsüber zu schlafen und des Nachts zu leben. Das Leben geschah in der Nacht, oder in den Dämmerungsstunden. Das wussten auch die Tiere.

Hier auf dem Meer war es anders: Das Leben spielte sich von oben unsichtbar unter der Oberfläche ab. Die Menschen hatten keine Ahnung, was sich unter ihnen abspielte.

Sie schmeckte das Salz auf ihren Lippen. Zuweilen schwappte eine Welle an Bord, weckte die Schlafenden, kühlte die Kotzenden, brachte das Schiff zum Wanken und weitere zum Würgen. Da half es auch nichts, dass man nichts im

Magen hatte. Der Fuß auf ihrem Bauch bewegte sich, entfernte sich langsam. Das Salzwasser wusch den üblen Geruch von Bord.

„Manchmal ist es besser, einfach zu sterben…"

An diese letzten Worte des alten Mannes dachte sie immer wieder, während die Bedingungen auf dem Kahn immer unerträglicher wurden. Ein weiterer Tag verging. Das Meer und die Sonne quälten erbarmungslos. Die ersten Toten hatte man schon ins Meer expediert.

Warnende Dreiecke ragten aus dem Wasser und zerschnitten die Oberfläche, die hinter ihnen wieder zusammenwuchs, eine rote Spur hinter sich herziehend. Die Haie rochen das Blut und folgten mit gierigem Schlund.

Plötzlich vernahmen die Flüchtlinge schrillende, sich nähernde Sirenen. Nachrichten tönten aus Lautsprechern, ein Motorboot kam herangesaust, blieb in einem Sicherheitsabstand entfernt stehen.

Noola glaubte an einen Traum, den sie sogar tagsüber mit offenen Augen träumte.

Die Nachrichten aus dem Megafon waren für die Flüchtlinge nur ohrenbetäubender Lärm.

Die ermatteten Emigranten atmeten erleichtert auf, wurden nun lebhaft, winkten hysterisch dem Motorboot. Endlich war Rettung da! Endlich konnten sie ihr Leben in einem neuen Land beginnen! Diese geistigen Verwirrungen trieben den Menschen, die noch genug Wasser im Körper hatten, Tränen aus den brennenden Augen.

Es war ein großer Tag: endlich könnte das Glück beginnen!

Die Flüchtlinge jubelten, obwohl die Sirenen und die Botschaften aus dem Megafon eigentlich bedrohlich klangen.

Noola versuchte zu verstehen, was man ihnen mitteilte, doch es war vergebens. Die Jubelnden stießen sie voller Freude an, als plötzlich ein furchtbares Dröhnen aus der Tiefe ihre Welt einstürzen ließ: Risse und Brüche wuchsen durch ihr Schiff, die Menschen stoben blitzartig auseinander – ein Abgrund tat sich unter ihnen auf und trachtete sie zu verschlucken. Metall bog sich ächzend und kreischend, dann brach das Schiff in der Mitte entzwei, so als hätte man es in der Mitte beschwert und an beiden Enden hochgehoben. Die Menschen schrien, versuchten verzweifelt, Halt zu finden, um nicht ins Meer zu fallen, wo schon die Haie warteten. Die Haie waren so gierig auf die Beute, dass sie auf die noch treibenden Schiffshälften drangen, sie so auf einer Seite weiter beschwerten, damit ihnen jemand ins schnappende Maul rutschte. Die Verzweifelten sprangen ins Meer, in der Hoffnung, das blaugraue Motorboot unversehrt zu erreichen.

Auf dem entfernten Motorboot konnte man einen uniformierten Mann erkennen, der das Desaster mit dem Feldstecher beobachtete.

Als die zweite Schiffshälfte zu sinken begann, fuhr das Motorboot davon und war bald am Horizont verschwunden. Die noch Überlebenden schrien sich die Seele aus dem Leib. Ein Hai war schnell zur Stelle, spielte mit seiner Beute, zerrte an den strampelnden Gliedmaßen – bis sie der Blutrausch überkam. Es brodelte rot, als kochte jemand schreiende Blutsuppe.

Noola hatte einen Rettungsring zu fassen bekommen, ein mittlerweile schon Zerrissener hatte ihn kurz vorm Sterben ins Meer geworfen. Sie konnte die an ihren Beinen streifenden Haie spüren. Noch hatte keiner zugebissen. Ihr Körper war voll Adrenalin, nie zuvor hatte sie eine so große Angst verspürt.

Sie verlor die Fassung: „FRESST MICH DOCH! MACHT, DASS ES ENDLICH VORBEI IST!“

Alle waren tot.

Hautfarbe, Alter, Status und Geschlecht waren den Haien egal gewesen. Sie kreisten um Noola, rissen an den treibenden Leichnamen wie Hungernde an einem Laib Brot.

Vom rostigen Schiff war nichts mehr übrig – bis auf den Rettungsring, an den sich Noola krallte. Sie fror, ihre Zähne klapperten unkontrollierbar. Sie war so weit gekommen, doch Lampedusa war nicht in Sicht. Das Motorboot war schon lange fort. Sie würde keine Nacht hier am offenen Meer überstehen. Sie weinte und lachte gleichzeitig. War es so, wenn man verrückt wurde? Sie schüttelte ungläubig den Kopf. Sie war sogar zum menschenfressenden Monstrum geworden! Es hatte ihr nichts genutzt.

*Manchmal ist es besser, einfach zu sterben!*

Sie ließ den Rettungsring los, glitt unter die Wasseroberfläche, ließ sich fallen, trieb, von der Schwere angezogen, schwebte wie ein verlorengegangener Astronaut in die dunkle Ewigkeit. Unter Wasser war es still. Die Haie tanzten mit den Leichen zu einem leisen, klickenden Lied. War es Einbildung?

Hier, unter Wasser, machte es Sinn. Noola spürte Liebe in diesem sonderbaren Lied.

Die Vereinigung mit ihren Schwestern, ihrer Mutter, stand kurz bevor. Sie lächelte bei dem Gedanken. Sie wusste nun, dass letztendlich nur die Freude und die Liebe zählten. Warum die Menschen im Leben so wenig Zeit dafür aufwendeten, war ihr ein Rätsel. Haie verschwammen ineinander, bedrohlich, majestätisch. Wenn sie nicht gerade an Leibern zerrten, schwammen sie anmutig wie Könige.

Unter ihr zog die Stille, die Schwärze: Wer sang ihr mit dieser Liebe entgegen?

Noola schwebte ruhig in die Tiefe.

Ein schwarzer Schatten unter ihr näherte sich schnell, wurde größer, das klickende Lied lauter, die Liebe stärker.

Sie weinte und wusste nun, wieso das Meer salzig war.

*Manchmal ist es besser, einfach zu sterben!*

## LIEBEN TERMITEN KLASSISCHE MUSIK?

So plötzlich stand sie vor ihm: Hübsch, burschikos, zuerst zurückhaltend, dann neugierig, in ihrer Arbeitskleidung vom Büchertempel, einen kleinen Rucksack am Rücken. Wie eine Literaturstudentin hielt sie seinen Roman in der Hand: „Ich will Ihnen erklären, was passiert ist!“

Er hielt inne: war es ein Trick vom Büchertempel, um ihn davon abzubringen, seine Anwältin einzuschalten? War das ein Versuch, ihn mit sexuellen Angeboten erpressbar zu machen? Er sollte sie sofort rauswerfen! Aber die Neugier siegte.

Er schloss alle Türen bis auf die Küchentüre und empfing Mondschein.

Das Mädchen machte ganz überrascht einen Schritt zurück – wahrscheinlich hatte sie nicht damit gerechnet, dass er sie tatsächlich hereinbitten würde.

Ein gesundes Misstrauen blieb: Bei der ersten sexuellen Andeutung fliegt sie raus! Er zeichnete das Gespräch sicherheitshalber mit dem Telefon auf.

„Sind Sie etwa den weiten Weg gekommen, um sich zu entschuldigen? Kommen Sie näher!“

Sie betrat das Haus und rümpfte die Nase. Er geleitete sie in die Küche, wo sie ihren Rucksack ablegte und sich setzte.

„Ich versichere Ihnen, es besteht für Sie nicht die geringste Notwendigkeit sich zu entschuldigen. Mir ist durchaus bewusst, dass nicht Sie für die Preisgestaltung im Büchertempel verantwortlich sind, sondern nur einem schlecht bezahlten Teilzeitjob nachgehen. Ich war Ihnen gegenüber nicht fair, mein Temperament ging mit mir durch – dafür möchte ich mich entschuldigen.“

Severin Roosmeer blickte sich um.

„Verzeihen Sie die Unordnung!“ Es war aber mehr Floskel als ernst gemeint.

„Bei Ihnen riecht es aber streng. Lüften Sie nie? Sind das Mensagabeln? Sie sind ja schon ein wenig eigenartig, aber so ähnlich habe ich Sie mir auch vorgesellt“, sagte sie lächelnd.

„Ach, wo habe ich denn meine Manieren gelassen?“, meinte er plötzlich. „Möchten Sie etwas trinken? Ich habe aber nur Blue Hippo! Und Wasser aus der Leitung.“

Sie blickte zum Waschbecken und beobachtete, wie sich ein bräunlicher Tropfen am verkrusteten Wasserhahn formte und schließlich abfiel.

„Nein, danke!“

„Junge Dame, was verschafft mir die Ehre zu dieser späten Stunde? Sie wollen doch nicht etwa ein Autogramm von mir?“

„Gerne. Aber ich bin hier, um zu erklären, dass Sie sich völlig umsonst aufgeregt haben.“

„Ach ja? Umsonst aufgeregt?“

„Wissen Sie“, sagte sie und legte das Buch auf den Tisch, „diese Ausgabe weist ein paar Produktionsfehler auf, und anstatt es wie hässliches Gemüse zu vernichten, haben wir es preisreduziert – wäre doch schade darum. Sehen Sie her, hier ist eine Seite zwar doppelt bedruckt, aber es ist immer noch lesbar – so was passiert und kommt in den besten Familien vor – dafür braucht man doch keinen Anwalt einschalten.“

„SO ETWAS DARF NICHT PASSIEREN!“, schrie Severin Roosmeer erbost und schlug wütend mit der Faust auf den Tisch.

Mondschein zuckte erschrocken zusammen.

„Der Verantwortliche muss ausgepeitscht werden!“, knirschte er.

Sie lachte auf, sich der Gefahr, Severin Roosmeer zu beleidigen und rauszufliegen, durchaus bewusst: „Sie sind ja ganz schön wild!“

„In einem Gedicht, in einem Lied oder Bild, da steckt die Seele des Künstlers, die Idee, die Quintessenz! Wenn sie verschandelt, ins Lächerliche gezogen wird, geht der Respekt verloren, die Idee wird in den Schmutz getreten! Wenn der Verlag etwas auf sich hielte, hätte er das Buch sofort vernichtet!"

„Aber nun ist es meines! Sie haben mir eine Widmung geschrieben!"

„Die war nicht konkret für Sie."

„Ich glaube doch! Ich kenne sie mittlerweile beinahe auswendig."

„Ach, ist das so?"

„Mein Lieblingsroman!"

„Aus der Konzentration in die Verdünnung!", sagte er kryptisch.

„Ich verehre Sie für den Roman!"

Stille. Er war direkte Schmeichelei nicht gewohnt, begrüßte sie aber.

„Was machen Sie sonst, ich meine, außer im Büchertempel zu arbeiten?"

„Ich arbeite an der Universität an meinen Dissertationen in Astrophysik und Meeresbiologie."

Das schien ihm doch sehr unwahrscheinlich. „Wie alt sind Sie denn?"

„Zweiundzwanzig."

„Da kann etwas nicht stimmen!"

„Ich habe meine Studien vor drei Jahren beendet. Seither arbeite ich an meinen Dissertationen."

„Wie ist denn das möglich? Sie lügen doch nicht?"

„Ich lerne leicht. Ich lese etwas und vergesse es nicht mehr, sobald ich es in einen Zusammenhang gebracht habe. Nur bei Sprachen tue ich mir manchmal schwer. Ich schreibe auch."

„Sie schreiben?"

Aus einem ihm nicht näher bestimmbaren Grund war sie ihm unsympathisch. War es Neid? Doch sie war definitiv interessant.

Automatisch verglich er jede Frau mit Noola: Doch keine von ihnen konnte ihr auch nur annähernd das Wasser reichen.

Für Mondschein war der Dunst in Severin Roosmeers Haus nur schwer auszuhalten: Eine komplexe Mischung aus Moder, Urin und nassem Hund.

Laika hatte sich hingelegt, blieb aber unruhig: Sie war über Mondscheins Auftauchen stark verunsichert gewesen und wedelte selbst im Schlaf flatterig mit dem Schwanz.

„Worüber schreiben Sie denn?“, fragte Severin Roosmeer.

„Über den Ursprung von allem. Einfacher kann ich's nicht sagen.“

„Ich meinte nicht Ihre Dissertationen.“

„Ich auch nicht. Bei meiner Arbeit am Institut für Meeresbiologie geht es um die Riesenkalmare.“

„Riesenkalmare?“

„Und am Institut für Astronomie erforsche ich MBHs.“

„Was sind MBHs?”

„Micro Black Holes.“

„Micro Black Holes?“

„Ja, das sind mikroskopisch kleine Schwarze Löcher. Die kommen vor, aber nur sehr selten. Natürlich ist das in der Öffentlichkeit unbekannt, es würde eine gewisse Unsicherheit, möglicherweise sogar Panik ausbrechen, wenn die Menschen davon wüssten. Die Angst davor, von einem MBH… keine Ahnung… vielleicht eingesaugt zu werden?“

„Was es nicht alles gibt! Bald kommen uns auch die Marsmännchen besuchen!“, sagte Severin Roosmeer mit einem abschätzigen Lächeln. „Warum haben Sie nicht ein Thema mit etwas mehr Realitätsbezug gewählt, etwas, das dem Menschen zu Diensten sein könnte, wie 3D-Bioprinting, Trinkwassergewinnung oder alternative Energien?“

„Sie irren sich!“, bekräftigte Mondschein erneut, „mikroskopisch kleine Schwarze Löcher kommen sehr wohl vor, aber eben nur selten und wenn, dann nur ganz kurz, nämlich wenn Strahlung einer bestimmen Frequenz auf ein angeregtes Elementarteilchen trifft – welches, ist leider unbekannt! Selbst im CERN hat man noch keines generiert, bisher ist alles nur graue Theorie! Und doch: Es gibt sie, bewiesenermaßen, stabilisiert in Organismen eingebettet."

Er sah sie nur fragend an.

Sie wurde plötzlich still, nestelte in ihrem Haar, als wäre ihr etwas unangenehm.

„In meinem Kopf gibt es... wie soll ich das am besten erklären... es gibt da eine kleine Stelle, umgeben von einer Membran, einen Hohlraum, wo ein MBH stabilisiert ist..."

„Wie meinen Sie bitte?"

„Man erkennt es nur an der spezifischen Strahlung... keine Angst, sie ist zu schwach, um Ihnen ... zu schaden... Es ist Gegenstand meiner Dissertation. Leider kann man es nicht... entfernen, es ist zu tief in meinem Kopf eingebettet... Die mathematischen Realitäten sind nicht – noch nicht! – absehbar! Es gibt so viele Theorien über mikroskopisch kleine Schwarze Löcher, aber man hat bisher kaum experimentelle Erfahrung! Und da es theoretisch gar keine stabilisierten MBHs geben dürfte –"

„Wie haben Sie es entdeckt?", schnitt er ihr das Wort ab.

„Ich habe fürchterliche Migräneanfälle und ließ mich deshalb gründlich durchchecken. Am Röntgenbild erkennt man einen kleinen, belichteten Punkt im Schädel. Man hat am MIT alle möglichen Aufnahmen von meinem Kopf gemacht, letztendlich bin ich in einem geheimen Physik-Labor tief unter der Erde gelandet... ich dachte mir, man würde mich für immer wegsperren und an mir experimentieren – einige waren der Meinung, dass ich mit dem MBH eine Gefahr für das ganze Sonnensystem darstelle –"

„Man wollte Sie wegsperren?", ließ er sie wieder nicht ausreden.

„Auf diese Weltuntergangsfantasten hat zum Glück keiner gehört. Es gibt verschiedene Möglichkeiten, die man von einem MBH erwarten kann, da sind sich die Mathematik und Physik noch uneinig, von ‚gar nichts' bis ‚Supernovaexplosion' – man weiß einfach zu wenig darüber, um bei der Berechnung die Grenzen für die mathematischen Operationen passend zu wählen. Das gelingt hoffentlich mit Hilfe von weiteren Messungen an meinem MBH."

Severin Roosmeer blickte sie eindringlich ein: War sie verrückt?

„Ich habe es zu meiner Lebensaufgabe gemacht herauszufinden, warum die Natur ein MBH in meinen Kopf gesetzt hat. Es muss einen evolutionären Grund geben, warum es in meinem Körper, oder in irgendeinem Körper sitzt, so wie es einen Grund gibt, warum wir über die letzten zehntausend Jahre unser Fell verloren haben. In der Natur gibt es keinen Zufall! In meiner DNA, in der genetischen Information, gibt es den Code für das MBH in meinem Kopf, man kann es ja schwer im Nachhinein dahin verpflanzt haben! Ich muss meiner eigenen DNA auf den Grund gehen und hoffe, mit eigenen Stammzellen aus dem Rückenmark ein stabilisiertes MBH in Zellkulturen für weitere Experimente zu generieren."

Severin Roosmeer kratzte sich verwirrt am Kopf. Er hatte keine Ahnung, wovon sie faselte, aber es klang apokalyptisch! Immerhin ging es um Schwarze Löcher, auch wenn sie nur mikroskopisch klein waren. „Experimentieren" hieß manchmal auch, dass der jeweilige Forscher keine Ahnung von dem hatte, was er erforschte, und dass das Ergebnis überraschend oder gar gefährlich sein konnte.

„Was hat denn ein Riesenkalmar damit zu tun?", fragte er plötzlich.

„Gut, dass Sie fragen", lächelte Mondschein. „Vor Jahren hat man einen Riesenkalmar gefangen, der dieselbe Anomalie wie ich aufwies. Man hat zuerst geglaubt, es hatte mit der ansteigenden Radioaktivität des Meeres – sie wissen schon, wegen der lecken Atomkraftwerke – zu tun. Das Sonderbare dabei ist nicht nur, dass man es überhaupt entdeckt hat, oder dass man es in einem Riesenkalmar entdeckt hat, sondern vielmehr, dass man es in sogar zwei gefangenen Riesenkalmaren gefunden hat!"

Severin Roosmeer wurde ungeduldig.
Sie fuhr fort: „Aber was habe ich damit zu tun? Wie kommt die DNA in meinen Körper? Ich bin ja nicht mit einem Riesenkalmar verwandt, diese Lebewesen sind, aus genetischer Sicht, eines der ältesten Lebewesen auf unserem Planeten. Und dass sich Pottwale auf die Jagd nach Riesenkalmaren spezialisiert haben, macht die Sache besonders spannend. Gibt es da einen Zusammenhang?"
Mondschein war ganz offensichtlich in ihren Gedanken verloren.
„Aber die grundlegenden Probleme löst auch nicht der Riesenkalmar, sondern die wahre Frage lautet: Wieso entwirft die Natur, das heißt, die Evolution, eine biologische Architektur mit MBHs? Wozu? Was ist der evolutionäre Anlass für ein MBH? Was kann ein MBH? Wie entsteht es? Wie wird die DNA zum MBH transkribiert? Ein MBH ist immerhin kein Protein, keine konkrete chemische Verbindung, sondern ein abnormer energetischer Zustand, eine bisher unbekannte, aber mathematische Lösung für einen unerforschten Quantenzustand: MBHs dürften gar nicht stabil sein, weil sie mittels ihrer Strahlung Energie abgeben und dabei immer schwächer werden und innerhalb kürzester Zeit erlöschen müssten… Mein MBH strahlt und wird dabei nicht schwächer, eher im Gegenteil, es scheint mit der Zeit geringfügig an Intensität zu gewinnen! Wird es in einer anderen Dimension mit Energie gefüttert?"
Mondschein lachte plötzlich lauthals, als hätte sie ihn die letzten Minuten zum Narren gehalten und wollte nun den Scherz aufklären. Doch der kurze Ausbruch war schon wieder vorbei und sie war wieder ernst.
„Mein größtes Problem ist, dass ich, wenn diese Strahlung in meinem Kopf anhält, wohl früher oder später an einem Gehirntumor erkranken werde… Noch ist nichts, aber die Migräneanfälle sind schon schlimm genug!"

„Was passiert denn mit den gefangenen Riesenkalmaren, die so ein… Loch haben?“

Doch eine Antwort darauf blieb sie ihm schuldig.

Mondschein hatte ihm zwar einiges über Riesenkalmare und MBHs erzählt, gab aber nur wenig Auskunft über ihr Manuskript. Und woher sie ihren Namen hatte, verschwieg sie gänzlich. „Mondschein“, sagte sie nur, „einfach nur Mondschein. Sie, Herr Roosmeer, haben mich inspiriert, auch ich werde jemand inspirieren!“

*Wie sehr sie damit Recht hat*, dachte er jetzt, auf der Fahrt zur Anstalt am Meer.

„Sie wollen wissen, was ich schreibe?“ Sie hatte in ihrem Rucksack gekramt und ein an den Rändern zerfleddertes Manuskript hervorgezogen.

„Lesen Sie es bitte! Ich komme morgen wieder und Sie sagen mir dann, was Sie davon halten.“

Severin Roosmeer hatte das hundertseitige Manuskript in seinen Händen gehalten, es aufgeschlagen und wollte es beim ersten lächerlichen Satz, den ein Ungeübter leichtfertig hinschreibt, auf der Stelle vernichten. Doch auf Anhieb fand er einen solchen Satz nicht, auch nach mehrmaligem Hin- und Herblättern fand er erstmal nichts Dummes, Abscheuliches oder Lächerliches. Stattdessen war jeder Satz, jedes Wort, ein Nagel, der ihm mit dumpfen Schlägen in die Stirn getrieben wurde. Er konnte im Moment nicht mehr weiterlesen, es war zu aufreibend – er wollte es in Ruhe lesen. Er war tatsächlich neugierig geworden.

„Na gut, ich lese es. Morgen Abend also.“ Er öffnete ein Blue Hippo und trank es auf einen Sitz aus. Mondschein musste beim Nilpferdschrei auflachen.

„Bin ich der Erste, der es liest?“

„Ich trage es mit mir herum, um an jeder freien Minute daran zu arbeiten. Es ist weit davon entfernt, fertig zu sein.“

„Ich lese es!“, wiederholte Severin Roosmeer.

„Morgen sagen Sie mir, was Sie davon halten. Sie sehen, ich bin kein gewöhnliches Mädchen, vielleicht finden Sie’s ja interessant… Haben Sie keine Frau? Ich denke, ich hätte gelesen, dass Sie mit Noola… Ein interessanter Name: Noola? Wo ist sie denn? Lebt sie auch hier? Kann ich mir bei dem Saustall nicht vorstellen!“

Mondschein blickte herum und schüttelte angewidert ihren Kopf: „Wie können Sie so leben?“ Sie sprach nicht weiter, um einen drohenden Schlamassel, den sein Blick verriet, zu vermeiden.

Severin Roosmeer antwortete nicht auf ihren Kommentar. Sie wurde ihm immer unsympathischer. *Dieses neunmalkluge Mädel!*, dachte er, *Sie wird sich schon noch wundern!*

„Normalerweise gebe ich mich nicht mit den unveröffentlichten Schriften anderer ab, aber ich werde Ihnen den Gefallen tun und Ihr Manuskript lesen. Morgen gebe ich Ihnen Bescheid!“

„Das würden Sie für mich tun? Ich hoffe nur, dass Sie… na ja, wir werden sehen. Ich komme morgen wieder!“

Er wollte sie scheitern sehen, denn wenn er etwas auf den Tod nicht ausstehen konnte, dann war es Perfektion, Genialität und Menschen, die sich überschätzten – und wenn aus seiner Abneigung nur Neid sprach, dann war es ihm auch egal!

„Seit man mein MBH entdeckt hat, denke ich viel über den Tod nach… Sind Sie schon einmal mit Walhaien geschnorchelt, oder mit bunten Clownfischen zwischen Korallen getaucht? Wenn man so im Meer treibt, oder unter Wasser schwebt, vergisst man, dass man ein Mensch ist – man wird zum Plankton, schwebt körperlos, fast wie im All, in der Unendlichkeit – es gibt so viel zu sehen! Eine Welt erblüht aus der Tiefe, rätselhafte Wesen strecken sich nach einem, folgen unwahrscheinlichen, kreativen Lebensweisen, bunt, vielfältig, sich in die Unendlichkeit reproduzierend... ein wahrhaftiges Erlebnis, das einen das Leben neu zu überdenken zwingt, die Prioritäten neu aufzeigt...!"

Er wusste genau, wovon sie sprach. Sich treiben lassen, davon träumte er oft. Sich treiben lassen, damit hatte Noola ihre eigenen Erfahrungen gemacht: Die ewige Weite der Wüste, der infinitesimal feine Sand in allen Ritzen und Falten, der die Haut poliert und reinigt. Die dunkle Tiefe des Meeres, die einen übermannt, die innerhalb weniger Sekunden entscheidet, ob sie einen für immer verschluckt oder wieder ins Leben zurückspuckt. Die beharrliche Gewalt, der man hilflos ausgeliefert ist, das schäumende Blut, der gierige Samen, die in der Wirbelsäule ziehenden Schmerzen, die niemals aufhörten, sich weigerten nachzugeben. Man musste ihnen gegenüber rücksichtslos Herr werden, als strenger Schmerzdompteur. Schmerzdompteur, das war eines dieser sonderbaren Wörter aus Mondscheins Manuskript, das sich in seinen Gehirnfalten eingenistet hatte und nun Wurzeln schlug, sich um die Gehirnwindungen schlang, an ihnen zerrte und aus ihren Wurzeln unbekannte Substanzen freisetzte, deren pharmazeutische Wirkung nicht absehbar war.

Mondscheins Manuskript, Davids Turm, Sarahs Verschwinden, ihre verzweifelte Mutter, die Nachbaren, denen alles zuzutrauen war, und die sonderbaren Brotanschläge in der Hauptstadt – all das versetzte ihn in einen Zustand der Unsicherheit, ein unangenehmes Gefühl, das mit dem Auffinden seines preisreduzierten Buches begonnen hatte.

Als Mondschein sein Haus verlassen hatte, wurde er richtig wütend: *Was fiel dieser Studentengöre eigentlich ein, bei ihm so einfach vorbeizukommen und ihm ihr Manuskript mit der dreisten Aufforderung, es zu lesen, unter die Nase zu halten – für wen hielt sie sich eigentlich? Er war auch noch so dumm gewesen, es an sich zu nehmen, nur weil er neugierig geworden war, da sie angeblich ein Genie war und unter gewissen unerklärlichen, medizinischen oder kosmischen Gegebenheiten litt. Was hieß litt, man wusste ja gar nichts darüber! Ein Roman war mehr als die Summe seiner Worte und Sätze! Was bildete sie sich eigentlich ein? Warum hatte er ihr oder dem Büchertempel verziehen? Vermutlich war alles gelogen, und selbst wenn es wahr war, wäre es ihre Pflicht – ihre berufsgegebene Pflicht! – gewesen, das Buch an den Verlag zurückzuschicken, damit dieser sich angemessen darum kümmern konnte, nicht einfach den Preis zu reduzieren, das stand ihnen gar nicht zu, nein, nein, nein! – Und es dann auch noch einfach behalten!*

Beinahe hätte er das Manuskript vor Zorn doch nicht gelesen.

Aber die Neugier war stärker.

Als er am nächsten Morgen die Augen aufschlug, war ihm, als wäre er in eine neue Welt hineinerwacht. Vor Aufregung zitterte und schwitzte er.

Laikas Geruchsknospen waren abgestumpft, überladen von dieser Müllhalde. Sie döste benommen vor sich hin.

Ein loses Manuskript, in dem er bis zum Einschlafen gelesen hatte, lag verteilt auf dem schmalen Platz neben dem Bett am Boden.

Die Nachttischlampe brannte noch, und beherbergte diverse lichtaffine Insekten, gefangen in klebrigen Spinnweben.

Mondschein wollte wiederkommen, bis dahin sollte er ihr Manuskript fertiggelesen und verdaut haben. Im Moment war er jedoch überwältigt, konnte keinen klaren Gedanken fassen. Er hatte das dringende Bedürfnis, Noola davon zu erzählen, fand es dann aber töricht, sie wegen so einer Sache zu stören!

Sein Ärger über den Büchertempel war verflogen.

In der Küche verstaute er das Plastikmensabesteck, frühstückte nebenbei ein Blue Hippo, stopfte die noch immer urinfeuchte Post in einen Müllsack und übertünchte den Gestank mit künstlichem Aroma aus der Dose. Auf der Waschmaschinenruine im Garten vor dem Haus döste ein Kätzchen in der Morgensonne. Er überlegte, ob er es zu Noola bringen sollte, doch als hätte es seine Gedanken gelesen, sprang es plötzlich auf und kletterte über die Mauer zu den Nachbarn.

Das Telefonat mit David kam ihm in den Sinn. Dass er versprochen hatte, ihn zu besuchen. Aber es war noch zu früh, Besucher waren erst ab zehn Uhr vormittags zugelassen. Es war genügend Zeit für ein Frühstück im Café Noir. Laikas Fressen fuhr in den Napf.

Severin Roosmeer entkleidete sich und duschte: Es musste sein. Um in der Anstalt nicht unangenehm aufzufallen – er kannte die Mitarbeiter der Anstalt sein Leben lang und wollte sie nicht anwidern.

Es war früh, die Nachbarn schliefen noch, so konnte er den Klassiksender im Radio genießen: Es ertönte Beethovens Klaviersonate Nr. 14. Danach chinesische Klassik: Der Regenbogentanz.

Der gestrige Abend ging ihm nicht aus dem Kopf.

Die Melange im Café Noir schmeckte heute bitter.

Am Nebentisch war wieder das entführte Mädchen Thema. Man sprach davon, was ihr gerade widerfuhr, oder ob sie schon im Wald in der Erde lag, ob ein Einheimischer oder ein Auswärtiger der Entführer wäre, ob ihre Mutter etwas mit ihrem Verschwinden zu tun hätte, oder ob sie einfach nur weggelaufen war.

Der Schriftsteller, von Mondscheins Manuskript inspiriert, meinte, mathematische Realitäten wären die grausamsten, da unabwendbar: Sie bildeten den Imperativ der Wahrheit! Nicht nur die Zahlen selbst, die Summen oder dergleichen, sondern die Gesetzmäßigkeiten, die Axiome und Beweise, die scharfen Geometrien schnitten tief ins Schicksal – ein Gewissen oder Gerechtigkeit kannten sie nicht, man sagte ihnen gelegentlich Ironie nach, immer auch Harmonie, grausame, mathematische Harmonie, auf menschliche Schicksale wenig Rücksicht nehmend. Das war das Harmoniebedürfnis der Natur, eine eigene Seele außerhalb des Menschen zu haben.

Der Kellner Gregor lauschte interessiert den Stammtischtheorien der kleingeistigen, sich aber für Elite haltenden Wohlstandsbürger, sagte aber selbst nichts dazu.

„Sie lebt noch", sagte einer, „sie lebt noch, sonst hätte man sie schon in einer Mülltonne gefunden!"
„Genau das Gegenteil ist wahr!", rief ein anderer, und ein Dritter: „Wahrscheinlich arbeitet sie jetzt an der Grenze!"
„Aber sie ist doch erst elf!"
„Desto höher der Preis, den man für sie bezahlt!"
„Können wir bitte das Thema wechseln!", verlangte jemand anderer.
„Das ist ja nicht zum Aushalten!"
„Sie irren sich!", hatte so wie Mondschein gestern auch Ludwig Alves-Kruger im Café Noir gerufen, während er an einer Wurst knabberte, „Ich bin davon überzeugt, dass es ein Einheimischer war und dass sie irgendwo in der Umgebung gefangen ist!"
„Wie kommen Sie darauf? Erleuchten Sie uns mit Ihrer Logik", mischte sich plötzlich Gregor ein, für den Alves-Kruger nichts weiter als ein gewöhnlicher Verbrecher war; er hasste ihn bis aufs Blut. Das wusste jeder. Nur warum genau, das war nicht bekannt.
„Es ist ganz einfach", beantwortete Alves-Kruger seinen schnippischen Kommentar, „11-Jährige sind eine Delikatesse für Päderasten und sehr gefragt!"
Sarah musste laut Alves-Kruger noch in der Nähe sein und falls dieser Trunkenbold Hofstädter noch eine einzige funktionierende Gehirnzelle sein Eigen nennen konnte, hätte er schon längst alle Häuser durchkämmt, bevor die Kleine für immer im Netz von Menschenhandel und Prostitution verloren war. „Vielleicht war es schon zu spät!", merkte er abschließend an und ließ Gregor mit seiner Aussage verstört zurück.
„Vielleicht ist sie auch einfach nur von ihrer verrückten Mutter weggelaufen?", meinte Alves-Krugers Leibwächter Akebono, der mit ihm gemeinsam frühstückte. „Nadja ist ja nicht ganz… normal!"

„Ich protestiere: Nadja ist eine wundervolle Mutter!“, kritisierte Alves-Kruger. Er kannte sie seit der Zeit, als sie noch für ihn anschaffen gegangen war. Aber auch Akebono hatte damals schon für Alves-Kruger gearbeitet.
„Warum sollte Cinderella ohne ihren Schuh weglaufen?“, meinte ein anderer mit dem Hinweis darauf, dass man einen von Sarahs Schuhen vor der Kirche gefunden hatte.
„Egal was passiert ist, wir sehen sie wieder“, meinte Alves-Kruger zuversichtlich und abschließend, „davon bin ich überzeugt! Meinst du nicht auch, Akebono?“, richtete er das Wort an seinen Leibwächter, der sich zur Vorbereitung für das heutige Training gerade andächtig Hühnerfleisch hineinstopfte. Er murmelte etwas mit vollem Mund und Alves-Kruger winkte ab: „Schon gut, schon gut…“
„Riesenkalmar…“, sinnierte Severin Roosmeer, der den letzten Teil von Alves-Krugers Ansprache nicht mehr gehört hatte. *Wozu brachte die Natur in Riesenkalmaren – und Mondschein! – MBHs hervor? Warum jagte der Pottwal die Riesenkalmare? Was hat das alles zu bedeuten?*
Severin Roosmeer driftete in Gedanken ab und hörte nichts mehr vom Gespräch.

Als Severin Roosmeer aus seinen Gedanken stolperte und hochblickte, merkte er, dass er nun allein im Café Noir saß. Das benutzte Frühstücksgeschirr war von den Tischen geräumt.
Gregor arbeitete hinterm Tresen. Alves-Krugers Ansichten hatten ihn sichtlich erregt.
„Zahlen, bitte!“ Severin Roosmeer war so sehr in Gedanken verloren, dass das Trinkgeld ungewöhnlich hoch ausfiel. Gregor war immer noch so missmutig, dass er sich dafür nicht bedankte, sondern nur gequält grinste.
Laika kratzte sich hinterm Ohr.

Rocky betrat das Café Noir und bestellte, obwohl in Uniform, einen Cognac. Er machte einen zufriedenen Eindruck.

„Was grinst du wie ein Hutschpferd?", fragte ihn Severin Roosmeer.

Rocky schwenkte das Cognacglas und roch daran. Hofstädter, erzählte er, hätte sich endlich dazu durchgerungen, unangemeldete Hausdurchsuchungen zu veranlassen, da sich nach ausführlicher Ermittlungsarbeit der Verdacht erhärtet hat, dass der Entführer ein Einheimischer sein muss.

„Wie kommt ihr denn darauf?", fragte nun Gregor.

„Das geht euch gar nichts an! Beim Alves-Kruger fangen wir heute Nachmittag an, dann geht's zum Pfarrer! Zu euch kommen wir auch noch... Vielleicht nächste Woche..."

„Und was ist, wenn ich nicht zustimme?", fragte Severin Roosmeer in gespielt freundlichem Ton. „Ihr könnt ja nicht gegen meinen Willen und ohne Verdacht einfach meine Privatsphäre stören!"

Rocky kam ganz nahe an Severin Roosmeers Gesicht heran: „Wenn du die Hausdurchsuchung verweigerst, dann machst du dich verdächtig, Blader! Hast du etwas zu verheimlichen? Es täte mich nicht wundern! Wenn du unsere Ermittlungen behinderst, dann kommen wir mit der vollen Härte des Gesetzes! Dann lassen wir dich nicht mehr aus den Augen! Wir frieren dein Konto wegen Fluchtgefahr ein, nehmen dir deine stinkende Bude auseinander! Wir bewachen und verfolgen euch, bis ihr uns freiwillig alles zeigt, oder wir einen offiziellen Durchsuchungsbefehl haben! Dann kommt alles ans Tageslicht, was ihr in euren Kellern weggesperrt habt!"

Er löste sich wieder von Severin Roosmeer und wandte sich an beide.

„Eure perversen Spielchen, eure vielleicht nicht ganz gesetzmäßigen Devotionaliensammlungen oder Spielzeugeisenbahnen sind uns scheißegal! Das wollen wir gar nicht wissen! Es geht uns nur um die Kleine: Sie zu finden hat höchste Priorität! Also scheißt's euch nicht an..."

„Das ist illegal!“, stieß Gregor aufgeregt hervor, „das verstößt gegen unsere Rechte als gesetzestreue Bürger!“
„Wos illegal is, des bestimmen immer noch wir!“, meinte Rocky trocken. Damit war die Sache für ihn erledigt. Er trank den Cognac in einem Schluck aus und verließ mit einem feindseligen „Habe die Ehre!“ das Café Noir, nachdem er Laika noch einmal liebevoll den Kopf getätschelt hatte.
Auch Severin Roosmeer verabschiedete sich und folgte Rocky auf die Straße. Die alte Weinzierl tauchte plötzlich vor ihm auf und er schrak, als er auf ihren kleinen Köter stieg, der sogleich aufjaulte.
„Passen's doch auf, Sie alte Krot! Schleichen's mir mit Ihrem Rattenvieh net vor die Haxn!“ Er gab ihrem Hündchen einen sanften Tritt.
Die wütende Alte schimpfte: „Unmensch! Widerling! Tierquäler! Das wird Sie teuer zu stehen kommen!“
Severin Roosmeer winkte ab: „Jaja, passt schon…“, und spazierte unbeeindruckt mit Laika zur Bushaltestelle.

Severin Roosmeer näherte sich im Bus der Anstalt am Meer, wo David lebte. Vor ihm lag breit die Bucht und im Blickfeld thronend der Vulkan Asam. Nach sieben Jahren zeigte der Vulkan wieder verstärkt Anzeichen von Aktivität: Stetiges Husten von fettigen Rußwolken.
Die Endstation lag direkt am Meer: beruhigendes Rauschen, an dem er sich niemals satthören konnte. Er hatte schon immer gefunden, er wäre ins falsche Medium hineingeboren worden.
*Wieso verkaufe ich nicht das Haus und zieh ans Meer? Was wohl Noola dazu sagt?*
Sie mussten auf dem Weg zur Anstalt einen Hügel hoch und er keuchte und schwitzte. Laika war lebhaft, aufgeregt und neugierig auf die für sie ungewohnte Umgebung.
Er zögerte: Es war immer ein eigenartiges Gefühl, an den Ort zurückzukehren, wo er die ersten Jahre seines Lebens verbracht hatte.

Niemand hatte ihm geglaubt, wie er zur Welt gekommen war. Jeder bezeugte, dass seine Version der Vorkommnisse, nämlich im Wald von einer Blume als ausgewachsener Mann geboren worden zu sein, nicht wahr sein konnte. Immer und immer wieder wiederholten sie: „Pflanzen gebären keine erwachsenen Menschen!“

„Und wenn ich kein Mensch bin?“, war seine übliche Frage.

„Sei nicht albern!“, kam dann die typische Antwort. Am Ende klebte ihm immer eine Träne im Augenwinkel.

Den verwirrten David zu besuchen belastete ihn. Er fürchtete seinen Wahn, denn es könnte einmal sein eigener werden. Laika bellte. Sie durfte hier unbeschwert eintreten, denn Tiere taten den Patienten gut.

Severin Roosmeer ärgerte sich: Er wünschte sich, er wäre besser gekleidet. Nicht in seinem Yukata, den sie alle für einen Bademantel hielten. Seine alten Sachen passten ihm aber nicht mehr.

Er betrat Pavillon 3, wo sein Bruder stationiert war, und hoffte, dass er in gutem Zustand sei, um mit ihm ins Café der Anstalt gehen zu können. Aufputschung käme ihm gelegen, immerhin hatte er sich die ganze Nacht von Mondscheins „kristallspitzen Worten im futuristischen Gewand“ (tatsächlich waren das ihre eigenen Worte) ihrer utopischen Entwicklungsnovelle inspirieren lassen.

„Guten Tag, Herr Roosmeer, Ihr Bruder erwartet Sie schon!“

Er war überrascht, dass David seine Ankunft erfolgreich kommuniziert hatte.

„Nein, nein, kommen Sie, er wartet in seinem Zimmer!“

Bisher hatte er seinen Bruder immer im Sozialraum angetroffen.

Ein unangenehmer Geruch von ungewaschenen Socken begrüßte ihn. Diesbezüglich war er aber, wie man sich vorstellen konnte, nicht besonders pingelig.

Asam thronte jenseits des Fensters über der Bucht in der Ferne, in den Himmel rauchend, sodass sich kleine, dunkle Wolkenschwämme auf seinen Schultern bildeten. Rund um Asam lebte seit Davids Geburt niemand mehr.

David schrieb mit dünner weißer Kreide auf der grünen Tafel – er tat sich mit Stift und Papier im Moment sehr schwer –, die man eigens für ihn angebracht hatte, nachdem er die weißen Wände mit mathematischen Formeln, physikalischen Berechnungen und geometrischen Skizzen bekritzelt hatte. Als man die Wände getüncht hatte, erlitt er zuerst einen nervösen Zusammenbruch, doch man hatte ohne sein Wissen seine Notizen detailliert abfotografiert und es ihm später präsentiert – sein Zustand hatte sich daraufhin rapide gebessert. Nun durfte er, wenn er die Tafel vollgeschrieben hatte, ein Foto davon machen, man druckte es und überreichte es ihm noch am selben Abend, andernfalls schlug er Krawall, verweigerte die Nahrungsaufnahme oder wurde gar von einem Infarkt niedergestreckt. Die Tafel war fein säuberlich mit seiner winzig kleinen Schrift vollgeschrieben, so winzig, wie es mit einer angespitzten dünnen Kreide gerade möglich war. Rechts unten war noch etwas Platz.

Ohne seinen Bruder bemerkt zu haben, setzte sich David aufs Bett und schloss die Augen, so als meditierte er. Dann begann er in einer Sprache zu sprechen, die Severin Roosmeer nicht verstand. Er babylonisierte, wie David es nannte.

Severin Roosmeer legte David die Hand auf die Schulter und küsste ihn auf die Stirn. Er wollte ihm so zeigen, dass er ihn nicht hasste.

David öffnete die Augen und lächelte: „Ach, du bist's!"

Laika bellte zur Begrüßung und David streichelte sie liebevoll. Dann begann er von den Stimmen und vom Turm zu erzählen.

Severin Roosmeer hielt es für müßig, dem grotesken Gefasel zu folgen. Stattdessen vertiefte er sich in die Turmskizzen. „Dieser Turm macht uns zu Göttern, sagst du?", flüsterte er mehr zu sich als zu David. „Ich hatte gestern Besuch, ich finde, ihre Literaturarchitektur ist ebenfalls mysteriös…"

Er erzählte David von dem Vorfall mit Mondschein und wurde dabei überraschend emotional. Am Ende klebte sogar etwas Nasses im Augenwinkel.

David machte einen verzweifelten Eindruck: „Du darfst Mondschein nicht mehr sehen! Ich prophezeie dir: Die Welt steht am Abgrund! Wenn sie dein Haus betritt, dann… Bitte lass' sie nicht rein! Lass' sie nicht rein! Die Stimmen haben es mir gesagt!"

Er fragte sich, was in David gefahren war. Was war plötzlich los mit ihm?

David ließ sich verzweifelt aufs Bett fallen. Eine Träne kullerte ihm über die Wange. „Es ist nicht mehr aufzuhalten!", sagte er kryptisch.

*Ob die Stimmen recht haben?*, fragte sich Severin Roosmeer. Er wischte den Gedanken weg, lächelte, griff in seinen Ärmel und überreichte David ein Foto von sich mit Noola, ein paar Wochen nach dem Vorfall mit dem Bären aufgenommen. Sie lächeln, beide auf ihre Art. Severin hing es an die Wand neben der Tafel.

„Soll ich dir etwas besorgen? Schokolade? Zeitschriften?"

David überfiel plötzlich ein epileptisches Zucken, das langsam stärker wurde.

Severin Roosmeer rief schnell die Weißgewandeten, die bei Davids Anblick sogleich Unterstützung anforderten. David röchelte, Schaum bildete sich um seinen Mund und lief ihm übers Kinn.

Man drängte Severin Roosmeer aus dem Zimmer, der Arzt kam angelaufen. Ein paar Minuten später wurde er vom Arzt unterrichtet, dass das gelegentlich vorkomme und David nun ruhig schlafe. Aber er müsse sich keine Sorgen machen, alles sei bestens. Das mit den Stimmen sei schon viel besser geworden!

Es lief Severin Roosmeer kalt über den Rücken bei all den hippokratischen Lügen, doch er musste selbst zugeben, dass er seit langer Zeit wieder ein einigermaßen normales Gespräch mit David geführt hatte. Es war auch schon vorgekommen, dass er ihn gar nicht erkannte und mit ihm in einer fremden

Sprache sprach oder nur wie unter Hypnose an die Wand starrte, dabei regungslos blieb, als wäre er komatös.

Severin Roosmeer verabschiedete sich mit einem letzten Blick zu Davids Zimmertür. Laika schnüffelte an einem alten Kauz und bellte, dann verließen sie den Pavillon 3 und betraten wieder den grünen Park der Anstalt am Meer. Sein Blick strich über die Gegend, insbesondere übers Meer. Der spuckende Asam am Horizont machte ihm Sorgen. Er hoffte, dass er sich bald wieder beruhigte.

Am Weg zur Busstation rief er Noola an, wollte unbedingt ihre Stimme hören: „Hier spricht Noola, bin nicht da. Sagen Sie was!“ Er entnahm seinem Yukataärmel eine Dose Blue Hippo, öffnete sie und trank den Inhalt mit einem Schluck aus. Nach dem elektronischen Piep wusste er nicht, was er sagen sollte. Er legte wieder auf und warf die leere Dose in einen Mülleimer.

Er dachte an das sonderbare, mikroskopisch kleine Schwarze Loch in Mondscheins Kopf: Pottwal, Riesenkalmar, der Turm, Asams Aktivitäten – gab es eine Beziehung? Er hätte David fragen, oder ihm zumindest zuhören sollen, wie er nun feststellte. Am liebsten wäre er sie samt ihrem Manuskript losgeworden und wollte mit dieser neuen Inspiration etwas Neues erschaffen. Etwas, worauf die Welt gewartet, es aber nicht erwartet hatte. Etwas, das den Menschen die Augen öffnete, so nachhaltig, dass sie sie nicht wieder schließen wollten. So, als wären sie mit dem Löffel der Erkenntnis im Maul auf die Welt gekommen.

Im Bus zurück nach Babel dachte er an den Turm, an den ewigen Kampf der Natur gegen die Architektur – Regen, der den Gebäuden langsam aber stetig zusetzte, oder Grashalme, die behäbig in Ritzen durch den Asphalt drangen. Die Ewigkeit wurde in keine Gestalt mit einberechnet, alles war für den Verfall konstruiert – aber wie auch anders, wo es der Mensch ja nicht besser kennt: das unterscheidet ihn von Gott! Die Atome waren ewig, die Moleküle im stetigen Wandel. Seele und Körper. Wort und Geschichte. Sonne und Licht.

Im Bus hatte eine Frau einen Einkaufskorb voller Zucchini und Birnen neben sich stehen. *Ja, die Wahrheit war*, dachte er, *dass wir für das formschöne Obst und Gemüse vergiftet wurden, dass die Form einen höheren Stellenwert hat als die Seele – erst durch die Ästhetik werden wir auf das Material aufmerksam. Dann entfaltet sich seine Seele in den Raum und streichelt einem die Aura, ohne dass wir es merken. Das Leben war ein einziger, riesengroßer Widerspruch.*

Das war auch aus Mondscheins Manuskript zu lesen.

Zurück in seinem Haus bereitete er sich auf Mondscheins Besuch vor: er schloss alle Türen zum Wohnbereich, entfernte Unrat aus der Küche, fütterte Laika, verstaute das Mensabesteck, wischte den Boden.

Das Manuskript war leider Gottes genial. Aber man merkte auch, dass ein Anfänger am Werk war: Er wollte es überarbeiten, die noch unreifen Gedankenfrüchte pflücken, häckseln, pressen, vergären und es zu einem monumentalen Kunstwerk aufbereiten. Das Potenzial war da – nur ihre Fähigkeiten für so ein anspruchsvolles Projekt, Genie hin oder her, waren entsprechend rudimentär.

Er empfand sehr stark für Mondschein, ob es Liebe oder Hass, Neid oder Ehrfurcht war, wusste er nicht genau. Als es dann an der Tür klopfte, waren seine Emotionen so heiß gelaufen, dass er keinen anderen Ausweg sah.

Am Ende wird man feststellen: Er hatte gar keine andere Wahl gehabt!

## DAS VERRÜCKTE LACHEN DER GESTEINIGTEN

Der klickende Gesang der Unendlichkeit!

Das Aufziehen eines Uhrwerks für die Lebenszeit.

Die Liebe, die sie wieder ans Licht zurückgehoben hatte.

Sie erwachte mitten auf dem Meer und übergab sich.

*Ist das der Tod? Einsam und verlassen auf dem Meer treiben?*

Aus einer Öffnung unter ihr spritzte Meerwasser hoch. Es roch widerlich nach Lebertran. Rasendes Klicken aus der rundherum blauen Tiefe.

Noola balancierte auf einem glitschigen Felsen, die Wellen umspülten sie. Sie ertastete die Oberfläche, gleichzeitig glatt und rau. Manchmal tauchte dieser schwimmende Felsen ein paar Zentimeter unter Wasser, manchmal spritzte ein Strahl Meerwasser aus der Öffnung an der breiten Vorderseite. Wo waren die Haie, die Leichen, das Blut? Ein Schwarm Delfine kam nun herangeflitzt, links und rechts sprangen sie wie zur Begrüßung um sie herum, schwammen voraus, gaben die Richtung vor.

Noola musste plötzlich lachen. Es war ein Traum! Es musste ein Traum sein! Sie setzte sich längs auf den Rücken des Pottwals, hielt die Balance, ließ sich grinsend treiben, war gespannt, wohin die Reise ging. War sie am Leben? Vielleicht. Wenn es sich nicht um ein Missverständnis handelte.

Nach einiger Zeit – sie konnte schon sehr gut aufrecht stehen, ohne abzugleiten und ins Wasser zu fallen – rückte ein Fischerboot in Sichtweite. Ihre letzten Erfahrungen hatten sie gegenüber den Menschen auf dem Meer misstrauisch gemacht.

Sie vernahm wieder das helle, schnelle Klickgeräusch, dann spritzte eine Fontäne hoch. Noola hatte Angst, aber sie winkte, rief dem Fischerboot, das langsam näherkam, zu. Eine immense Schwanzflosse katapultierte aus dem Meer und schlug um sich. Dann tauchte der graue, lebendige Felsen sanft ab. Aber nicht zu schnell, um Noola nicht zu gefährden. Kurze Zeit später erreichte das Fischerboot das im Meer strampelnde Mädchen. Man warf ihr einen Rettungsring zu und half ihr an Bord.

Die drei Fischer, vollbärtige, lederne Gesichter, eine Zigarette im Mundwinkel, meistens auch hinterm Ohr, sprachen in einer fremden Sprache. „*Chica, Chica, Chica*“, es sollte wohl ihr gelten. Die Fischer ahnten die Wahrheit, und wussten, dass sie eigentlich die Polizei verständigen müssten, wenn sie das Land erreichten. Vielleicht hatten sie auch eine andere Idee. Etwas, dass ihnen auch ein wenig Spaß und Geld einbrachte. Die wenigsten Ideen hatten mit Menschlichkeit zu tun, sondern galten dem eigenen Vorteil, der Erwerbssteigerung, der persönlichen Bereicherung.

Überall an Bord gammelten Fische, Fischeingeweide, Tintenfische, Delfine und Haie, in Netzen verendet, die gemeinsam mit den Thunfischen in die Dosen kamen.

Die drei rauchenden Fischer fragten sich, warum dieses Mädchen alleine im Meer trieb. Was es mit dem Wal auf sich gehabt hatte? War es eine optische Täuschung gewesen? Sie spannen Seemannsgarn: War sie gar eine Meerjungfrau? Sie versuchten sie zu befragen, aber es war zwecklos. Letztendlich nahmen sie es hin und schwiegen dazu.

Kurz nach Einbruch der Dunkelheit liefen sie in den Hafen ein. Sie deuteten ihrem illegalen Passagier, in der Kajüte versteckt zu bleiben. In der Zwischenzeit entluden sie das Boot und berieten, was sie mit ihr anstellen sollten.

Noola plünderte in dem stickigen Kämmerchen die Vorräte. Im Kühlschrank fand sie Bierdosen, das bittere Gesöff schmeckte zwar nicht, wärmte aber innerlich, hatte denselben Effekt wie der Granatapfelwein des redseligen Beduinen auf der Reise durch die Wüste.

Im Nachhinein fragte sie sich immer wieder, wieso sie diese Chance nicht genutzt hatte und geflohen war. Dabei wäre es gar nicht möglich gewesen.

Sie spielte mit dem Zippo-Feuerzeug, das einer der Fischer zurückgelassen hatte, steckte es ein und schlief mit Blick auf die fleckigen Poster von halbnackten, posierenden weißen Frauen ein.

Später weckten sie die drei lachenden und betrunkenen Fischer. Einer hatte eine halbleere Flasche mit einem dunkelbraunen Gesöff bei sich, ein anderer holte vier Gläser aus den Schränken der Kajüte hervor, der Dritte kratzte etwas Eis aus dem Kühlschrank und füllte damit die Gläser. Die gut gelaunten Männer setzten sich zu ihr aufs Bett, füllten die Gläser mit Whiskey und tranken sie in einem Zug aus. Sie deuteten Noola, dass auch sie trinken musste, und sie trank alles in einem Zug. Dabei ekelte sie sich schon vor dem Geruch. Die Männer schenkten nach, lachten und blödelten. Einer wollte ihr etwas draußen am Meer zeigen und er tippte mehrmals aufs Fensterglas, er sprach hektisch, als wäre gerade etwas Einmaliges passiert – dann tat er plötzlich so, als wäre da doch nichts. Sie war verwirrt und ließ sich zum Trinken zwingen. Ein weiteres, ein wenig sprudelndes Glas Whiskey wurde ihr in die Hand gedrückt.

„Chica, Chica, Chica!"

*Wieso bin ich nicht weggelaufen, wieso habe ich meine Chance nicht genutzt?*

Die Nacht kroch ins Zimmer, in ihren Kopf, das Lachen der Männer wurde dumpfer, leiser, sie fiel in ein schwarzes Loch, das nichts mit der wohligen Finsternis des Todes zu tun hatte.

„Chica, Chica, Chica!"

Wie auf einem runden Servierbrett herumgewirbelt, von der dumpfen Schwärze durchdrungen, zu Schmerzen gezwungen.

Als sie erwachte, fand sie sich mit den drei betrunkenen Fischern in einem rasenden Fahrzeug wieder, *Chica, Chica, Chica,* hieß es, die fast leere Flasche ging von einer Hand zur anderen, aber nicht mehr zu ihr. Der Geschmack in ihrem Mund war widerlich. Ihr Unterleib glühte, sie stöhnte qualvoll und rollte mit den Augen, während eine ihr unbekannte, grün verwucherte Stadt vorbeizog.

*Was machen sie mit mir?* Tränen und Schmerzen.

Kurze Zeit später hielt das Fahrzeug an. Die betrunken lachenden Fischer zogen sie unsanft aus dem Auto, schleppten sie in ein Haus, wo man sie beim Eingang auf eine Couch stieß. Sie sprachen mit dem Mann an der Rezeption, ein weiterer, ein Gorilla, kam neugierig hinzu.

Sie riefen eine junge, blonde Frau, die sich um Noola kümmerte. Sie half ihr, stieg mit ihr in einen Aufzug und drückte auf Vierzehn. Noola schrie auf vor Schmerzen, die Frau versuchte sie zu beruhigen. Noola wünschte den lachenden Fischergesichtern einen furchtbar grausamen, langsamen, peinvollen Tod. War es das, was man hier mit den Menschen anstellte? Dann war es hier nicht besser wie zu Hause bei den M'sis – war die ganze Welt das Reich der M'sis?

Im Badezimmer entkleidete sich Noola mit der Hilfe der jungen Frau, die sich als Alla vorstellte. Als Noola ihren Namen hörte, dachte sie zuerst, sie wäre Araberin, dabei machte sie mit ihren blonden Haaren und ihrem süßen Gesicht, das viel älter aussah, als sie eigentlich war, nicht den Eindruck. Auch hier war es wohl so, dass die Frauen zusammenhielten, dachte sie, als ihr Alla half, das eingetrocknete Blut zu entfernen, die wunden Stellen verarztete, als wäre sie eine erfahrene Sanitäterin. Dann half sie ihr auf die Beine und brachte sie in ein kleines Zimmer, wo der Gorilla schon bei der Tür wartete. Sie führte sie zur Matratze und holte ein kleines Täschchen hervor. Eine Nadel fuhr in eine kleine Ampulle, die transparente Flüssigkeit wurde aufgezogen und der Gorilla hielt Noola fest, als sie sich wehrte. Alla versuchte, sie zu beruhigen, präsentierte ihre eigenen Einstiche. Noolas dünne Arme waren voller gut erkennbarer Adern und mit Hilfe des Gorillas schob Alla die Nadel in den Arm. Hysterisches Schreien half nichts, ebbte bald wieder ab. Sie blieb auf der Matratze liegen, vernahm kaum noch das Zusperren der Tür, als Alla und der Gorilla das Zimmer verließen. Ihre Schwestern waren nun um sie und massierten ihr die Tränen aus den Augen.

Noola lümmelte auf der schmutzigen, aber mit frischer Bettwäsche überzogenen Matratze in dem kleinen Zimmer. Seit Wochen war es das erste Mal, dass sie sich mit frischem, sauberem Wasser hatte waschen können.

Ihr Kopf dumpf und schwer von der Injektion. Ihr Unterleib brannte. Das Blut von Alla abgewaschen. Ob in der Zeit, in der sie in diesem Zimmer unter Drogen gestanden hatte, etwas Unstatthaftes passiert war, wusste sie nicht.

Sie spielte mit dem Zippo-Feuerzeug, klappte den metallenen Verschluss auf und zu. Ein schmutziges Waschbecken an der Wand. An einem Kleiderständer aufgereiht eine Auswahl an bunten Kleidern. Auf den Bäumen und Dächern gegenüber saßen Krähen. Noolas Blick schweifte über die verspiegelten Dächer hinweg. Sie meinte, es handelte sich um dieselben Spiegel, die sie in der Wüste auf der Reise mit den Beduinen gesehen hatte. Sie sah grüne Schluchten einer unbekannten Stadt. Häuserwände mit verschiedenen, zum Teil geheimnisvollen Gewächsen überwuchert. Fenstersimse erblühten rot, gelb, blau. Zwischen den Spiegeln ragten Bäumchen hervor: eine Nutzplatzoptimierung, Brutstätte für allerlei Vögel, Bienen und andere nützliche Insekten, Arachnoide und Ratten, die vom Biomüll lebten, der als Dünger unter den Bäumen verstreut lag.

Durch die dünnen Wände drangen Laute hysterischer Frauen, allerlei Gestöhne und Geschrei. Noola fragte sich, ob sie tatsächlich auf Lampedusa gelandet war. War es besser als der Meeresgrund? Zumindest trieb sie nicht mehr zwischen den Haien.

Jemand krachte gegen die Wand im angrenzenden Zimmer, wütende Schreie, dann war es wieder still. Eine Tür knallte, leises Wimmern nebenan. *Was war das für ein Ort?*, fragte sie sich.

Sie schaute die Kleider durch, probierte eines an, musterte sich im Spiegel über dem Waschbecken. Das nächste, ein geblümtes Sommerkleid, behielt sie an. Über dem Spiegel hatte sich eine Vogelspinne manifestiert.
Die Tür öffnete sich – ein junger Mann betrat das kahle, weißgetünchte Zimmer – und wurde wieder versperrt.
„Hola", sagte er, brabbelte ein paar Worte, die sie nicht verstand. Er deutete auf sich und wiederholte mehrmals „Carlos". Er streckte ihr die Hand entgegen, und sie schüttelte sie verschämt, sagte dabei: „Noola."
Er wiederholte: „Noola", wie beim ersten Kontakt mit einem Außerirdischen.
Sie lächelte bitter, schloss die Augen und ließ sich in die Finsternis fallen, in der Hoffnung, wieder im letzten Augenblick vor dem Unheil gerettet zu werden.
Aber niemand kam für sie.

Carlos stöhnte wie ein Walross. Fünf Minuten später war er am Gehen: Er hämmerte an der Tür, es wurde ihm aufgesperrt, ein grimmig dreinblickender Gorilla fegte mit prüfendem Blick durchs Zimmer, dann warf er den Jungen hinaus und sperrte wieder ab.
Noolas Schmerzen im Unterleib waren schlimmer geworden. Sie schwor sich, diese ekelerregende Körperlichkeit niemals wieder zuzulassen. Und wenn sie aus dem Fenster springen musste. Sie erhob sich, wusch sich und streifte sich wieder das geblümte Kleid über.
Die Vogelspinne kletterte auf den Spiegel, Noola beobachtete aber die Krähen.
Sie öffnete das Fenster, blickte hinunter. Ihr Tod wäre kurz und schmerzlos. Sie lachte, da sie das schon einmal gedacht hatte, als sie das Schwert des Wächters in der Wüste erblickte, kurz vor ihrer geplanten Hinrichtung. *Ob mich der Emir noch sucht?*

Der junge Mann hatte zögerlich versucht, gut zu ihr zu sein. Er hatte sich aber genommen, wofür er bezahlt hatte. Er schien nicht viel mehr Erfahrung gehabt zu haben als sie.

*Ob es ein Leben lang weh tut? Es ist nicht fair, dass es die Frauen schmerzt und die Männer getrost verletzen dürfen. Der Mann geht so oft zur Frau, bis sie bricht. Wenn man es nur lange genug hört, wird aus allem die Wahrheit. Nur, weil es Tradition ist, heißt es nicht, dass es richtig ist. Es wird Zeit, dass es sich etwas ändert! Das kann so nicht eitergehen!*

Sie fand das Zippo-Feuerzeug und öffnete es. Es brannte gut, roch nach Benzin. Sie lehnte die Matratze an die Tür. Dann schmiegte sie die Feuerzeugflamme an das Leintuch, es brannte schnell und lichterloh! Die Matratze loderte bald. Noola tränkte ein Handtuch im Waschbecken, hielt es vors Gesicht, der schwarze Rauch qualmte dicht und toxisch.

Sie wartete beim offenen Fenster, bis sich etwas rührte. Sie musste nicht lange warten.

Der Gorilla öffnete die widerspenstige Tür und bekämpfte das Feuer mit einem Feuerlöscher. Er musste den gesamten Inhalt entleeren, um das Feuer zu tilgen.

Überall stand dichter Qualm, er fächelte mit den Armen und schrie nach der Kleinen, fragte sich, wie das Feuer zustande kommen konnte. Der Junge hatte wohl eine brennende Zigarette liegen lassen und als die Matratze zu brennen anfing, hatte sie sie in die Ecke geschoben und sich ans Fenster gerettet. Er spürte den kühlen Windzug und hörte sonderbare Laute. Vogelgeschrei?

Ein weiterer Gorilla betrat fluchend das Zimmer. Als sich der Nebel langsam lichtete, wurden sie still.

Noola stand am offenen Fenster. Rund um sie war es schwarz: Eine Schar Krähen drängte sich im Zimmer. Da kam noch eine beim Fenster hereingeflogen. Ein Vogel saß auf Noolas Schulter, ein anderer pickte an der Vogelspinne. Der auf ihrer Schulter Sitzende krähte laut auf.

Die beiden Gorillas schoben defensiv ihre Arme vor sich und bewegten sich langsam rückwärts, um die großen, schwarzen Vögel nicht aufzuschrecken. Doch einer der beiden zog eine Pistole. Als wäre dies ein Zeichen, machte der schwarze Krähenschwarm mit seinen Schnäbeln kurzen Prozess – die Gorillas erreichten den Fahrstuhl nicht mehr.

Es fielen zwei Schüsse, die gingen aber in dem chaotischen Flattern und Geschrei unter. Die Krähen liebten Augen. Gut, dass jeder Mensch zwei hat.

Noola lief auf den Gang und fand ein Treppenhaus. Unten im Erdgeschoss beobachtete sie Männer, die beim Aufzug warteten, und als er dann kam, hastig einstiegen und hinauffuhren, um ihren Kameraden beizustehen. Wer sie angriff, wussten sie nicht.

In einem unbeobachteten Moment lief sie zur Tür hinaus, überquerte hastig Straßen und zwang Fahrzeuge zur Notbremsung, sie rempelte an alte Männer, Omis, Kinderwägen, sie lief und lief und lief, wollte so viel Raum wie möglich zwischen sich und die M'sis-Menschen bringen. Sie folgte atemlos Bahngleisen und erreichte einen stark frequentierten Bahnhof. Menschenmassen drängelten, stießen sie am Ausgang, am Eingang, auf Rolltreppen hinauf und hinunter. Sie fand einen Bahnsteig und stieg in einen fast leeren Zug, lief hektisch von einem Waggon zum nächsten. In der Toilette eingesperrt erregte der Mief Übelkeit. Sie verwarf die Idee und fand auf einer Stellage abgestellte Koffer. Sie kroch hinter das Gepäck, ordnete die Koffer und Taschen, sodass sie versteckt war und trotzdem Platz hatte, zumindest solange, bis der Zug abfuhr. Sie wartete angespannt auf die Abfahrt, hielt den Atem an.

Es dauerte nicht lange und jemand riss die Koffer und Taschen auseinander, zerrte sie an den Armen hervor. Ein Mann mit Cowboyhut und in Stiefeln, Blue Jeans und einer Wildlederjacke riss sie am Arm hoch, schrie sie an. Als er merkte, dass sie nicht verstand, öffnete er seine Jacke und präsentierte seine Waffe. Sie verstand nun und blieb ruhig. Er schob sie an einen Fensterplatz und legte einen Finger an seine Lippen. Von einem Moment auf den anderen war der Cowboy plötzlich wie verändert, lächelte höflich, gab ihr einen Schluck Wasser zu trinken. Er tätigte einen Anruf, seine Stimme war angenehm und ruhig.

Die Bahn fuhr los. Der Schaffner kam bald zur Fahrscheinkontrolle und der Cowboy bezahlte die Tickets. Ein neugieriger Blick des Schaffners zu Noola, dann kümmerte er sich wieder um seine eigenen Angelegenheiten. Die Zeit und die Landschaft eilten, Tag und Nacht, Städte, Wälder, Berge, Wiesen, Rinder, Schafe, Pferde, Regen, Einfamilienhäuser, Autos, Straßen. Noola kam zu dem Schluss, dass Lampedusa eine sehr große Insel sein musste.

Der Cowboy zog seinen Hut ins Gesicht und ruhte. Sollte sie fliehen, wenn der Zug anhielt? Sie erstarrte, hatte Angst vor der Waffe des Cowboys. Hatte sie ihr Ziel erreicht? Galt dem Cowboy die Prophezeiung des alten Mannes?

Sie verbrachten zwei Tage und zwei Nächte in dieser Bahn. Die Unterleibsschmerzen klangen langsam ab, dafür versteifte sie aufgrund der mangelnden Bewegung zur lebenden Mumie, wie sie scherzhaft dachte.

Eine Durchsage wiederholte das Wort „Babel“ mehrmals. Am Bahnhof stiegen sie aus dem Zug. Er nahm sie bei der Hand und sie schlenderten eine breite, befahrene Straße entlang: Ein gestiefelter, weißer Mann und ein barfüßiges, schwarzes Mädchen.

In einem kleinen Café frühstückten sie. Zufrieden steckte sich der Cowboy eine Zigarette an, dass das Rauchen verboten war, scherte ihn nicht. Auch sonst niemand. Er machte keine Anstalten, sich mit ihr zu unterhalten, rauchte entspannt, als wäre auf der Welt alles egal, so, als wüsste er etwas, das ihm diese Freiheit des Geistes schenkte.

Er begleitete sie zur Toilette und sie wusch sich. Als sie erfrischt aus der Toilette kam, überreichte er ihr Sandalen – sie hatte keine Ahnung, wie er sie so schnell aufgetrieben hatte. Sie passten. Es tat gut, auf künstlichen Sohlen durch die Straßen zu laufen. Man musste nicht mehr auf Glasscherben und Hundescheiße achten.

Nach einem kurzen Spaziergang den Fluss entlang betraten sie schließlich ein Lokal, über dessen Eingang eine Tafel mit der Aufschrift *Achtunddreißig* angebracht war. Es war verraucht, gedämpft, ein paar dunkle Gestalten saßen mit ihren Getränken wortlos an schmutzigen Tischen. Ein weiterer Gast betrat hinter ihnen das Lokal und machte es sich vor einem Spielautomaten gemütlich.

Der Wirt empfing sie freundlich, schüttelte dem Cowboy die Hände und lachte. Dann musterte er Noola – sie fühlte sich wie dem Emir vorgeführt. Sein Blick war von demselben schmutzigen Grinsen begleitet.

Der Cowboy schien dem Wirt von einem Vorfall zu erzählen – dieser durchsuchte Noola sogleich, nahm das gestohlene Zippo-Feuerzeug an sich und schwenkte dabei seinen schmutzigen Zeigefinger vor ihrer Nase. Sie hatte gute Lust ihn abzubeißen.

Er hieß sie, sich zu setzen, und servierte ihr einen randvollen Teller mit Fleisch, Wurst, Knödel und Kraut. Sie war noch satt vom Frühstück, doch es roch gut und sie langte mit den Fingern zu, biss in die Wurst wie eine entmannende Amazone. Besteck kannte sie nicht und brauchte es auch nicht. Sie beobachtete, wie der Cowboy ein dickes Kuvert in Empfang nahm, dann tippte er an seinen Hut, verabschiedete sich so bei Noola und verließ das verrauchte Etablissement.

Man brachte Noola auf ein Zimmer, das einem einfachen, fensterlosen Hotelzimmer glich. Die Tür wurde von außen abgeschlossen. Es gab ein schönes Badezimmer, sogar eine Dusche, etwas, dass sie zum ersten Mal mit Alla entdeckt hatte. Sie erinnerte sich, wie Alla die Armaturen bedient hatte, und tat es ihr nun gleich, wusch sich, reinigte gründlich ihre noch brennenden Wunden im Unterleib.

Sie zog nichts mehr an – was machte es noch für einen Unterschied? Es war überall gleich.

*Man müsste die Männer ausrotten.* Dem Nächsten, der durch die Tür kommen und sich an ihr vergreifen würde, wollte sie in den Hals beißen. Sie würde ihren Blutrausch erst beenden, wenn man sie totgeschlagen hatte. Sie würde sie dazu zwingen, sie endlich zu erlösen. Sie durchsuchte den Raum nach brauchbaren Waffen. Am Waschbecken stand ein Zahnputzbecher – sie zerschlug ihn und behielt die größte Scherbe als Waffe. Sie setzte sich aufs Bett und wartete. Bald würde jemand kommen und sich an sie drängen. Soll sie ihn sich zuerst ausziehen lassen, ihm erst die Scherbe in den Bauch rammen, wenn er die Hose um die Beine hatte, sich das Hemd gerade über den Kopf zog? Eine Frau in ihrem Dorf hatte ihrem gewalttätigen Mann den Schwanz abgebissen und war dafür gesteinigt worden. Sie hatte wie eine Verrückte gelacht, als man sie solange mit Steinen bewarf, bis sie endlich still war. Sie hatte das Lachen der Frau damals nicht verstanden, jetzt aber begriff sie! Sie würde auch lachen, wenn das arme Schwein vor ihr verblutete und seine Kameraden ins Zimmer gestürmt kämen und auf sie einprügelten. Vielleicht könnte sie noch einen von ihnen zu fassen bekommen, ihm den Hals aufbeißen, bis man sie endlich erschlagen oder erschossen hatte.

Sie lachte das verrückte Lachen der Gesteinigten!

Sie konnte das Aufschließen der Tür kaum erwarten und fasste die Scherbe fest in ihrer Hand.

Es dauerte nicht lange. Jemand fand wohl nicht den richtigen Schlüssel, denn es dauerte einige Zeit, bis sich die Tür öffnete.

Ihr Herz raste im Blutrausch.

## KONSTRUKTION

David wähnte, die Musik wäre der Schlüssel zu dem Turm.

Das Klavierspiel in seinem Kopf hatte ihn nicht mehr verlassen, egal, was sie ihm spritzten, was sie ihm ins Essen taten, es war geblieben, die Stimmen traten in den Hintergrund, gar hatten sie ihm die Musik in den Kopf gepflanzt, Musik war ja schon öfters der Ursprung seiner Architektur gewesen, die famose Quecksilberbrücke war aus einer klassischen Komposition heraus entstanden, Merkur, aus der Komposition *Die Planeten* von Gustav Holst, diese eine Merkurpassage hatte ihn immer wieder heimgesucht, er war sie nur durch den intensiven Umgang mit ihr losgeworden. Merkur, was war Merkur? Götterbote? Kommunikation? Mittwoch? – So kam er auf das Quecksilber, eine mehrschichtige, gläserne Brücke, ein Kommunikationsmedium zweier Ufer, mit fließendem, silbernem Metall, ein Quecksilberbrunnen, ein toxisches, Angst einflößendes Gebilde, man denkt sich ängstlich: *Falls es zerbricht – falls es zerbricht! – was passiert, falls es bricht?* Aber es kann nicht brechen, zumindest nicht leicht, es gibt keine seismischen oder tektonischen Bewegungen, wenigstens nicht, soweit man es wusste, dort, wo man die Brücke errichtet hatte. Sie wäre auch sehr schwierig zu entfernen, man müsste Tonnen von Quecksilber entsorgen, massenhaft Schwefel müsste verwendet werden, es ist ein Bauwerk für die Ewigkeit und gewissermaßen zeitlos, flüssiges Metall, Glas und Pumpen, die leicht austauschbar und frei von Quecksilberrückständen waren, um niemanden zu gefährden. Auch jetzt ahnte er, dass die Musik zu dem verlangten Bauwerk geführt hatte, selbst Pythagoras war angeblich über den Rhythmus schlagender Schmiedehämmer auf die Harmonielehre gestoßen. Waren es die Idäischen Daktylen, die im Takt mit verschieden schweren Hämmern Metall verarbeiteten? Harmonie aus Rhythmus, Einheit und Varietät, und die Schallwelle, die Musik, mit unterschiedlichen Höhen und Stärken, die Musik wurde getragen von den Vibrationen der Luftmoleküle, wie die Flutwellen im Meeresstrom, je tiefer das Gewässer, umso höher die Flut, die auf Babel einhämmert, die Musik musste die Lösung sein, waren doch Komponist und Architekt, Zuhörer und Bewohner, Musikstück und Bauwerk durchaus miteinander verwandte Wesen. Es hieß, man könne Musik in Architektur übersetzen, als kristallisiertes, verfestigtes Geräusch, von Zahlen im Raum transkribiert zu Zahlen in der Zeit, Bögen und Säulen entsprachen den harmonischen Wellen oder den sich auf und ab bewegenden Fingern der Musiker, wie Flötenspieler, die symbolische Beziehung zwischen Tönen und Zahlen, Pausen, Trommeln und Melodien, selbst ganze Gebäude könnten, wenn der Wind durchbläst, als Musikinstrument fungieren, oder gar als solches von Haus aus konstruiert werden. Schließlich visualisiert ein Harmonograph Schwingungen, das heißt: auch Musik, Ellipsen, sich aus zwei harmonischen Schwingungen entfaltend, Lissajous-Figuren.

*Wie bringt mich das weiter?*

So wie man über die Jahrhunderte hinweg Musik für verschiedene Räume komponiert hatte, so war es denkbar, Bauwerke für eine bestimmte Musik zu designen, so wie man mit der Form eines Musikinstrumentes den erzeugten Ton manipuliert, zur Beeinflussung der musikalischen Textur, zur Vervollständigung der melodischen Kadenz, des Zusammenspiels aller beteiligter Parameter zur Vervollkommnung der Musik bzw. des Gebäudes, als Kommunikation miteinander, formal oder erzählend, statisch oder dynamisch, emotional, temporal, symbolisch, die Unsterblichkeit der Seele als Echo vergangener Leben, die sich immer wieder unbemerkt über Assoziationen zuerst ins Unterbewusstsein, dann gar ins Bewusstsein schmuggelten, eben wie diese Musik, diese Bachmusik, er erkannte das Klavierspiel in seinem Kopf schließlich als Goldbergvariationen, von einem Mädchen gespielt, wie er glaubte, es war seine Assoziation, ein junges Mädchen, das dieses schwierige Musikstück auf dem Klavier spielt – nicht fehlerfrei –, bisweilen eine falsche Note anschlägt, trotzdem dieses komplexe Werk überraschend gut bewältigt, von den Idäischen Daktylen über Pythagoras zu Bach, eine bizarre Reise von der griechischen Mythologie zum griechischen Universalgenie und schließlich zu Bachs Goldbergvariationen, als passionierter Zahlenspieler verband er all diese Stichworte mit der Zahl Drei. *Drei*, dachte er zuerst, dann sagte er es laut: „Drei!", die drei Schmiede: Die Idäischen Daktylen, das gleichschenkelige Dreieck aus der pythagoreischen Quadratgleichung, und die Sätze der Goldbergvariationen bestanden jeweils aus drei Variationen, *ganz gespenstisch*, dachte er, drei, als wäre es eine magische Zahl, die man überall finden konnte, wenn man nur lang genug danach suchte – sollte es bedeuten, dass er ein Dreieck als Basis für den Turm verwenden sollte?

„Ein Dreieck könnte außerdem symbolisch für die Sonne stehen, für Gott, das Auge der Vorsehung –die Musik besteht ebenso aus drei Komponenten: Rhythmus, Harmonie und Melodie. Die Musik selbst steht für die Entstehung des Universums! Die Tonleiter folgt dem exponentiellen Prinzip und wie das Universum selbst den mathematischen Grundsätzen, die sich in der Zeit entfalten und Komplexität, Vielfalt und Schönheit hervorbringen – das Zusammenspiel von Klang, Rhythmus und Akkorden genießen, ein Gefühl von Abschluss, die Endgültigkeit einer musikalischen Phrase schaffen! Und in Wahrheit uns über die Seele das Streben nach Harmonie einpflanzen! Sind die Goldbergvariationen ein ganz banaler Hinweis, so wie der ‚Merkur' von Holst? Und auch aus dieser Richtung komme ich von der Sonne, von Gott, zu Gold, was durchaus einer gewissen Logik folgt, da Gold ein duktiles Metall ist und duktile Materialien bei der erdbebensicheren Bauweise verwendet werden. Man nimmt grundsätzlich Stahl, niemand baut mit Gold, außer den Inka am Höhepunkt ihrer Macht. Heute nutzt man Stahl, braucht zerstörungsfrei reagierende Materialien, symmetrischen Grundriss, vertikal durchlaufende Kerne, horizontale Aussteifungen, die seismische Isolierung zur

Erhöhung der Eigenschwingungszeit der Elastomerlager oder Tilgerpendel, all das ist bekannt und das Erdbeben technologisch bewältigt – gegen die Flutwelle kommt man hingegen nur mit der passenden Geometrie an, einer Gebäudegeometrie, die den Flutwellenkraftvektor ablenkt, das Innere des Bauwerkes schützt, denn darauf zielt der Turm von Babel ab."

*Tiere, Tiere, Tiere!*

„Kann es wahr sein, dass der Turm für Tiere gedacht ist? Das würde Balkone, Fenster und andere, den Menschen betreffende Funktionalitäten unnötig machen."

Gemeinsam mit dem gespenstigen Klavierspiel vernahm er nun das Summen des Mädchens.

„Wo ist sie, wo spielt sie? Zeigt sie mir bitte, ich muss sie sehen, mit ihr sprechen!"

Tatsächlich kamen die Weißgewandeten in sein Zimmer und führten ihn in den Sozialraum, wo ein feister Mann mit eindrucksvollem Schnauzer und eine verschleierte Frau auf ihn warteten und sich bei seinem Anblick erhoben, ihn höflichst begrüßten und sich tief verbeugten wie übereifrige Asiaten, nur waren sie ganz offensichtlich keine Asiaten, sondern möglicherweise Araber, man konnte es von der Kleidung schließen – *war man Rassist, wenn man vom Schnurbart und der Verschleierung auf einen Kulturkreis schloss?*

Der Araber stellte sich vor. Als er sich setzte, erzählte er, er wäre der Emir einer wohlbekannten Oase in der Großen Wüste und er verfolge mit Interesse seine fabelhaften Publikationen zum erdbeben- und flutwellensicheren Turm. Er selbst hätte vor Jahren ebenfalls einen Turm konstruiert, aber nach einem Vorfall biblischen Ausmaßes hätten die Bauarbeiter trotz Androhung der Todesstrafe die Bauarbeiten eingestellt. Deshalb hätte er sich nicht anders zu helfen gewusst, als mit neuester Technologie. Darum hatte er eine Turmkonstruktionsmaschine entwickelt und plane, die Welt flächendeckend mit Minaretten zu säumen. Diese Erde benötigte gewaltige Türme, die so groß waren, dass man sie noch aus tausend Kilometern Entfernung erkennen, und noch wichtiger, hören konnte. So wolle er das Wort Allahs verbreiten, die Menschen auf ihre Gebete aufmerksam machen, die Macht Gottes demonstrieren – und er wäre sehr daran interessiert, dass der Architekt die Pläne für seinen Turm fertig stellen könne und den Turm hier in Babel errichte.

*Der Pfarrer*, dachte der berühmte Architekt, *der hiesige Pfarrer lässt es niemals zu, dass ein Muselmann ein Minarett auf dem Sonnenhügel, höher als die Kirche, errichtet.*

Als hätte der Emir seine Gedanken gelesen, entgegnete dieser, er hätte schon auf Basis seiner letzten, sehr vielversprechenden statischen Berechnungen eine Baugenehmigung erhalten. Der Bürgermeister war so freundlich gewesen, sagte er, deutete mit Daumen und Zeigefinger eine finanzielle Transaktion an. Und er hätte auch für den Architekten ein Geschenk mitgebracht. Seine Frau saß etwas abseits, so als ginge es sie nichts an, in Wahrheit aber folgte sie aufmerksam dieser Besprechung, um danach ihren Gatten gemäß ihrem weiblichen Gespür, auf das der Emir durchaus vertraute, zu beraten.

Der Emir griff in seine Jackentasche und überreichte David eine kleine, wunderschöne Holzschachtel mit kalligrafisch ausgeführten Lettern: „Spirograph."

David verstand nun: Der Emir war verrückt.

Der Emir sagte, er residiere noch eine Woche in Babel, und er hätte noch ein Geschenk. Dieses Geschenk, das er heute mitgebracht hat, solle David einen Denkanstoß geben, sein nächstes Geschenk werde ihm helfen, den Turm tatsächlich zu errichten! Eine technische Sensation, die gemeinsam mit der Turmkonstruktionsmaschine entwickelt worden war und schon einige berühmte Minarette ermöglicht hatte.

Der Emir erhob sich, schüttelte dem berühmten Architekten die Hand und verließ mit seiner Frau den Sozialraum.

David blieb zurück mit der Spirographen-Holzschachtel und wunderte sich über den Emir, fragte sich, was er tatsächlich von ihm wolle, wo er doch schon eine Turmkonstruktionsmaschine entworfen hatte. *Was braucht er noch meine Hilfe?* Auch fragte er sich, was er mit dem Spirograph anstellen sollte!

Tatsächlich liebte er dieses Spielzeug, hatte während des Studiums seine Pläne damit verziert. Er nahm es mit auf sein Zimmer, öffnete die Holzschachtel und entnahm eine gezahnte Kreisschablone aus Metall – schwer, damit sie beim Zeichnen nicht verrutschte – und metallene Scheiben mit Zähnen und Löchern in unterschiedlichen Abständen zum Mittelpunkt, oder in Spiralform.

Als er die ersten geometrischen Figuren zeichnete, die Harmonien der Verzahnungsverhältnisse grafisch darstellte, musste er lächeln, fühlte sich an seine Studienzeit zurückerinnert, zeichnete im Rhythmus der Goldbergvariationen verschiedenste Figuren mit sich ändernden Amplituden, je nachdem, in welches Loch man den Stift steckte. Sich von innen und außen Kreisen annähernd, oder Sternen gleichend, Hyperzykloide, die man erhielt, wenn man von einem Umfangspunkt eines Kreises die Innenseite eines größeren Kreises abfuhr, und so, je nachdem, wie die Radien der Kreise im Verhältnis standen, mehrsternige Figuren darstellte, sogenannte Steiner'sche Kurven, im Falle der Zahl Drei eine Deltoidkurve, ein Dreieck mit nach innen gekrümmten Seiten, „eine Geometrie, die sich hervorragend zum Ablenken eines Kraftvektors eignet", sinnierte er.

Er stellte die ersten Berechnungen an und war durchaus überrascht davon, *wofür so ein Spirograph gut sein konnte; eigenartig, dass der Emir auf die Idee kam, mir den Spirographen, ein Kinderspielzeug, zu schenken.*

Es schienen Tage vergangen zu sein, seit sich seine Zimmertür das letzte Mal geöffnet hatte, und er erwartete, dass der Emir ihm nun ein weiteres Geschenk überreichte, er war sehr gespannt darauf.

Da stand Severin Roosmeer in der Tür. David hatte vergessen, dass er zu Besuch käme. Er fragte sich, wieso er sich so lange Zeit gelassen hatte, wo der doch versprochen hatte, gleich am nächsten Morgen zu kommen, jedoch mussten bestimmt mehrere Tage vergangen sein. Er beschwerte sich darüber, doch Severin entgegnete, dass sie erst gestern telefoniert hätten, er wäre gleich heute Morgen losgefahren, und er freue sich nun, von seinen Plänen zu hören.

David zeigte ihm die Deltoidkurve und sagte: „Das ist die Basis! Das ist die Basis meines Turmes!" – Severin Roosmeer war nicht besonders beeindruckt, hatte sich einen ausgefeilten Plan erwartet, *ich hatte ihn um Rat fragen wollen*, dachte David, *ich wollte von ihm wissen, was die Stimmen mir sagen möchten, aber nun habe ich es selbst herausgefunden: Drei, Turm, Gold, Sonne.*

„Ein Emir war da", sagte David, „er hat mir ein Geschenk gebracht!"

*Ein Emir*, wunderte sich Severin Roosmeer, er hatte, außer von Noola, niemals zuvor von einem Emir gehört. *Noolas Emir hatte auch einen Turm errichtet*, dachte Severin.

Severin zog etwas aus seinem Yukataärmel, überreichte es David.

„Ich habe auch ein Geschenk! Weil du immer nach ihr fragst!"

Es war ein Foto von Noola mit Severin in der Werkstatt, dahinter ausgestopfte Eichhörnchen. Beide lächelten, selbst die Eichhörnchen schienen zu lächeln, irgendwie.

*Es wirkt zwar gestellt, aber es ist eine schöne Erinnerung*, dachte David.

„Schade, dass ich sie nie kennengelernt habe", sagte er zu Severin.

Wenn er nach Hause käme, dann könne er sie besuchen, schlug Severin Roosmeer vor. Aber es war keine gute Idee und er wusste das selbst, hatte es vielleicht nur höflichkeitshalber vorgeschlagen; was denn der Emir wollte, fragte Severin.

„Es ging um den Turm… Er hat mir einen Spirograph geschenkt und gemeint, er komme bald wieder, er war mit seiner Frau da.“

Severin überlegte, ob es sich um den Araber handelte, den er mit seiner Frau im Park gesehen hatte, und er war überrascht, dass er nur wegen David nach Babel gekommen war. Er wollte ihn ansprechen, hätte er die Gelegenheit. Eventuell kannte er ja Noolas Emir von der Oase.

„Der Spirograph, die Musik und Asam haben mich letztendlich auf die Geometrie des Turms gebracht“, meinte David.

Er mache sich Sorgen um den Vulkan, meinte Severin Roosmeer, bei Vulkanaktivitäten wurde er nervös, so wie bei den letzten Eruptionen – er wollte so etwas nicht noch einmal erleben! Was die Blumen im Wald täten, wäre ihm egal, er ging nicht mehr nachschauen, meinte er, weder zu Davids, noch zu seiner eigenen, fügte er hinzu. Wenn die Zeit käme, wisse er, wo sie sich befanden. Früher hatte er sie ja öfters besucht.

„Welche Musik?“, wollte Severin nun plötzlich wissen.

„Die Goldbergvariationen“, antwortete David.

Severin wusste nichts über die Goldbergvariationen, dabei hatte er sie erst gestern im Radio gehört. Er kannte die Namen der Musikstücke nicht und hörte auch den Radiosprechern kaum zu.

David fragte: „Hat Noola Klavier gespielt?“

Severin bejahte.

David: „Weißt du, was sie gespielt hat?“

Severin schüttelte nur den Kopf, er kenne sich mit Musik nicht aus, Meseretes Frau Agogo hatte Noola unterrichtet, beinahe jeden Tag. Noola hatte das Klavierspielen geliebt, und laut Meserete war sie weit besser gewesen, als es nach so wenigen Übungsstunden üblich war.

*Sie spielt die Goldbergvariationen*, dachte David, *Noola hat mir die Goldbergvariationen gespielt, ein Echo aus der Vergangenheit*, reimte sich David zusammen, *Zahlen in der Zeit, die ich in den Raum als Geometrie übersetze.*

So kam er auf den Turm, die Geometrie gegen die Flutwelle, mit einer gleichseitigen, symmetrischen Deltoidkurve als Basis und einer abgeschnittenen Pyramide als Baukörper, er müsste es aber noch genau berechnen und publizieren, er traute sich selbst nicht mehr hundertprozentig, er bräuchte Feedback aus dem Nirwana, es würde kompliziert, er müsste mehrere Körper ineinander verschachteln, er benötigte eine Pufferwand.

*Wird es wirklich ein Bauwerk für Tiere werden?*, fragte sich David. *Es macht keinen Sinn – wieso nicht die Tiere weit ins Landesinnere treiben, anstatt einen komplizierten, teuren Turm zu errichten?*

Da schrien die Stimmen auf, aber leiser als sonst: *Babel, Babel, Tiere, Tiere*!

Er würde eine Stiege in Spiralform in den Turm bauen, man müsste gewisse Tiere voneinander abtrennen.

*Asam*, dachte David, *Asam, was tust du nur*?

Severin hing das Bild von sich und Noola an die Wand, schob es gerade, dann umarmte er seinen Bruder.

David wusste nicht, wie ihm geschah, er war niemals zuvor von seinem Bruder umarmt worden.

Gestern wäre eine junge Frau bei ihm gewesen, erzählte Severin, sie hätte ihm ein Manuskript gezeigt, sie schrieb viel besser, als es einem jungen Menschen zuträglich wäre. Aber er mochte sie nicht, sie rieche komisch, meinte er. Sie wolle seinen Rat zu ihrem Manuskript, aber er wüsste nicht, was er machen soll, sagte er, während er David festhielt. Eine Träne lief ihm aus dem Auge und er wusste nicht wieso. Er hätte ein schlechtes Gewissen, flüsterte er David zu. Es fühle sich an, als betrüge er Noola, winselte er und setzte sich nun aufs Bett.

David verstand Severins Zusammenbruch nicht. „Sie tut dir nicht gut!", sagte David, „Sie tut dir wohl nicht gut! Am besten, du vergisst sie!", riet er ihm, „Lass sie nicht mehr hinein, das führt zu nichts Gutem!"

Severin schnäuzte sich in den Yukataärmel, genierte sich sichtlich über diesen für ihn ungewöhnlichen Gefühlsausbruch. Er bat David, ihm nicht böse zu sein, und verließ sein Zimmer.

David fragte sich, ob er ihn wiedersehen würde, *vielleicht war es das letzte Mal*, dachte er, vielleicht bilde er sich das auch nur ein, vielleicht war es besser, nicht darüber nachzudenken und sich um den Turm zu kümmern.

Er kannte jetzt die Basis und den Körper und nun musste er rechnen, doch die Goldbergvariationen ließen ihn nicht los. Ob sie wirklich von Noola kamen, ein Echo aus der Vergangenheit waren, er wusste es nicht – es war vielleicht nur eine andere Form der Stimmen, Rhythmus, Harmonie und Melodie, eine Form der Komposition, These, Antithese und Synthese. Er erinnerte sich an das Pendel im Taipeh 101, wo sich eine massive, goldene Kugel im obersten Stockwerk des Wolkenkratzers befand.

„Asam lässt graue Pyrocumuli fahren, keine Menschen gefährdenden Trübungen, aber man nimmt sie olfaktorisch wahr, es wird bald Regen und Gewitter geben, wie bei einer Feuerwolke üblich. Jahrhundertelang hat Asam geschlafen, seit meiner Geburt haben die Aktivitäten wieder zugenommen. Niemand weiß warum, was das zu bedeuten hat. Aber bedarf es eines Grundes? Gaia demonstriert ihre Macht, zeigt, dass sie wütend ist, unter Druck steht und ihn von Zeit zu Zeit ablassen muss, und die tektonischen Platten verschiebt, so wie wir Hose oder Jacke zurechtrücken – dabei geht die eine oder andere Laus drauf, seismische Erdwellen, Meeresflutwellen, harmonische, musikalische Wellen im Äther: Die mächtigen Wogen der Erde bestimmen über Leben und Tod!“

Schon recht erschöpft und mit beginnenden Kopfschmerzen fasste David im Geiste die komplizierten statischen Berechnungen zusammen, modellierte, bastelte, aktivierte die von ihm entwickelte Spülmaschine und simulierte Flutwellen an seiner mit Deltoidkurven eingesäumten dreiseitigen Pyramide mit abgeschnittener Spitze, deren Seitenwände sich nach innen wölbten, um die Kraftvektoren der Flutwellen optimal abzulenken, notierte seine Beobachtungen, sandte sie ins Nirwana, wo er sie sofort begutachtet wusste, schloss die Augen, nur kurz, wie er dachte, genoss das zarte Goldbergvariationenspiel, dazu das liebliche Summen der Klavierspielerin, das Fernbleiben der sonst so aggressiven Stimmen, die die Ruhe oftmals brutal auseinanderrissen.

Die Weißgewandeten drangen unerwartet in sein Zimmer und behaupteten, er hätte Besuch. Noch ein wenig neben sich stehend, bat er sie, den Besuch ins Zimmer zu geleiten, und kurz darauf stand der Emir in der Tür, mit fettem Schnauzer und dieses Mal ohne seine Frau, dafür mit einem Koffer, so groß wie eine alte Schreibmaschine.

Benommen begrüßte David seinen Gast, ein Weißgewandeter blieb bei der Tür stehen, man wusste ja nie.

Der Emir stellte seinen Koffer ab, beglückwünschte den Architekten, der Spirograph hatte ihn auf wundervolle Ideen gebracht, wie er feststellte. Er selbst hielt den Spirograph für eine geniale Erfindung und weit mehr als nur ein kurzweiliges Kinderspielzeug – Allahs Wort verbreiten, das wäre sein Ziel, und wenn er einen erdbeben- und flutwellensicheren Turm nahe dem aktiven Vulkan errichtete, dann war er sich einer dauerhaften Einrichtung gewiss, meinte der Emir, die Menschen bräuchten einen Gegenpol zum Vulkan, einen beschützenden Protagonisten gegen diese Naturgewalt, der beruhigte, Schutz bot.

Der Emir hob den Koffer nun auf und erklärte, seine wissenschaftlichen Berater hätten die Berechnungen des berühmten Architekten bestätigt und die Errichtung eines solchen Turmes, das hieß: eines erdbeben- und flutwellensicheren Minaretts, wäre durchaus in Reichweite gerückt. Man müsse jetzt noch detaillierter rechnen und auf der Erfahrung des berühmten Architekten aufbauen. Er öffnete den Koffer, präsentierte eine Art Maschine mit einem Display, erklärte, die Simulationsmaschine wäre gemeinsam mit der Turmkonstruktionsmaschine entwickelt worden, die Daten der Simulationsmaschine könnten von der Turmkonstruktionsmaschine übernommen und so der Turm direkt konstruiert werden, er bräuchte seine primitive Anlage – er deutete auf die Modelle und die Spülmaschine, die die Flutwellen maßstabsgetreu simulierte – nicht mehr.

„Allah-sei-Dank“, meinte der Emir, es müsse der Turm, falls er auf dem Sonnenhügel errichtet würde, nicht, wie zuerst angenommen, fünfhundert Meter hoch sein! Er müsse, da die Höhe des Sonnenhügels zweihundertachtzig Meter über dem Meeresspiegel betrug, nur an die zweihundertfünfzig Meter hoch sein, was die Materialkosten gleich erheblich reduzierte, wie der Emir anmerkte, auch wenn Eisen, Stahl und Polymermischungen heutzutage nicht mehr so kostenintensiv waren. Er zeigte ihm, wie er die Simulationsmaschine mit Daten fütterte und nicht immer wieder neue Türme modellieren musste, um sie anschließend mit einer richtigen, maßstabsgetreuen Flutwelle der Spülmaschine zu zerstören, hiermit war es sehr einfach, Daten einzugeben, zu manipulieren, an die früheren Ergebnisse anzugleichen. Selbst Wellenbrecher konnten berücksichtigt werden, sowie Bäume und Gebäude, sogar die gesamte Stadt Babel mit ihrem geografischen und architektonischen Relief konnte als Modell miteinbezogen werden. Diese Simulationsmaschine gehöre nun ihm! Sie hätte auch einen 3D-Drucker dabei, der das simulierte Bauwerk maßstabsgetreu, detailgenau mit allen Ornamenten, Mustern und Symbolen modellierte, wie man es so detailliert händisch kaum bewerkstelligen konnte.

Der Emir zeigte sich stolz auf diese technisch ausgeklügelte Errungenschaft. Er hätte aus der Not eine Tugend gemacht, wie er meinte –

Doch plötzlich hielt er inne: Das Bild, das Noola und Severin zeigte, stach ihm ins Auge, er näherte sich langsam, überrascht von diesem Anblick aus seiner Vergangenheit, begutachtete das Bild näher, um sich zu vergewissern, dass es sich wirklich um Noola handelte.

Der Architekt probierte währenddessen die Simulationsmaschine aus.

Wer denn dieses Mädchen auf dem Bild sei, fragte nun der Emir aufgeregt, als hätte er ein bisher unbekanntes physikalisches Gesetz entdeckt.

Der Architekt, ganz eingenommen von dieser Maschine, hörte ihn nicht.

Der Emir fragte noch einmal mit Nachdruck, und David antwortete, dass er sie nicht persönlich kennengelernt hatte, aber sein Bruder, der Mann auf dem Foto, kenne sie sehr gut.

Der Emir erkannte den berühmten Schriftsteller Severin Roosmeer auf dem Bild und er fragte weiter, noch aufgeregter, ob er tatsächlich der Bruder des Schriftstellers wäre, und ob Noola hier in Babel lebte. Der Turm und seine weltumspannenden Minarette waren in weite Ferne gerückt. Der Emir kniete vor dem Bild nieder und betete, nicht in die Richtung Mekkas, sondern in Noolas Richtung.

David kümmerte sich nicht darum, sondern beschäftigte sich fasziniert mit der Simulationsmaschine, generierte Türme, zerstörte sie digital mit einem simulierten Tsunami, zerstörte Babel und errichtete es mit einem Tastendruck neu, immer und immer wieder, ohne an die Menschen zu denken, die bei jedem Tastendruck stürben.

Als Wissenschaftler war die Forschungsethik durchaus hinderlich, so war es nun einmal, es laut auszusprechen war zwar verpönt, die Handlungen der Wissenschaftler zeigten jedoch keine Spur von Ethik. Er musste sich auch eingestehen: Der Turm wurde allenfalls für ein paar Auserwählte errichtet, und für *Tiere*, auch, wenn er nicht verstand, was das genau bedeutete, und wie man sich die Tiere in dem Turm Zuflucht suchend vorstellte, *es war ja nicht so wie in der Bibel, dass die Tiere wie von selbst aus allen Richtungen kämen, jemand müsste sie dorthin geleiten. Das ist alles Unsinn*, dachte er frustriert, er hätte ganz offensichtlich etwas missverstanden, davon war er überzeugt und hätte seinen Besuch beinahe schon wieder vergessen, wenn ihn der Emir nicht nochmals nach Noola und Severin Roosmeer befragt hätte, ob sie denn in Babel wohnten.

David antwortete, dass Severin in Babel lebe, aber er wisse, dass er unangemeldeten Besuch nicht besonders schätze.

Das hinderte den erregten Emir aber nicht daran, sich vorzunehmen, den Schriftsteller aufzusuchen, doch weniger seinetwegen, sondern um Noola, das Mädchen, das ihm das Leben, somit auch die Oase und ihre Einwohner gerettet hatte, anzutreffen. Er hatte nun ihren vermeintlichen Kannibalismus als Unsinn abgetan – sie war ihm von Allahs Gnaden gesandt, das war ihm später klar geworden. Allah hatte ihm dieses Mädchen geschickt, das er hätte heiraten sollen. Als Mensch verstand man die vertrackte Spur, die Gott einem auslegt, nicht immer sofort. Nun konnte er sie vielleicht mit Severin Roosmeers Hilfe aufspüren!

Er erklärte, er plane, den Schriftsteller noch heute aufzusuchen, und verabschiedete sich von dem berühmten Architekten, schüttelte ihm dankbar die Hände; er solle, sobald er die passenden Parameter für den Turm ermittelt hätte, sich bei ihm melden, er würde den Rest veranlassen. Der Turmbau könne sofort beginnen, er hätte alle Genehmigungen, das Grundstück des Sonnenhügels und die Baufirmen organisiert, es wäre zwar teuer, aber es wert, hier in Babel einen Turm für die Ewigkeit zu errichten. Man benötigte nur mehr die Parameter für die Turmkonstruktionsmaschine, dann könnten sie den Bau sofort beginnen, und er schüttelte ihm nochmals herzlich die Hände und verließ das Zimmer, hinterließ einen ruhigen, konzentrierten David. Die Stimmen ließen ihn, die Musik steigerte sich sanft, die Goldbergvariationen, alle zweiunddreißig Sätze, zehn davon in drei Variationen, immer lauter, als wären sie nicht die Goldbergvariationen, sondern hielten sich für Ravels „Bolero". Mit einem Knopfdruck vernichtete er Babel und seine Turmmodelle, variierte die Parameter immer und immer wieder, zerstörte, variierte, zerstör-

te, variierte, die Zerstörung machte auch Spaß, er zerstörte zuweilen auch, ohne Parameter zu variieren, zerstörte nur der Zerstörung willen.
Die achtundsiebzig Stimmen von Babel protestierten, erinnerten daran, dass es kein Spiel war.
*Babel, Babel, Babel!*
Die Musik wurde zugleich immer lauter, jeder Anschlag des Klaviers ermahnte ihn zur strengen Aufmerksamkeit, das zuerst leise Summen wurde nun zum Rauschen, zum tosenden Meeresrauschen.
*War es schon die Flutwelle? War es schon so weit?*
Das gelbe Asam-Auge stach und brannte, bohrte sich in seinen Kopf, der glimmende Schein wurde graduell heller und die Simulation bestätigte nun, dass der letzte Turm mit diesen bestimmten Parametern die Flutwelle überstünde.
Als Manifestation seines Erfolges druckte er das Modell des mehrfach verschachtelten Turmes, stolz beobachtete er den Drucker, wie er modellierte, die detaillierten Muster der Oberflächenrauheit berücksichtigte, er übermittelte die gänzlichen Daten per Knopfdruck ins Nirwana, wo er sie begutachtet wusste. Aufgeschreckt wie Hühner würde man sich sogleich an den Bau des Turmes machen! Vorausgesetzt, der Emir war kein Betrüger! Man wusste es ja nicht, es gab ganz sonderbare Menschen auf dieser Variante der Erde, unter Umständen waren sie auf einer alternativen Erde vernünftiger.
Die Musik wurde immer lauter, so unangenehm laut!
*Was passiert mit mir?*
Ein dumpfer, schnell stärker werdender, pulsierender Schmerz begleitete die Musik. Er vernahm die Stimmen nur noch schwach, sie verloren sich zu Hintergrundrauschen.
*Was tut ihr mir an?*

Er hielt sich den schmerzenden Kopf und stolperte ans Fenster. Draußen wuchs das glühende Asam-Auge am Horizont zu einer neuen Welt heran, die Musik des Mädchens schwoll an zu einem unerträglichen Rauschen: Die Klavieranschläge – die Hämmer der Idäischen Daktylen.

*Bin ich selbst zu einem Pythagoras geworden?*

Das glühende Asam-Auge drang in sein Zimmer, alles löste sich in dem gleißenden, gelben Schein. David stolperte schreiend zurück zu seinem Werk, wollte nach dem Turmmodell fassen, es auf die andere Seite mitreißen – das tosende Rauschen und die rhythmischen Schläge hämmerten mit unerwarteter Wucht – und zerstörten ihn.

Als räche sich die Lust zur Zerstörung auf ironische Weise an ihm.

Als man den berühmten Architekten am nächsten Morgen mit dem Turmmodell in der Hand neben seinem Bett liegend vorfand, lebte er schon seit mehreren Stunden nicht mehr.

## DIE ANKUNFT DES ARCHITEKTEN

*Der Bär lebt ja noch!*, freute sich Noola, als sie ihm die Hand auf den Kopf legte.

Sie hatten das bewusstlose Tier in einem Lieferwagen angekarrt und es lieblos in Severins Werkstatt gehievt. Der Braunbär war massiv, viel größer als erwartet. Eine Blutspur führte nun von der Einfahrt in die Werkstatt herein. Angeblich war der Bär zweimal getroffen. Er atmete schwer.

Die beiden unbekannten Männer in blauen Overalls verrichteten wortlos ihre Arbeit und fuhren sogleich wieder in ihrem Lieferwagen davon.

Severin schloss das Garagentor und schaltete das Licht ein. Der Bär lag auf dem Bauch, schnaufte, wohl in seinen letzten Zügen.

Wie Alves-Kruger diesen Bären ohne Aufsehen zu erregen aus dem Wald befördert hatte? Es handelte sich, neben dem Bürgermeister und dem Pfarrer, seinen Brüdern, um den einflussreichsten Mann in Babel. Sich mit ihm anzulegen überlegte man sich sehr gut, egal, ob als Polizist, Journalist oder ebenbürtiger Mafiosi.

„Pass auf!“, warnte Severin. „Warte, ich hole ein Messer… Ich mach’ seinem Leiden ein Ende!“

Er wollte sich in der Küche entsprechend bewaffnen, doch Noola deutete ihm, dass er hier bei ihr bleiben sollte. Sie schlich sich an den schwer atmenden Bären heran. Severin verschlug es vor Schreck die Sprache.

Was hatte sie vor?

Der Blutsee unter dem Bären wuchs. Sein Schnaufen beruhigte sich mit ihrer Hand auf seinem Haupt.

Noola bückte sich zu ihm hinab, lauschte seinem Atem, synchronisierte ihre Atmung mit seiner: Ein und aus, langsam ein, langsam aus.

Da zuckte der Bär. Noch einmal, so, als erlebte er im Schlaf einen Albtraum. Er atmete nun schneller. Noola drückte trotz der Schmerzen in ihrer zerschnittenen Handfläche fest sein weiches Fell in seinem Nacken. Sie küsste ihn zwischen den Ohren und ließ eine Träne auf sein Haupt fallen.
Das war der Moment, als der Bär erwachte.
„Was machen wir jetzt? Schnell weg hier! Ich rufe die Polizei!"
Noola war trotz allem ganz ruhig und legte den Zeigefinger auf seine Lippen, um den Bären nicht mit seinem Geschrei zu verschrecken. Er wollte sie aus der Werkstatt zerren, doch sie wehrte sich, riss sich los.
Mittlerweile bewegte sich der Bär, setzte sich schleppend auf, ächzte und grummelte.
Severin geriet in Panik – sie mussten schleunigst verschwinden!
Er hatte eine Vielzahl an verschiedenen, hochgiftigen Chemikalien für die Tierpräparation hier und hoffte, der Bär würde nicht alles zerstören – er müsste seine Werkstätte dekontaminieren und würde für Wochen, vielleicht Monate, seiner Tätigkeit als Tierpräparator nicht nachgehen können.
Noola weigerte sich, die Werkstatt zu verlassen. Stattdessen öffnete sie mutig das Garagentor. Es war, als hätte sie gar keine Angst vor dem Bären.
„Hast du den Verstand verloren? Wir können den Bären doch nicht laufen lassen!"
Er wollte das Garagentor wieder schließen, wagte sich aber nicht so nahe an das verletzte Tier heran.
Der Bär zeigte sich von Severins Stimme genervt und brüllte, dann erhob er sich brummend auf alle viere und trabte auf Noola zu.
Severin stolperte und fiel rücklings hin. „Ruhig, ganz ruhig", flüsterte er und rutschte verängstigt am Hosenboden an die Rückwand der Werkstatt.
Der Bär stellte sich auf seine Hinterbeine und brüllte.
Noola beugte sich zu ihm herab, erkannte so seine Überlegenheit an.
„Was machst du? Lass uns abhauen, bevor er uns tötet!"

Der Bär akzeptierte Noolas Geste, brüllte, drehte sich um und verließ die Werkstatt. Blutige Abdrücke hinterlassend trabte er durch den Vorgarten in die leere, verregnete Straße.

Noola folgte ihm bis zum Gehsteig. Sie beobachtete, wie er die Straße in Richtung Park entlanglief. Ein Fahrzeug kam ihm entgegen und bremste, blendete den Bären, der sich drohend gebärdete. Die blendenden Scheinwerfer gingen aus – der Fahrer musste wohl sehr erschrocken sein! Da der Bär zwischen den geparkten Autos keinen Platz hatte, kletterte er auf die Motorhaube, dann auf das Dach des die Straße blockierenden Fahrzeugs, hinterließ beträchtliche Beulen im Blech und spinnennetzartige Risse auf der Windschutzscheibe. Er sprang vom Dach des Fahrzeugs, lief die Straße entlang und verschwand im Park, von dem er entlang des Flusses unbemerkt in den Wald gelangen konnte.

„Wir sind am Arsch!“, rief Severin.

Noola drückte seine Hand, trotz des stechenden Schmerzes ihrer Handfläche lächelte sie.

Er schaltete das Licht in der Werkstatt aus und schloss das Garagentor. Er wollte die Blutspur des Bären entfernt haben, wenn ihn die Polizei aufsuchte und zu dem Vorfall befragte. Der Regen wusch das Blut größtenteils in die Erde, bei Anbruch des Morgens wollte er sich um den Rest kümmern.

Nun würde der Bär doch noch in die Nachrichten kommen, dachte Severin. Alves-Kruger musste ein lausiger Schütze sein.

*Was werde ich ihm sagen, wenn er nach seinem ausgestopften Bären fragt?*

Severin war zum Bär gekommen wie die Jungfrau zum Kind.

Vor Kurzem war Severins Meister, der Tierpräparator Higuchi, gestorben und hatte ihm das Haus samt Werkstatt vermacht, wo er nun selbstständig arbeitete. Sein Meister hatte ihm immer wieder geraten, zu einer Frau zu gehen –

nach alldem, was er erlebt hat, hatte er jedoch gezögert. Nun gewann die Neugier über die Einsamkeit in dem leeren Haus und er betrat nicht unweit am Fluss ein Etablissement mit dem Namen Achtunddreißig.

Nach einem kurzen Gespräch mit dem Wirt bezahlte er und stieg mit einem Schlüssel bewaffnet die Treppe hoch zu dem Zimmer, wo er, wie der Wirt meinte, erwartet wurde.

Noola war wild und nackt. Ihre linke Hand blutete von der Glasscherbe. Sie war in diesem Moment bereit zu sterben und diesen Mann mit in den Tod zu reißen.

Er begrüßte sie freundlich, doch sie war blind und taub vor Wut und Verzweiflung. Er merkte, dass sie nicht ansprechbar war, und setzte sich mit abwehrender, demütiger Gestik auf einen Stuhl gegenüber dem Bett. Er sah das Blut, das aus ihrer Hand floss und die frische Bettwäsche rot besudelte.

„Ganz ruhig, meine Kleine, ich tu' dir ja nichts", sagte er leise und zeigte abwehrend seine Handflächen. Nach ihrem Blick zu urteilen, fürchtete er nicht zu Unrecht, dass sie ihn attackieren wollte. Doch ihr starrer, wütender Blick schmolz langsam, wie ein Eiskristall unter dem Heizmikroskop. Es folgte der Zusammenbruch: sie begann zu zittern und hysterisch zu weinen. Die blutige Glasscherbe rutschte aus ihrer Hand und ein Schwall Blut beschmutzte die Bettwäsche noch mehr.

„Beruhig' dich! Es passiert dir ja nichts! Lass mich deine Hand…"

Er ging ins Bad, tränkte ein Handtuch in kaltem Wasser, kniete sich zu ihren Füßen und tupfte ihre zerschnittene, blutige Hand vorsichtig ab.

„Du bist neu in Babel, nicht wahr? Ich habe dich noch nie zuvor gesehen. Trotzdem kommst du mir bekannt vor. Wie gibt's das? Warst du schon einmal hier? Woher kommst du denn? Ich glaube – ich habe dich in einem meiner Träume gesehen…"

Sie verstand nicht, aber der angenehme Ton seiner Stimme beruhigte sie ein wenig.

„Verstehst du mich?"

Keine Reaktion, nur fragende Glupschaugen.

„Was für ein Idiot!", rief Severin, meinte damit Alves-Kruger und schüttelte angewidert den Kopf. „Was machen wir jetzt? Du bist ja am Durchdrehen! Hier kannst du nicht bleiben! Aber gehen lassen werden sie dich auch nicht so einfach…"

Severin setzte sich auf den Stuhl. Seine ursprünglichen Gelüste waren wie weggeblasen.

„Komm, zieh dich an!"

Sie verstand nicht. Er hob ihr Kleid auf und drückte es ihr in die Hand.

„Komm, zieh dich an und warte hier! Ich bin gleich wieder da."

Als er hinausging, wollte sie ihm folgen, doch er hielt sie auf, deutete ihr, dass sie sich hinsetzen sollte. „Warte hier!"

Doch sie wollte mitgehen.

„Nein, warte hier! Ich bin gleich wieder zurück. Ich verspreche es!"

Er konnte sagen, was er wollte. Sie glaubte, dass er sie zurückließ, und brach wieder in Tränen aus, als er aus dem Zimmer trat.

Severin ging an die Bar, wo der Wirt Gläser abtrocknete.

„Wie viel wollt ihr für das Mädchen?"

„Was meinst du? Du hast doch schon bezahlt. Warst aber schnell!", lachte der Wirt.

„Nein, ich meine: ich nehme sie mit nach Hause."

Der Wirt glaubte, nicht richtig verstanden zu haben.

Der Postler Hank, der gerade Pause hatte, saß still in der Ecke, hatte ein Bier vor sich stehen und kümmerte sich um seine eigenen Angelegenheiten. Alves-Kruger, der beim Tresen in der Zeitung blätterte, wurde hellhörig. Er war dageblieben, um zu hören, wie sich das Negermädchen machte. Offenbar war sie so gut, dass sie der Erste gleich mit nach Hause nehmen wollte, lachte er bei sich.

Der Wirt nahm verunsichert mit Alves-Kruger Augenkontakt auf und beugte sich dann vor, kam nahe an Severins Gesicht.

„Du hast wohl deinen Verstand verloren, Kleiner. Mach, dass du rauskommst!“

„Mein Herr, Sie haben mich nicht richtig verstanden. Ich nehme die Kleine mit, auf die eine oder die andere Weise. Lieber wäre mir natürlich, wenn wir uns friedlich einigen könnten. Ich habe ein wenig Geld gespart, vielleicht kann ich andere Dienste anbieten. Aber die Kleine kommt mit mir!“

Der Wirt ließ sich von dieser resoluten, aber lächerlichen Rede nicht einschüchtern und kam hinter seinen Tresen hervor, um ihn aus der Wirtsstube zu werfen.

Hank war aufmerksam geworden. Er liebte es, wenn zwei rauften. *Den Gewinner fordere ich heraus!*, dachte er lächelnd und machte einen genüsslichen Schluck vom Bier.

Bevor der Wirt tatsächlich tätlich werden konnte, meldete sich Alves-Kruger zu Wort.

„Ich bin neugierig: wieso willst du unbedingt dieses Negermädchen? Sie ist eine Hure! Man verliebt sich nicht in Huren!“

„Mein Herr“, sagte Severin respektvoll, „Sie irren sich!“

„Wie? Hast du dich schon einmal in eine Hure verliebt? Das geht nie gut aus. Glaub’ mir, ich weiß, wovon ich spreche“, lachte Alves-Kruger.

„Nein, ich meine: ich glaube nicht, dass das Mädchen eine Prostituierte ist. Sie ist viel zu jung. Sie sollten vorsichtig sein – bevor sich das herumspricht. Sie ist ja noch minderjährig, Himmel-Herrgott-noch-einmal! Und –“

„Du hast meine Frage nicht beantwortet. Wieso willst du sie unbedingt mitnehmen?“

„Ich hab von ihr geträumt!“

„Du hast von ihr geträumt?", lachte Alves-Kruger.

Der Wirt hob den Zeigefinger an die Stirn und pochte mehrmals.

„Ja, ich denke, ich habe von ihr geträumt! Erst kürzlich…"

„Komm, erzähl uns mehr", grinste Alves-Kruger.

Severin zögerte, es war ihm sichtlich peinlich. „Ich weiß nicht mehr genau… Ich bin geschwebt, als wäre ich ein Fisch oder so was. Und als ich nach oben ins Licht schaue, bemerke ich, wie sie mir entgegenkommt… Ich nehme nur einen menschlichen Umriss wahr, aber irgendwie weiß ich, dass ich sie retten muss. Ich schwimme ihr also entgegen und hebe sie hoch ins Licht … Ich weiß auch nicht… Ich weiß nur, dass *sie* es gewesen sein muss!"

„Alles klar, wir haben genug gehört. Du willst mir also einreden, du hättest einen feuchten Traum gehabt und halst dir deshalb eine ordentliche Portion Ärger auf? Ich kenne dich zwar nicht, aber man erzählt, du wärst ein schlauer Junge. Scheinbar darf man nicht alles glauben, was die Leute reden…"

„Es war kein feuchter Traum! Es war…"

„Na was?", spottete Alves-Kruger.

Der Wirt lachte über das wirre, aber unterhaltsame Gefasel, ging wieder hinter die Theke und setzte die Arbeit an den Gläsern fort.

„Ich weiß auch nicht genau… Ich wusste nur, ich muss sie retten, weil sie irgendwie wichtig ist – sie durfte auf keinen Fall –" Severin stockte. „Ich will mich um sie kümmern."

Er wusste, dass seine Worte für andere nur schwer nachvollziehbar waren. Auch wenn es wenig glaubhaft klang – er hatte aus seiner Sicht die absolute Wahrheit gesprochen. Als er Noolas Zimmer betreten hatte und sie dasitzen sah, erschrak er, denn er glaubte tatsächlich, ihr schon einmal begegnet zu sein. Nur wo? Wann? Ein Déjà-vu? Dann war ihm der Traum eingefallen.

Severin verzweifelte. Er wollte keinen Ärger, aber anscheinend hatte er keine andere Wahl. Er wagte noch einen Versuch. Damals hatte er noch angenommen, dass Alves-Kruger ein achtbarer Mann war.

„Ich bitte Sie, lasst sie mit mir gehen. Sie können sich vorstellen, dass ich Ihnen nichts schuldig sein will."

„Wie viel Geld hast du denn?"

Severin nannte eine Summe, über die Alves-Kruger nur schmunzelte.

„Setz dich!"

Severin gehorchte und setzte sich.

„Du bist doch der Tierpräparator, der beim alten Higuchi gelernt hat? Wie geht's denn dem Alten?"

„Er ist vor einem Monat gestorben. Leberzirrhose."

„Ach ja, das hab' ich ganz vergessen! Der Alte hat recht zurückgezogen gelebt… Und jetzt wohnst du in seinem Haus?"

„Ja, er hat mir das Haus und die Werkstätte vermacht."

„Bist du so gut wie der Alte?"

„Kurz vor seinem Tod meinte er, ich hätte ihn sogar übertrumpft."

Alves-Kruger zögerte kurz, dann sagte er: „Ich hätte da einen Auftrag… Wenn du das für mich erledigst, dann bekommst du die Kleine. Aber sie muss bleiben, bis für sie Ersatz gekommen ist. Ich habe hier immerhin ein Geschäft zu führen."

Severin überlegte kurz, dann sagte er selbstbewusst: „Das geht nicht. Sie muss gleich mitkommen. Haben Sie schon mit ihr gesprochen? Sie wird Ihnen nur Ärger machen!"

„Du bist störrisch, hat dir das schon jemand gesagt? Gut, sie kann gleich mitkommen, aber nur, wenn du meinen Auftrag annimmst."

Severin nickte. Ihm war nicht wohl dabei.

„Hast du schon mal einen Braunbären präpariert?"

„Es ist verboten, Bären zu schießen, und da es bei uns wenig Bären gibt, gab es bisher kaum die Möglichkeit dafür. Bei einem Bären ist der Aufwand beträchtlich!“

Alves-Kruger wollte nicht, dass jemand zuhört. Nicht einmal der Wirt, obwohl er sonst zuverlässig war. Es war schon schlimm genug, Severin als Mitwisser zu engagieren. Aber es wäre schade um den prächtigen Bären, den er gestern, vom Hubschrauber aus, abgeschossen hatte. So einen Prachtkerl im Wohnzimmer oder Büro ausgestellt haben, das täte schon was hermachen! Später könnte er immer noch behaupten, ihn im Ausland gekauft zu haben. Rechnungen sind leicht gefälscht!

„Wenn du mir den Bären machst, kann sie gleich mitkommen!“

Severin überlegte: einen Braunbären präparieren! Das war aufwendig, teuer – und illegal. Die Menge an Blut, Fleisch und Eingeweiden, die er unbemerkt verschwinden lassen musste! Seine Spezialität waren Eichhörnchen, Waschbären, Eulen, manchmal ein Reh.

*Habe ich eine Wahl?*

Severin streckte seine Hand aus und Alves-Kruger schüttelte sie.

„Ausgezeichnet! Ich denke, der Aufwand verdient eine Belohnung.“

Alves-Kruger nickte dem Wirt zu. Dieser schenkte zwei Schnäpse aus und stieg die Treppen hoch, kam fünf Minuten später mit Noola wieder herunter. Noch am Abend wäre eine Neue da, das war in Wahrheit gar kein großes Problem.

„Heute Nacht wird man dir den Bären liefern. Wie lange dauert es? … Na egal, lass dir Zeit. Er soll schön werden, vielleicht kannst du ihm ganz besondere Augen machen. Ich liebe es, wenn die Tiere so aussehen, als lebten sie noch – als hätten sie eine Seele. Verstehst du, was ich meine?“

Severin nickte und dachte sich seinen Teil.

„Komm gelegentlich vorbei und erzähl mir, wie du vorankommst. Und wie du mit der Kleinen…“ Er zwinkerte neckisch. „Es wäre sowieso besser, wenn eine Neue kommt. Vielleicht eine Ungarin? Die können meistens ein paar Worte unserer Sprache. Und französisch!“

Severin verstand den anstößigen Witz nicht. Er griff nach Noolas unlädierter Hand und zog sie, ohne sich noch einmal umzusehen, aus dem Etablissement. Wortlos schritten sie durch das Bahnhofsviertel und erreichten schließlich den Park.

Dann kam Severin eine Idee.

„Hast du Hunger?“

Sie blickte ihn fragend an.

„Komm, ich stell' dir jemanden vor!“

Noola verstand nicht, war aber froh, aus dem Etablissement entkommen zu sein. Sie hoffte, niemals wieder dorthin zurückkehren zu müssen. Sie überlegte: *Soll ich mich von ihm losreißen und zum Bahnhof laufen?* Das hatte schon letztes Mal nicht so gut funktioniert.

War er derjenige aus der Prophezeiung des alten Mannes? Derjenige, der sie bittet zu bleiben?

Sie betraten die Mensa der Universität: Studenten aßen und unterhielten sich. Es roch nach altem Speiseöl.

Severin wurde plötzlich lebhaft, hob seinen Arm und schrie quer durch den Saal. Ein dunkelhäutiger Mann drehte sich nach ihm um, winkte ihm und deutete ihm, dass er warten würde, bis sie sich das Essen geholt hatten.

Severin liebte das Mensaessen, stopfte sich am liebsten mit gegrillten Tintenfischen mit Knoblauch voll.

Noola stocherte in ihrem Essen: sie wusste nun, dass sie speckumwickelte Würstchen mochte. Sie knabberte lieblos an den fettigen Pommes. Fasziniert vom Besteck beobachtete sie die Menschen, wie sie so natürlich damit umgingen, als wäre es das Normalste auf der Welt. Sie hingegen aß unbeholfen mit einer Gabel. Es war das erste Mal, dass sie Besteck in der Hand hielt. Sie wollte sich anpassen.

Severins dunkelhäutiger Freund arbeitete als wissenschaftlicher Mitarbeiter an der Babel'schen Universität und hieß Meserete. Er unterhielt sich mit Noola, aber sie verstand nicht alles.

„Und?", fragte Severin neugierig, „könnt ihr euch verständigen?"

„Ein wenig. Sie heißt Noola und kommt aus einem kleinen Dorf in der Wüste. Ihr Dorf ist tot, sagt sie. Mit Beduinen ist sie ans Meer, anschließend mit einem Schiff… nach Lampedusa? Aber das Schiff ist gesunken und gefährliche Fische – ich glaube, sie meint Haie – waren überall… Sie sagt, sie wäre beinahe ertrunken. Ich denke, sie hat viel durchgemacht."

Severin wurde hellhörig.

„Ihr Schiff ist gesunken? Was ist genau passiert?"

Noola wusste nicht, wie sie es erklären sollte. Dass sie zu ihrer Familie wollte, aber von einem riesigen Meeresfelsen gerettet wurde? Wäre das verständlich?

„Fischer haben mich gefunden."

„Und dann?"

„In ein… Zimmer eingesperrt… bin weggelaufen… Man hat mich erwischt und hierhergebracht."

„Ich hab' geträumt, dass ich jemand aus der Finsternis ins Licht hochgehoben hab'", sagte Severin zu Noola. Meserete übersetzte.

„Ich denke, es warst du, von der ich geträumt habe!"

Sie nahm seine Hand und hielt sie mit strahlendem Gesicht fest.

„Ich glaube, sie mag dich", meinte Meserete und lachte.

„Macht es dir" – er sprach jetzt zu Meserete – „etwas aus, wenn wir uns hier mittags treffen? Ich lade euch zum Essen ein – dafür bringen wir Noola meine Sprache bei." Nun zu Noola: „Ich konnte nicht mitansehen, wie du in dem Zimmer gesessen bist und geheult hast…" Er zögerte. „Ich habe das eigenartige Gefühl, sie ist irgendwie wichtig… Vielleicht nur für mich… Ich weiß nicht… Sie darf einfach nicht im Puff versauern!"

„Wo warst du?"

„Was geht's dich an!", meinte Severin, als er merkte, dass er sich verraten hatte.

Meserete grinste und versprach, beim Lernen zu helfen.

Zum ersten Mal seit ihrer Flucht aus dem Dorf fühlte sich Noola wirklich sicher.

Sie betrachtete die Schaufenster der Kaufhäuser und bemerkte eine Werbung für den Energy-Drink Blue Hippo: Ein blaues Nilpferd, das lustig aussah und an einer blauen Dose nippte. Sie musste lachen und deutete auf die Werbung.

„Du willst das ekelhafte Gesöff probieren? Na gut, probieren wir es."

Sie betraten den Supermarkt, etwas, das Noola noch niemals zuvor gesehen hatte. Ein riesiges Geschäft, vollgestopft mit Lebensmitteln, wie ein Markt, viel sauberer, zwar unbelebt, aber besser riechend. Hinter der Glastheke standen dicke Frauen mit weißen Schürzen und Mützen. Es gab auch Dosenbier, wie sie es am Fischerboot probiert hatte. Buntes, vollkommen unbekanntes Gemüse. In Kühlschränken wurde Fleisch, in kleinen Paketen aufgeteilt, feilgeboten. Ebenso Milch, Eier und Fisch, verpackt und zum Verzehr vorbereitet. *Hier, in dieser wundervollen Stadt*, dachte sie, *wird niemals jemand hungern müssen.*

„Komm, es gibt genug zu Hause. Ich koch' am Abend." Severin hatte jeden Abend für Higuchi-sensei gekocht und hatte diese Angewohnheit nach seinem Tod beibehalten.

Er musste sie aus dem Supermarkt schleifen – sie konnte sich von dem Anblick kaum losreißen.

Auf der Straße überreichte er ihr die blaue Dose. Sie hielt sie hoch, wusste aber nicht, was sie mit ihr anfangen sollte, wie sie daraus trinken konnte. Er steckte seine Zigarette in den Mund, damit er die Hände frei hatte, und öffnete die Dose. Sogleich ertönte der Schrei eines Nilpferdes und Noola lachte auf, lachte so laut und herzlich, dass er vor Überraschung die Augenbrauen hochzog.

Das war genau der Moment, in dem sich Severin in Noola verliebte!

Sie trank und es schmeckte widerlich. Mit verzogenem Mund gab sie ihm die Dose zurück. Zaghaft machte auch er einen Schluck, ließ sie dabei nicht aus den Augen. Tatsächlich war es ekelerregend, aber das war nun bedeutungslos: das herzliche Lachen dieses Mädchens hatte ihn bis ins Mark erschüttert!

Zu Hause verarztete er sie gründlich und verband ihre Hand. Dann schlief sie. Später führte er sie durchs Haus, das seinem Meister, Higuchi-sensei, gehört hatte. In einem kleinen Raum, kaum größer als eine Abstellkammer, war der Boden mit herrlich riechendem Tatami, aus Higuchi-senseis Heimatland importiert, ausgelegt. Das Reisstroh roch so gut! Noola war entzückt: sie hielt den edlen Geruch in der Nase, ordnete ihn, reihte ihn gleich nach gerösteten Kaffeebohnen.

„Es gefällt dir hier? Wenn du willst, kannst du hier schlafen. Das war das Zimmer vom Sensei, er hat sicher nichts dagegen, wenn du es bekommst. Ich werde aufräumen und dir den Futon auflegen."

Higuchi-senseis Zimmer war mit Gegenständen aus seiner Heimat eingerichtet: über kunstvoll geschriebener Kalligrafie und einem – künstlichen – Ikebana-Strauch thronte ein richtiges Samurai-Schwert, ein Katana, das Higuchi zum Dank für erfolgte Dienste vom Schwertschmiedemeister Yamamoto höchstpersönlich erhalten hatte. Daneben hing zum Beweis ein Schwarzweißfoto der beiden Herren Higuchi und Yamamoto, lachend Arm in Arm.

Das Haus war blitzblank geputzt. Severin hatte strengste Sauberkeit vom Meister gelernt. Die Werkstatt war zwar chaotisch, aber nicht schmutzig: präparierte Eichhörnchen in verschiedenen Positionen, frisch gegerbte Felle, giftige Chemikalien, Stroh, Watte und gegossene Formen von Waschbären und Rehen.

*Bevor der Bär angekarrt wird, muss ich noch aufräumen*, dachte Severin.

Von einer alten Großvateruhr war Noola ganz besonders begeistert, namentlich, dass sie zu jeder vollen Stunde schlug, belustigte sie. Auch der alte Videorekorder, für den Severin nur eine einzige Videokassette besaß, verzückte sie. Am Flohmarkt würden sie später alte Filme auftreiben und gemeinsam schauen. *Das Leben würde gut werden*, dachte Severin.

Zuerst hatte Severin allerdings das Problem mit dem Bären. Er würde Unmengen an Formalin und anderen Chemikalien für das Fell und den Formkörper benötigen. Er musste noch diesen Nachmittag alles vorbereiten. In welchem Zustand der Bär wohl war?

Was wusste Alves-Kruger schon über Taxidermie? Wartete man nach dem Tod des Tieres zu lange, war es schwierig, ein brauchbares Ergebnis zu erhalten.

*Worauf habe ich mich nur eingelassen?*

Nachdem der Braunbär geflohen und der erste Schock verflogen war, fragte sich Severin, was nun auf ihn zukam: konnte Noola bei ihm bleiben? Welche Strafe erwartete ihn? Konnte er sie vor dem Paten beschützen?

Auch nach intensivem Schrubben verschwand das Blut in der Werkstatt und vor dem Haus nicht gänzlich, es blieb ein Schatten, mittels moderner Polizeimethoden gewiss als Blutfleck erfassbar.

Übernächtigt und aufgeregt begab sich Severin frühmorgens ins Achtunddreißig, wo Alves-Kruger frühstückte. Er schlürfte gerade ein weiches Ei und hatte die Zeitung in Händen aufgeschlagen, als Severin eintrat.

Im Keller waren Bauarbeiten zugegen, es wurde gestemmt und gehämmert.

Der Wirt hielt sich die Ohren und sagte: „Die bauen den Keller aus, man weiß ja nie, was kommt. Nur eine Sicherheitsmaßnahme…"

Die Überschrift des Titelblattes leuchtete Severin schon von Weitem entgegen: *Der Bär von Babel.* Es sah so aus, als ob der Autofahrer aus dem Auto heraus ein Foto von dem Bären gemacht und sogleich die Presse informiert hatte.

„Sie haben es schon gehört!“, sagte Severin.

Alves-Kruger blickte zu ihm hoch: „Setz‘ dich!“

Ein blondes Mädchen stieg die Treppen herab in die Gaststube. Sie bekam an einem anderen Tisch ihr Frühstück serviert.

Ein dicker Leibwächter näherte sich Severin von hinten.

„Darf ich vorstellen: Akebono, gerade frisch angereist, und das neue Mädchen, Nadja. Sie versteht nicht viel, aber mehr als ihre Vorgängerin! Ich bin sehr zufrieden mit ihr…“

Widerlich grinsend legte er die Zeitung zur Seite.

„Erkläre mir bitte, wie du einen toten Bären verlieren kannst?“

„Mit Verlaub, Herr Alves-Kruger, der Bär war nicht tot.“

Alves-Kruger schlug wütend auf den Tisch: „NATÜRLICH WAR ER NICHT TOT. ICH KANN DICH JA KEINEN VERROTTETEN BÄREN AUSSTOPFEN LASSEN! DAS TÖTEN WÄRE DEINE AUFGABE GEWESEN, DU NICHTSNUTZ!“

Alves-Kruger war nicht gerade für seine Besonnenheit berühmt.

Akebono kam langsam von hinten an Severin heran.

„Was mache ich jetzt mit dir? Noola muss wieder zu mir zurück!“

„Das geht nicht! Wir müssen das auf andere Art regeln.“

Akebono kam noch einen Schritt näher.

„Ich glaube nicht, dass dich jemand um deine Meinung fragt.“

Das Telefon läutete, der Wirt nahm ab und überreichte Alves-Kruger den Hörer.

„Ich verstehe.“ Dann legte er auf.

Alves-Kruger deutete Akebono, der sich weiter näherte.

Severin sprang auf und drohte mit einem Skalpell, das er sonst an toten Tieren anwandte. Der dicke Leibwächter wich erschrocken zurück.

„Du musst langfristig denken! Wir finden Noola früher oder später. Ein Negermädchen versteckt sich in Babel nicht lange. Und du liegst im Wald zwei Meter unter der Erde. Beruhige dich und setz dich wieder. Du bereitest mir mehr Ärger als gut ist. Du willst die Kleine unbedingt behalten? Behalte sie!"

Er überlegte kurz, dann setzte er fort: „Aber eines Tages werde ich dich um einen Gefallen bitten und du wirst ihn mir erfüllen – wenn nicht, ist es mit unserer Freundschaft vorbei! Ich werde dir dein Gesicht abziehen, es tragen und deine Kleine so lange ficken, bis sie den Verstand verliert."

Severin schluckte.

„Hast du mich verstanden? Nimm es dir zu Herzen! Wenn ich den Bären doch noch erlege – er kann ja nicht weit gekommen sein! – dann wird er dir geliefert, das bist du mir schuldig. Und jetzt raus mit dir, ich will dich hier nicht mehr sehen!"

Mit diesen Worten packte Akebono Severin am Hals und trug ihn von Alves-Krugers Frühstückstisch bis vor die Tür. Kurz bevor Severin die Luft ganz wegblieb, ließ der Dicke los und er plumpste unsanft auf den harten Gehsteig. Ein paar Jahre später wäre das nicht mehr so einfach möglich gewesen.

Es würde einige Zeit dauern, bis Severin dieses Etablissement wieder betreten sollte.

Er wollte sich vergewissern, dass er Noolas Aufenthaltsort nicht leichtfertig verriet. Als er sich halbwegs sicher wähnte, trank er eine Melange im Café. Er beobachtete die Umgebung, die Passanten. Dann verließ er das Café über den Hinterhof.

Später holte er Noola bei Meserete ab und sie aßen gemeinsam in der Mensa, wo Severin erzählte, was vorgefallen war. Meserete übersetzte.

„Heißt das, ich bin jetzt frei?"

„Ja und nein. Wenn dich die Polizei aufgabelt, wird sie dich in dein Land zurückschicken. Ich habe viel von der Polizei hier gehört: sie ist mit Vorsicht zu genießen. Erst neulich ist ein unbewaffneter Junge beim Stehlen im Supermarkt erschossen worden."

Er fasste ihre Hand, blickte ihr tief in die Augen, und sagte (Meserete übersetzte): „Du bist frei. Du kannst aufstehen und gehen, ich halte dich nicht auf. Ich kaufe dir ein Zugticket. Wohin du willst! Wenn du aber bleibst, stelle ich dich bei mir als Helferin an. Du erhältst Taschengeld, Essen und ein Dach über dem Kopf. Ich… wir werden dir meine Sprache beibringen. Und ich halte dir die Behörden auf Abstand."

Noola drückte nun ebenfalls seine Hand. Die Prophezeiung des alten Mannes! Sie lächelte und nickte.

„Das müssen wir feiern! Diskret. Meserete, heute Abend gibt es eine Party bei mir, bring deine Familie. Ich koche!"

„Hast du Kaffee?", wollte Noola wissen.

„Natürlich hab' ich Kaffee!"

„Ich glaube, sie meint etwas anderes", sagte Meserete.

In Babel leuchteten keine Sterne am Himmel. Wenn man den Nachthimmel betrachtete, war da nur Finsternis.

*Wieso gibt es keine Sterne am Himmel? Hatten sich die Menschen hier eines furchtbaren Verbrechens schuldig gemacht, sodass sie keine Sterne zugestanden bekamen? Selbst dort, wo die M'sis regierten, badeten die Augen des Nachts in einem Meer von Sternen, zahlreich wie die Sandkörner in der Wüste. Selbst über sie war der transparente Schleier der seidig weißen Milchstraße gelegt*, und Schlimmeres als diese skrupellosen Monstren war für sie nicht vorstellbar.

Anstatt mit Sternen war die Stadt Babel von Straßenlaternen, Autoscheinwerfern, Neonleuchten über Eingängen, beleuchteten Fenstern von Wohnhäusern und Reklametafeln gesäumt. Geheimnisvoll blinkende Lichter, die schon bald nach ihrer Entdeckung wieder außer Sichtweite waren, zogen am Nachthimmel vorbei.

Es kam ihr ein sonderbarer Gedanke: *Ist der Sternenhimmel dem grellen Licht der Stadt unterlegen?*

In den ersten Tagen nach dem Vorfall mit dem Braunbären verbrachte sie den Großteil ihrer Zeit im Futon eingerollt im warmen Zimmer des alten Meisters. Wenn sie erwachte, stand das Frühstück vor dem Zimmer, und nachdem sie sich gewaschen hatte, waren die schmutzigen Teller versorgt. Sie schlich durch das aufgeräumte Haus, alles war schön bewahrt, geschlichtet, zusammengefaltet, abgewaschen. Im Hintergrund hörte sie Severin in der Werkstatt arbeiten. Meistens redete er laut mit sich selbst, leider verstand sie nicht, was er sagte. Sie putzte, wischte und räumte nach ihrem Ermessen das Haus auf, obwohl es nicht wirklich notwendig war – sie wollte sich einfach nützlich fühlen. Dann zog sie sich auf ihren Futon in Higuchi-senseis kleines Zimmer zurück und rekapitulierte ihre Abenteuer der letzten Wochen und Monate: ihr außergewöhnliches Überleben, die weite Reise, die furchtbaren und die wundervollen Menschen, die ihr begegnet waren. Die Erinnerung an ihr Leben im Dorf ließ sie nun erschaudern, wie ein Schatten vergangener Zeit, ein anderes Leben. Nun war sie hier in einem unbekannten Land, in einer Stadt namens Babel, bei einem Tierpräparator, der sie aufgenommen hatte, wohl aus Mitleid, vielleicht aus Güte.

Severin mied sie, doch sie fühlte sich beobachtet. Sie vermutete ihn hinter ihrer Zimmertür, so wie manchmal die übermütigen Jungs in ihrem Dorf durch die Ritzen im Holz geglotzt hatten. Manchmal glaubte sie Schritte zu hören, dann merkte sie, dass es Unsinn war, denn sie vernahm seine Stimme in der Werkstatt. Dann wieder Schritte vor ihrer Tür!

*Wird er mich vergewaltigen? Erwartete er sich meinen Körper – aus Dankbarkeit? Was will er von mir? Warum ist er so freundlich zu mir?*

Sie war verwirrt. Selbst Banar hatte auf ihren Körper gespitzt, hatte daraus auch keinen Hehl gemacht. Das war die Welt der Männer: schmutzig, aggressiv, ein einziger Zoo mit wilden Tieren, die stinken und geifern, wenn sie was wittern, das ihnen gefällt.

Als sie sich eines Nachts in ihre Paranoia so sehr hineingesteigert hatte und Severin im Stillen der Unflätigkeit bezichtigte (obwohl sie ihn weder hören noch sehen konnte), sprang sie in Panik auf, rauschte aus dem Haus, als jage sie ein Rudel Wölfe, und hetzte durch den Park, stürzte in den finsteren Wald, in die Richtung, in die der Bär gelaufen war. Sie lief, vielleicht unbewusst seiner Witterung folgend, hatte keine Ahnung wohin, und blieb erst stehen, als sie am Sonnenhügel vor dem riesigen Vollmond stand und sich in die nasse Wiese fallen ließ – erst da wurde ihr bewusst, dass sie nur ein Nachthemd trug. Die kalte Nässe auf ihrer Haut ließ sie aus ihrem Anfall erwachen.

Der Mond schien ihr tröstlich ins Gesicht, als flüsterte er: *Alles wird gut.*

Es dauerte eine Weile, bis Noola zurückgekehrt war. Der Vorhang bewegte sich hinter einem der Fenster: Ein besorgter Severin hatte nach ihr Ausschau gehalten. Als er sie kommen sah, war er erleichtert und kehrte zurück ins Bett.

Sie verbrachten kaum Zeit miteinander, nur wenn sie einkauften, oder in der Mensa Meserete trafen. Er hatte Angst, sie zu verschrecken, sie mit unbedachten Kleinigkeiten zu verjagen, mit einem missverstandenen Wort zu beleidigen. Ganz besonders, nachdem sie in der einen Nacht weggelaufen war. Er wollte ihr Vertrauen gewinnen, so wie man das eines wilden Tieres gewinnt: Er versorgte sie, näherte sich ihr nur zögerlich. Er streckte ihr sozusagen eine Hand hin, damit sie sich langsam an seinen Geruch gewöhnen konnte.

Meserete brachte ihr in seinem eigentümlichen Dialekt, den sie ein wenig verstand – aber bei Weitem nicht alles! –, diese für sie schwierige Sprache der Babylonier bei. Viele Worte waren unaussprechbar lang, die Grammatik unnötig kompliziert. Die Harmonie und der Spaß beim Sprechen fehlten – es schien ausschließlich dem banalen Informationsaustausch zu dienen. *Kein einziger Zungenschnalzer? Wie konnte man so sprechen?* Es dauerte nicht lange und mithilfe der gemeinsamen Mittagessen, spannenden, lustigen Videofilmen und förderlicher Neugier konnte sie bald Einfaches ausdrücken und Schwieriges ausreichend verstehen. Sie kämpfte sich durch den dichten Dschungel gleich klingender Worte unterschiedlicher Bedeutung und unterschiedlich klingender Worte mit gleicher oder ähnlicher Bedeutung: vom Aas zum As; von Bär zur Beere; der lange Weg zur Wurst als Nahrungsmittel über die Gleichgültigkeit zur Gleichberechtigung; von Schnee und Gras; dem Techtelmechtel, Maulaffen und Zausel, aus denen sie nicht schlau wurde.

Bald bot ihr Meserete an, ein weiteres Idiom zu lernen: die Sprache der Musik!

Er lud sie in sein Haus, das sie als Versteck vor Alves-Kruger schon kennengelernt hatte, und sie wurde von seiner Familie freundlich empfangen. Im Wohnzimmer stand ein kleines Klavier, kein Flügel („Was hat ein Vogel oder ein Flugzeug mit einem Klavier zu tun?", fragte sie erstaunt, als sie das Wort im Zusammenhang mit einem Klavier hörte), sondern ein aufrecht stehendes Klavier, ein Pianino – eine Büste Beethovens starrte mahnend auf den Schüler, so als wäre er niemals mit dessen Leistung zufrieden. Doch selbst Beethoven hätte bei Noola Milde walten lassen, war sie doch eine vorzügliche Schülerin.

Meseretes Frau Agogo unterrichtete Klavier an der Musikschule: sie prophezeite ihr gar eine Karriere als Pianistin, wenn sie nur jeden Tag brav übte. Nach mehreren Monaten spielte sie sogar Schwieriges, wie Bachs Clavier-Übung oder Beethovens Mondscheinsonate, *eine Sensation*, wie Agogo dachte, am liebsten hätte sie die Medien eingeschaltet.

Meserete zügelte ihre Begeisterung – immerhin war Noola illegal in diesem Land.

Agogo konterte zwar mit: „Kein Mensch ist illegal!“, aber sie wusste nur zu gut, dass es bloß graue Theorie war, Gewäsch, das hohl tönte, wie „Ehrlich währt am längsten“ oder „Was lange währt, wird endlich gut.“
Noola liebte die nachmittägliche Klavierstunde bei Agogo. Anschließend begleitete Meserete sie nach Hause. Laut ihm war es sicherer, wenn er sie begleitete, besonders auf dieser Seite des Flusses, wo es nicht immer mit rechten Dingen zuging. Das Achtunddreißig war in der Nähe und dubiose Gestalten lungerten in den dunklen, verlassenen Seitengassen.
Die Kinder spielten Krieg und knallten mit ihren lauten Spielzeugwaffen Löcher in die Luft. Zuerst war es noch harmlos gewesen, mit der Zeit aber entwickelte es sich zu einem gefährlichen Spiel mit Salzsäure in Spritzpistolen; Feuerwerksraketen, die zuerst nur Löcher in die Kleidung brannten, später sogar die Kinder selbst in Flammen aufgehen ließen; und Kracher, die den Kindern Finger abrissen oder das Augenlicht nahmen.
Ein Spirograph, meinte Meserete, wäre das beste Spielzeug für diese Kinder, keine Spielzeugwaffen, ein Schach- oder Damespiel, keine Plastikmacheten, ein Globus oder ein Buch über die Planeten, keine futuristischen Laserpistolen – selbst das verpönte Doktorspiel wäre dienlicher als dieser langsam eskalierende Gewaltausbruch.
„Wo sind die Sterne?“, fragte plötzlich Noola und riss ihn aus den Gedanken.
„Was meinst du?“
„Ich sehe hier keine Sterne – nur die Lichter der Stadt oder Blinken am Himmel.“
„Sie verstecken sich. Sie haben Angst vor dem scheußlichen Licht der Stadt.“
„Aber wovor haben sie Angst? Sind die Sterne nicht viel mächtiger als alles andere?“
Er legte seinen Finger auf die Lippen. „Ja, aber das muss geheim bleiben, damit sie ihren Vorteil nutzen können, wenn es drauf ankommt.“

Einen anderen Nachmittag sprach Meserete Noola am Heimweg beschämt an, denn eine Sache beschäftigte ihn schon seit Längerem – er hatte mit seiner Frau darüber gesprochen und sie hatte angeboten, mit Noola darüber zu reden – und es wäre wohl besser gewesen, wie Meserete danach feststellte: „Willst du dich nicht… beschneiden lassen?"

Noola blickte ihn ganz überrascht an, dann mit Schamesröte im Gesicht auf den Boden. Hier hatte sie es beinahe vergessen, aber auch Meserete war ein Mann aus ihrem Kulturkreis, der es nicht gern sah, dass seine Tradition vernachlässigt wird.

„Lassen sich die Menschen hier beschneiden?", fragte sie.

„Ich weiß nicht… Manche schon. Aber aus anderen Gründen…"

Sie überlegte kurz, dann sagte sie: „Ich werde mich über die Bräuche hier erkundigen. Ich lerne ihre Sprache und ihre Kultur, spiele ihre Musik, ich werde mich auch ihren Sitten anpassen. Ich habe keine Heimat mehr – also empfinde ich keinen Anlass, meine alten Bräuche zu leben. Hier ist mein neues Zuhause!"

Sie blieb stehen, ihre Scham war einem ungeahnten Selbstbewusstsein gewichen: „Mein Vater war der Beschneider in meinem Dorf. Ich bin froh, dass er tot ist. Ich bin froh, dass es vorbei ist. Ich will nichts mehr damit zu tun haben! Wir haben lange genug diesen schmerzhaften Brauch erlitten. Ich will nicht mehr gequält werden!"

Meserete sprach sie diesbezüglich nie wieder an, aber er öffnete ihr auch nicht mehr die Tür, wenn sie zum Klavierunterricht kam. Selbst der Deutschkurs entfiel nun des Öfteren, langsam verschwand Meserete gänzlich aus Noolas Leben – seine Frau übernahm auch diesen Unterricht. Sie lächelte gequält, als sie ihren Mann entschuldigte, sie wusste wohl um die Gründe seines Fernbleibens. Er wollte sein Ehrenwort gegenüber Severin – nämlich Noola zu unterrichten – halten: aber er musste es nicht selbst tun. Noola war es recht, sie mochte Agogo, eine sehr geduldige und erfahrene Pädagogin. Und es war auch für diese eine Freude, Noola zu unterrichten, da das Mädchen sehr aufgeweckt war und schnell Fortschritte machte.

Nachmittags schaute Noola auf der Couch lümmelnd – sie fühlte sich schon ganz wie zu Hause – Dokumentationen im Fernsehen. Allerlei wundersame Dinge flimmerten auf dem flachen Schirm, die ganze Welt war *live, on air* oder im Nirwana *online*, was auch immer das bedeuten sollte. Regenwaldportraits, seltene Tiere aus der Tiefe der Meere oder Menschen, eingesperrt in Containern, nackt oder skurril verkleidet, mit Vogelspinnen, Vogelstrauß oder Blumenstrauß, auf dem neuartige, mechanische Nano-Bienen sich um den Fortbestand der Blumen kümmerten, während die wahren Bienen praktisch ausgestorben waren. Der Film über Pottwale gefiel ihr ganz besonders: diese gigantischen, im Meer schwebenden Tiere mit Quadratschädel, der ein Drittel ihres Körpers ausmachte, als primitive Schallkanone ihre Beute neutralisieren konnte und auch als brutaler Rammbock funktionierte, mit dem er laut Erzählungen ganze Walfangschiffe versenkt haben soll. Man erzählte die Geschichte von Moby Dick, aber sie verstand nicht gut.

Sie wusste nicht, wie sie im Meer treibend, von den Haien und den Toten umzingelt, aus der finsteren Ewigkeit an die Meeresoberfläche gelangt war. Konnte sie Severins Traum Glauben schenken? Sie erinnerte sich noch ganz klar an die raue und gleichzeitig glitschige Oberfläche, den unangenehmen Geruch und das rhythmische Auf und Ab, der Ritt auf dem riesigen Tier, das sie zuerst für einen mysteriösen, im Meer treibenden Felsen gehalten hatte.

Pottwale hatten ein gutes Gemüt, dachte Noola. „Wie Severin“, flüsterte sie.

Wenn sie des Nachts ihrer Heimat reminiszierte, weinte sie. Aber nicht aus Heimweh.

Einmal, nur einmal, suchten Severin und Noola gemeinsam den Fischmarkt auf.

Severin hatte ungeheure Lust auf frische Garnelen und Tintenfische. Vormittags war Hochbetrieb am Markt. Noola hatte niemals zuvor einen Markt dieses Ausmaßes besucht. Auf den Basaren der Araber wurden Fische so weit vom Meer entfernt nur getrocknet oder verarbeitet angeboten. Hier tummelten sich die verschiedensten Meeresbewohner in massiven Wassertanks oder lagen noch atmend auf Eis, Kraken, Seegurken, Seeigel, Scampi, Hummer, Krebse, Kugelfische und Aale, eng aneinander liegend, wie dicke Fäden verdrillt.

Daneben standen heiße Fritteusen, wo das bestellte Meeresgetier sofort zubereitet wurde.

Als Noola an einen Wassertank voller aufgeregter Tintenfische kam, das schmutzige Glas mit ihren Händen berührte, mit ihrem neugierigen Gesicht ganz nahe herankam, um die wie außerirdisches Leben anmutenden Kreaturen genauer zu beobachten, trübte, verfinsterte sich das Wasser, fing an zu brodeln, so als hätte man Futter in einen Teich voller hungriger Kois geworfen. Die Verkäuferin regte sich furchtbar auf, hatte so etwas niemals zuvor erlebt – natürlich gab sie dem schwarzen Mädchen die Schuld, vertrieb Noola daraufhin mit einem stinkenden, mit Fischeingeweiden verklebten Besen.

Severin erboste sich. Sich mit einer überreizten Fischverkäuferin anzulegen war aber an keinem Ort und zu keiner Zeit eine gute Idee – sie verließen unverrichteter Dinge den Markt und er stillte trotzig seine Tintenfisch- und Garnelengelüste bei einer Fastfood-Kette.

Noola beschloss, kein Tier mehr zu essen.

In derselben Nacht, weit nach Mitternacht, hörte sie die Haustür zufallen. Am Fenster beobachtete sie, wie Severin im Park verschwand. Sie wurde neugierig, warf sich eine Decke über und folgte ihm in sicherem Abstand. Zu Beginn war es noch einfach, ihm nachzukommen, dann tauchte er ein in den finsteren Wald. Da konnte selbst der Mond nicht viel ausrichten und sie folgte fortan den Geräuschen im Geäst. Es leuchtete nicht wie sonst von oben herab, sondern ein sanfter, grünlicher Schein flimmerte vom nach feuchter Erde riechenden Waldboden, dem Ast-, dem Blattwerk, wo Insekten, Pilze und Blüten fluoreszierten, zuerst nur dünn gesät, dann immer dichter und heller, Insekten glänzten, zart summende, glühende Käfer. In tauglitzernden Seidennetzen krabbelten Spinnentiere.

Schließlich erreichte Severin, ungestüm durch den Wald brechend, eine im Dunkeln grüngelb schimmernde Wiese, besät mit sonderbaren, fleischigen Blumen. Sie konnte nicht erkennen, was er tat, und sie schlich näher heran, vernahm nun ein dumpfes Stöhnen, sein Unterarm arbeitete wie ein mechanischer Kolben, so als pumpe er angestrengt Wasser aus der Tiefe eines Brunnens. Sein Gegrunze kulminierte und der grelle Strahl einer dicken, sanft weiß leuchtenden Flüssigkeit ejakulierte über die Wiese, viel mehr, viel weiter und viel intensiver, als man es von einem Menschen erwartete. Sein Keuchen ebbte langsam ab.

Es raschelte im Baumgeäst, als wollte der Wind das Blattwerk abschütteln, es handelte sich jedoch nicht um den Wind, der diesen unerwarteten Aufruhr erzeugte, sondern ringsum kletterten Eichhörnchen von den Ästen und liefen auf die mit der dicken Samenflüssigkeit verklebte Wiese, so als wäre sie reichlich mit Nahrung gesäumt.

Als sie mit dem weißen Schleim in Berührung kamen, änderte sich ihr Verhalten schlagartig, sie sprangen und quiekten, tollten wie verrückt geworden, wie Katzen auf Katzenminze.

Severin beutelte seinen Sack aus und sammelte die taumelnden Eichhörnchen ein, pflückte sie am Schwanz und stopfte sie hinein. Noola dachte mit Grausen an die präparierten Eichhörnchen in Severins Werkstatt.

Inmitten des mysteriösen Eichhörnchen-Pflückens besann sich Noola und beschloss zurückzukehren.

Sie rätselte am Heimweg über Severin, kam aber auf keinen grünen Zweig. Morgen wollte sie ihn darauf ansprechen, diesem sonderbaren Vorfall auf den Grund gehen.

Sie lag noch wach, als sie ihn heimkommen und in die Werkstatt verschwinden hörte.

Am nächsten Morgen hielt sie das in der Nacht erlebte zuerst für einen absonderlichen Traum. Als sie aber beim Aufräumen in der Werkstatt die Eichhörnchen-Kadaver vorfand, stieg in ihr zuerst die Erinnerung, dann Zorn hoch.

Sie rief nach Severin, der gerade schlief. Sie wusste nicht genau, was sie mit dem lieblos auf einen Haufen geworfenen Eichhörnchen-Fleisch anstellen sollte, aber sie musste diesem überflüssigen Eichhörnchen-Massaker Einhalt gebieten.

Severin schlurfte mit wüster Frisur in die Werkstatt und dachte zuerst, es wäre etwas Schlimmes vorgefallen – war es gar Essenszeit? Er war verwundert, Noola auf dem schon blassen Bärenblutfleck in der Werkstatt mit einem Besen bewaffnet vorzufinden, wo sie schlechtgelaunt auf die gehäuteten Eichhörnchen deutete. Er blickte sie fragend an.

„Ich hab' dich gestern Nacht im Wald gesehen!"

Er hatte nicht das Bedürfnis sich zu rechtfertigen.

„Mir gefällt nicht, dass du diese Eichhörnchen zu deinem Vergnügen tötest."

„Das ist kein Vergnügen – das ist meine Arbeit."

„Deswegen gehst du in den Wald?"

„Nein."

„Nein? Was machst du dann?"

„Du hast es ja gesehen –"

„Was ich gesehen habe, verstehe ich nicht. Bitte erkläre es mir."

„Nun…“, stammelte er, „die leuchtende Wiese… ich wurde dort gefunden, wurde dort geboren… Es ist wie ein Drang, ich muss dorthin zurück – ich kann es nicht besser erklären…“

„Was hat das mit den Eichhörnchen zu tun?“

„Das mit den Eichhörnchen ist nur Zufall. Ich weiß auch nicht, warum sie so verrückt reagieren. Beim ersten Mal bin ich ziemlich erschrocken…“

„Wieso bleibst du nicht zu Hause… warum musst du… in den Wald gehen?“

„Ich weiß nicht. Es zieht mich zu der Wiese, zu meiner Mutter…“

„Deine Mutter?“

„Ja, sie ist dort, auf dieser Wiese.“

„Ich habe niemanden gesehen.“

Noola kratzte sich fragend am Kopf. Verstand sie nicht richtig?

„Bitte geh’ nicht mehr in den Wald! Sag mir Bescheid, wenn es dich wieder – überkommt… Vielleicht finden wir einen anderen Weg…“

Nun verstand Severin nicht, wovon sie sprach. Aber er wollte keinen Ärger mit Noola, es schien ihr wichtig zu sein, dass er nicht mehr zurückging.

*Ob ich dem Ruf meiner Mutter widerstehen kann? Geht es Noola nur um die Eichhörnchen?*, fragte er sich. Ging es um Tiere, reagierte sie immer sehr empfindlich. Noola hasste die Werkstatt, wurde beim Anblick der Tierkadaver immer zornig.

Noola vergaß in der Verwirrung, ihn nach den Eichhörnchen-Kadavern zu fragen, ließ sie liegen und warf sich verwirrt auf ihren Futon. Am nächsten Tag hatte sich Severin schon darum gekümmert. Wie er sie entsorgte, wusste sie nicht und wollte es auch nicht wissen.

Eines Tages, als Noola vom Klavierspielen zurückkam, sagte Severin: „Ich spüre, heute Nacht ist es wieder soweit…“

Er zog sich in die Werkstatt zurück und arbeitete an einer Eule, einem Auftragsstück. Er saß am Tisch und konnte sich kaum konzentrieren, er lenkte sich mit der Eule ab, die fast fertig war und nur mehr zugenäht werden musste. Der Drang, in den Wald zur Wiese seiner Mutterblume zu stürmen, wurde von Minute zu Minute dringlicher. Waren es tatsächlich diese sonderbaren Blumen, die ihn zu sich riefen? Oder gab es da ein anderes, tieferes Geheimnis, von dem er keine Kenntnis hatte?

Seine Gedanken schweiften ab, wurden in weiches, grünes Licht getaucht, unklare Formen, die eine ungestüme Wollust hervorriefen, ihn halb in den Wahnsinn trieben. Er wollte es aushalten, überwinden, Noola zuliebe. Aber es war mächtiger als er. Er halluzinierte einen grünen Nexus, weich wie Schnee, es vernebelte ihm die Sicht, kroch ihm in die Mitte und verursachte ein Ziehen, dass den Körper unangenehm streckte, bis er es nicht mehr aushielt, vom Tisch aufstand, seine Jacke nahm und zur Tür hinauseilen wollte.

Es war keine Geilheit, die man in ein Puff trug. Dieser Drang konnte töten!

An der Haustür wartete Noola und ließ ihn nicht vorbei. Wäre sie nur irgendjemand gewesen, er hätte sie unachtsam zur Seite gestoßen und wäre in den Wald gelaufen. Ihr Blick fesselte ihn, als wäre er ein Tier und sie seine Göttin.

„Bitte lass mich gehen“, wimmerte er, „bitte, es geht nicht mehr...“

Sie ließ seine Augen nicht los, als sie niederkniete und ihren Oberkörper frei machte. Dann befreite sie ihn und legte selbst Hand an.

„Nein, nein, das geht nicht... Es ist zu gefährlich...“

Sie hörte nicht auf ihn, fesselte ihn mit ihrem Blick. Er ahnte selbst nicht, wie gefährlich es tatsächlich war. Seine Spannung wuchs und wuchs, die Gedanken waren nur ein undurchdringlicher, grünlicher Nebel. Noola versprach aber ein baldiges Ende.

Hätte er damals gewusst, was er später mit Schrecken lernen musste, er hätte sie grob zur Seite gestoßen und wäre ohne schlechtes Gewissen in den Wald gelaufen.

*Bin ich nur ein Tier?*

Er schloss seine Augen, es übermannte ihn. Sein Geist löste sich im grünen Nebel auf.

Es dauerte nicht lange und seine Scham wuchs.

„Nein, nein, nicht hier, das geht nicht…“

Doch es war zu spät: ein dicker Strahl traf sie, überflutete sie mit seinem leuchtenden, dickflüssigen Samen. Sie blickte ganz überrascht zu ihm hoch, als wäre ein Wunder geschehen, und sie wollte lachen, doch eine beunruhigende Reaktion überkam sie. Wie die Eichhörnchen im Wald befiel sie plötzlich eine Verrücktheit, der Schrecken stand ihr im Gesicht, wie im epileptischen Ballett wälzte sie sich nun in Severins Samenflüssigkeit, zitterte im Veitstanz, schob die Flüssigkeit wie jemand, der verzweifelt die Deiche kittet, zappelte wie ein Fisch am Trockenen.

Erschrocken von dem erbärmlichen Anblick trug Severin Noola in die Badewanne, wo er sie mit der Brause von dem klebrigen Zeug befreite, bis ihr Körper allmählich wieder zur Ruhe kam.

Als sie wieder unbeschwert atmen konnte, stieß sie ihn von sich, schoss an ihm vorbei ins Wohnzimmer. Ohne Kommentar verschwand sie in ihrem Zimmer.

Später war er sich nicht mehr sicher, ob er das alles nicht geträumt hatte. Das Ausleben seines natürlichen Dranges musste besser organisiert werden. Er verwandelte sich in ein Tier, das von Wollust verzehrt in den Wald an den Ort seiner Geburt zurückkehren musste, so wie Lachse, die kurz vor ihrem Dahinscheiden den Fluss zum Laichen stromaufwärts schwammen.

War Noola in der einen Nacht aus demselben Grund in den Wald gelaufen?

Severin ging der Natur nicht auf den Grund – er lebte sie nur, wie jedes Tier.

Es musste ein Weg gefunden werden, sie in weniger aggressive, animalische Kanäle abzuleiten. Es war überwältigend, mächtig, brutal, riss alles, was ihm in den Weg kam, in die grüne Trübe der blinden Geilheit.

Dabei wollte er niemandem schaden. Am wenigsten dem Menschen, den er liebte.

Seit diesem Vorfall suchte sie seine Nähe.

Kam sie nach dem Klavierspiel heim, kroch sie zu ihm auf die Couch, genoss seine Aura und hielt ihn fest, so als hätte sie Angst, dass er plötzlich verschwinden könnte. Es verwirrte ihn. *Liebt sie mich?* Er wusste nicht, was los war. Auf der Couch verknotet sahen sie sich Videos an. Sie kaufte Granatäpfel, entkernte sie und fütterte ihn lachend. Oder sie besuchten Flohmärkte. Den Fischmarkt mieden sie, er ging nur mehr alleine hin. Sie redeten kaum, es war nicht notwendig. Ein unausgesprochenes Einverständnis, wie zwei Tiere in der Wildnis, die sich ein Nest bauten. Langsam wuchsen sie zusammen, verfestigten sich, galten bald als eine untrennbar verwachsene Einheit, ohne zu ahnen, dass die Saat gelegt und unbarmherzig ihren Weg durchs Fleisch nagte. Selbst an Alves-Kruger wurde nicht mehr gedacht: vor dem angedrohten *Gefallen* hatte Severin sich lange Zeit gefürchtet. Von dem verletzten Bären hatte man nichts mehr gehört: sein Kadaver wurde niemals gefunden.

Das Mensabesteck häufte sich, die Videokassettensammlung war bald beträchtlich. Manchmal arbeitete Severin in der Werkstatt, wenn er einen Auftrag bekam.

Einen Geißbock, oder einen Wellensittich, aber die meiste Zeit verbrachten sie zusammen. Severin und Noola, zwei Namen voller poetischer Kadenz, wie ein Paar Schuhe, bei denen der eine ohne den anderen sinnlos war. Komplementärfarben, die gemeinsam als neue, helle Farbe erstrahlten, getrennt voneinander aber nur matt waren. Dichter und Muse, die ohne einander weder Dichter noch Muse waren.

Die Eichhörnchen vermehrten sich ungehindert – der Wald geriet ohne Severin aus der Balance und die Nager mit ihrem wuscheligen Schwanz überfluteten die Umgebung, die Berge und Babel, bis man sie schließlich für vogelfrei erklärte und zum Abschuss freigab.

Mutter Natur rief Severin zuweilen, aber immer seltener, und er kümmerte sich alleine darum, im Badezimmer, angekettet am Waschtisch wie ein Werwolf, der sich vor der Verwandlung bei Vollmond entsprechend organisierte.

Es sollte nicht lange dauern, bis er wieder zur Wiese seiner Mutterblume zurückkehrte, doch aus ganz anderen Gründen, Gründe, die ihn schließlich den Verstand verlieren ließen, so als hätte jemand einen Schalter, dessen Funktion er nicht kannte, umgelegt.

Man erkannte den wahren Grund immer erst im Nachhinein.

Wenn es zu spät war.

Eines Tages wurde Noola krank.

Ihr ganzer Körper schmerzte, Übelkeit quälte sie, sodass sie nichts mehr essen konnte.

Die schleppende Bürokratie der Asylanträge sorgte dafür, dass sie nach Monaten immer noch nicht krankenversichert war – Severin vermutete, dass Alves-Kruger seine Finger im Spiel hatte! –, deshalb brachte er sie zu den Ärzten in der Anstalt am Meer, wo er die ersten Jahre seines Lebens verbracht hatte, bevor ihn Meister Higuchi als Lehrling aufnahm. Seine weißgewandeten Freunde umarmten ihn zur Begrüßung, freuten sich, dass er eine Freundin hatte, wollten ihren Aufenthalt so angenehm wie möglich gestalten.

„Es ist nicht, was ihr denkt!“, sagte er verschämt lächelnd.

Noola war von den Schmerzen so benommen, dass sie sich bei der Untersuchung anstrengen musste, um bei Bewusstsein zu bleiben. Man entnahm ihr

Blut und visualisierte das Innenleben ihres Oberkörpers mittels Ultraschall- und Röntgenstrahlung, suchte das Zentrum ihrer Schmerzen.

„Sie müsste hier in der Anstalt bleiben, aber im Moment sind wir leider voll belegt. Bitte kommt morgen noch einmal, vielleicht müssen wir die Analyse wiederholen…"

„Bekommt sie keine Medizin?", fiel Severin ihm ins Wort.

„Solange ich nicht genau verstehe, was los ist – nein. Sie ist sehr schwach, trotzdem soll sie bis morgen nur wenig zu sich nehmen. Die Blutwerte sind so… Ach, lass uns morgen reden."

Severin bedankte sich und beschloss, nicht nach Hause zu fahren, sondern hier am Meer in einer Pension zu bleiben, um sie nicht mehr der Anstrengung der Reise aussetzen zu müssen.

Als er sie ins Bett legte, hatte sie schon Fieber. Er kühlte ihren Kopf mit einem kalten Waschlappen und flößte ihr trotz der Anweisung des Arztes eine warme Suppe ein.

Durch das Fenster hatten sie einen direkten Blick aufs Meer und auf den schon ewig inaktiven Asam. Reste von Schnee sprenkelten den beinahe perfekten, schwarzen Kegel. Das Meer war ruhig, spiegelte den samtroten Himmel.

Plattformen für die Ölförderung entstanden nicht unweit der Bucht, wie stählerne Dörfer, für Maschinen errichtet. Tankerschiffe hingen wie am dünnen Garn aufgefädelt zwischen Himmel und Meer. Veränderungen passierten in großen Schritten.

Am nächsten Morgen wurde Noolas Innenleben nochmals genau untersucht und Blut entnommen. Eine gefühlte Ewigkeit später lud sie der Arzt zu sich ins Büro. Das Mädchen konnte sich kaum auf den Beinen halten.

„Um ehrlich zu sein, ich habe keine genaue Vorstellung von dem, was Noola fehlt", begann der Arzt seine Erklärung. „Die Röntgenaufnahmen..." Er zeigte sie Severin.

Ein auf den ersten Blick typisches Röntgenbild vom Oberkörper eines Menschen, mit all den klar erkenntlichen Knochen und Schatten. Doch auf den zweiten Blick waren da Anomalitäten, etwas, das man für ein Schlangenskelett halten konnte.

Der Arzt überreichte Severin die Ultraschallbilder, auf dem man tatsächlich Schatten einer Schlangenhautstruktur erkennen konnte.

„Laut den Daten ist in ihrem Blut eine unbekannte Substanz, wohl ein Toxin, das das Fieber verursacht. Aber das ist nicht noch alles! Sieh' dir mal diesen Schatten auf dem Röntgenbild an, dort, wo die Speiseröhre beim Magen beginnt."

Noola war kaum bei Bewusstsein und nass vor Schweiß.

Ein mysteriöser Schatten, man konnte nur schwer erkennen, was es war. Vielleicht ein Tumor? Schemen einer sonderbaren Wucherung. Der Arzt überreichte ihm das Ultraschallbild derselben Stelle. Severin stockte sichtlich.

„Hast du so etwas schon einmal gesehen?"

Auf dem Ultraschallbild erkannte Severin den Schatten einer Mutterblume. Sie hatte sich in einer kleinen Falte am Ende der Speiseröhre eingenistet. Sie war noch klein von Wuchs, aber schon die Röhre hochgewachsen.

„Ich vermute, dass dieses Gewächs das Toxin über seine Wurzel an Noola abgibt."

„SIE MUSS ENTFERNT WERDEN!", rief Severin lauthals.

„Ich habe so etwas noch niemals zuvor gesehen. Die langen Wurzeln ähneln feinen Härchen und durchdringen ihre Weichteile. Ich kann nicht sagen, ob sie entfernt werden können, ohne Noola zu schaden."

„SIE TÖTET SIE! WIR MÜSSEN ETWAS UNTERNEHMEN!"

„Was meinst du? Hast du so etwas schon einmal gesehen?"

Severin gab keine Antwort.

Der Arzt atmete tief durch.

„Ich werde die Daten nochmals überprüfen, das Blut an ein anderes Labor schicken, um einen Fehler unsererseits auszuschließen, den Sachverhalt umfangreich recherchieren und schließlich eine Methode finden, wie diese Geschwulst entfernt werden kann, ohne Noola zu schaden. Wir müssen dringend aufklären, um welches Gewächs und um welche Substanz es sich in ihrem Körper handelt. Sobald ich etwas herausgefunden habe, gebe ich euch sofort Bescheid."

Severin ahnte den Grund für ihren verhängnisvollen Zustand: Es war nur ein einziger, winziger Tropfen notwendig gewesen.

Noola schlief viel. Manchmal hatte sie einen lichten Moment.

Severin hatte ihr in seinem Bett ein Nest gebaut und umsorgte sie, als wäre sie sein krankes Kind.

*Erst in dem Moment, wenn es kein Zurück mehr gibt, dann wird einem seine Rolle bewusst. Die Zeit überwindet sich von selbst, der Geist versteht nicht alles sofort, begreift die schicksalhaften Zusammenhänge erst mit zeitlichem Abstand, bis dahin muss man in einem Übergangszustand überleben und alles ertragen. Der Verstand hinkt den Zusammenhängen immer nach*, dachte Severin, halb wahnsinnig aus Sorge um Noola.

Dann erwachte sie eines Tages, frei von Fieber. Sie stand auf, pulte die Kerne, die wie rote Zähne in dem Granatapfel steckten, aß sie gierig im Gedenken an den alten Mann. Dann mahlte sie Kaffeebohnen, kochte sie in einem einer *Jabana* ähnelnden Krug auf und dekantierte die schwarze Brühe für Severin in eine kleine Tasse.

Severins Augen glänzten traurig.

Sie erhob sich und verrichtete trotz Severins Protest stolz ihre häuslichen Aufgaben. Aber an Klavierspiel und Sprachunterricht war nicht zu denken. Später kroch sie zu Severin auf die Couch. Sie wusste nicht, was sie erwartete, und hatte Angst. Er drückte ihre Hand, küsste sie auf die Stirn.

Sie sagte plötzlich, sie wolle ihm alles genau erzählen, von ihrer Heimat, dem Dorf ihrer Eltern, ihrer Kindheit und schließlich ihrer Reise.

Sie verbrachten die ganze Nacht auf der Couch, er streichelte ihren Kopf, konnte nicht aufhören, sie zu küssen, zu umarmen und ihr die Tränen aus den Augenwinkeln zu wischen.

Als er vom Massaker in ihrem Dorf hörte, wurde er so wütend, er bekam beinahe einen Anfall, vergaß zu atmen, japste vor Hass auf diese Tiere im Menschenfleischmantel, er fieberte mit ihr, als sie von ihrer Flucht durch die Wüste erzählte, vom Überleben mit dem Kind, vom Emir und dem Sandsturm, dem gutherzigen alten Mann, der gerade seine Tochter begraben und ihr sogar Severin prophezeit hatte, von den Beduinen, von der Kaffeezeremonie und ihrem Gesang, den die Menschen liebten, vom Hafen, dem maroden Flüchtlingsschiff und der Marine, die sie einfach sterben hätte lassen, den Haien, der plötzlich auftauchenden Insel mitten im Meer, die sie dank der Fernsehdokumentationen inzwischen als Wal begriffen hatte.

Hier stoppte Severin ihre Erzählung und fragte nach: „Was ist genau passiert, als das Schiff gesunken ist?“

Sie zögerte kurz. „Überall Haie, sie haben mich aber nicht angegriffen. Schreie, überall rot, weit und breit war nur Meer. Ich wollte es beenden, wollte zu meinen Schwestern, zu meiner Mutter – ich ließ den Rettungsring los, ließ mich fallen…“

„Und was ist dann passiert?“

„Das Meer hat mich übermannt, die Finsternis hat mich erfasst. Später bin ich am Rücken des Tieres erwacht…“

Severin erinnerte sich wieder an seinen Traum, als er sie auf seinem Kopf ins Licht hob und am Rücken balancierte, so als wäre sie das Wichtigste auf der Welt, als wäre alles andere bedeutungslos – nur die Rettung dieses Lebewesens zählte zu diesem Zeitpunkt! Es war ein sonderbarer Traum gewesen. Die

Sonne hatte ihn geblendet, er hatte nur trüb die menschliche Form erkannt, nichts Konkretes. Wer hatte ihm befohlen, sie zu retten? War das passiert, wovon er geträumt hatte? Waren er und Noola schicksalhaft miteinander verbunden? Nicht nur jetzt, sondern auch in der Vergangenheit – und der Zukunft?

Dann erzählte sie von den Fischern, die sie unter Drogen gesetzt hatten, von ihrem Erlebnis in dem Zimmer im vierzehnten Stock mit Carlos, vom Brandstiften, den nach Augen gierigen Krähen und ihrer Reise nach Babel mit dem rätselhaften Cowboy. Und letztendlich von ihrem Treffen mit ihm, als sie plötzlich erkannte, dass sich die Prophezeiung erfüllt hatte.

Über die Bedeutung ihrer Reise hatte sie seither jede Nacht nachgedacht.

„Seit ich hier bin, bin ich glücklich. Aber leben und glücklich sein ist nicht genug."

Sie weinte.

„Ich hasse mich dafür, aber: ich liebe dich nicht!"

Sie sah ihn verschämt an, aber er reagierte nicht.

„Ich glaube, ich habe nie jemanden geliebt – bis auf meine Schwestern. Mein Leben im Dorf, meine Reise hierher, immer diese Angst! Das Leben war… verdichtetes Leben? Ich weiß nicht, wie ich es nennen soll. So wie wenn ich den Saft am Herd eindicke… Doch seit ich hier bin, ist das Leben irgendwie verwässert, es ist schön, aber... Ohne konkrete Aufgabe scheint das Leben wertlos. Ohne Ziel gibt es kein Leben! Mein Körper weiß das besser als ich. Ich verstehe mein Leben, die sonderbaren Erlebnisse, meine bewegte Reise nicht – ich weiß nur: es war wahrhaftiges Leben, pure Existenz, voller Liebe, Hass, Familie, Freundschaften und Gefahren. Wäre ich in der Wüste gestorben, die Natur hätte mich in ihren Kreislauf aufgenommen – ich wäre nützlich geworden. Als Mensch ist man ja erstaunlich unnütz. Wieso ich diese Qualen durchmachen musste, wieso ich… es muss einen Grund geben, ich fühle es, aber ich kann es nicht…"

„Vielleicht bist du für mich da?“
Sie lächelte über seine Worte, war froh, dass er über ihr Geständnis nicht verzweifelt oder böse war.
„Du hast mich glücklich gemacht – dafür danke ich dir!“

Zwei Tage später erwachte Noola mit furchtbaren Schmerzen in der Brust. Severin lag neben ihr, hatte ein wenig gedöst. Ihr Fieber war zurückgekehrt, er hatte sie mit kühlen Waschlappen und genügend Wasser versorgt. Er wusste nicht, was er dagegen zu tun vermochte – es war nun so weit. Die Ärzte hatten in der kurzen Zeit nichts für sie tun können. Sie krümmte sich und stöhnte: ihre Brust wölbte sich. Sie verkrallte sich in seinen Unterarmen, als gebäre sie ein Kind unter furchtbaren Schmerzen. Dann riss das Fleisch. Das fürchterliche Knacken des brechenden Brustkorbes!
Sie brüllte wie jemand nur brüllen konnte: ein Menschling, groß wie ein Achtzehnjähriger, schob sich aus der gebärenden Blume und barst durch ihren Leib, riss ihn so auseinander: zuerst sein Kopf, dann schob sich der Rest des Köpers aus Noola heraus, plumpste blutverschmiert aus dem Bett auf den Boden und gab ein Stöhnen von sich, so etwas wie „Gwalin“ oder „Gwaleen“. Anschließend übergab er sich quälend und blieb bewusstlos in seinem Schleim liegen.
Noola röchelte, Severin hielt verzweifelt ihren Leib zusammen, aber es war zwecklos: die fleischige, behaarte Mutterblume stand voller Sekret senkrecht aus ihrem Körper, während die blutüberströmte Brust wie zwei Flügel nach links und rechts klaffte. Einen Moment später war Noola tot.
Das war der Moment, an dem Severin Roosmeer seinen Verstand verlor.
Noolas Gesicht glich einer furchtbaren Fratze, für die Ewigkeit im Tode kristallisiert, hätte sich nicht der erfahrene Präparator um diese Angelegenheit gekümmert.

In dem Moment, als David aus Noola gekrochen kam, war der Vulkan Asam aktiv geworden: er spuckte kilometerweit Asche gen Himmel und warf Geröll ins Meer, als wollte er gegen diese unnatürliche Geburt mit Nachdruck protestieren. Seither floss aus dem glühenden Kegelauge ein dünner Lavastrom ins Meer, wie ein ewiger Tränenfluss über diese Tragödie der Welt, die nur ein Übergangszustand war und sich alsbald ihrer wahren Bedeutung entsprechend entfalten sollte.

## REQUIEM

Nur in Lederstiefeln und mit einer Polizeikappe bekleidet hatte Mondschein in Severin Roosmeers Keller auf der morschen, von Termiten zerfressenen Holztreppe das Gleichgewicht verloren, stürzte und brach sich dabei den Hals. Als sie kopfüber die Treppen hinunterfiel, wäre auch er beinahe gestürzt.

Wieso hatte er sie gerade jetzt Noola vorstellen wollen? Verzweiflung machte sich breit, es war, als entglitte ihm der Sinn für Realität, so wie Mondschein in nur einem Augenblick aus der Balance rutschte und der Erdanziehungskraft nachgab. Mit sorgfältigen Schritten prüfte er das Holz und stieg am Rand die Holztreppe vorsichtig hinab. Neben dem Einbruch im Holz blieb er stehen und brach ein Stück heraus. Es war so einfach, dass er darüber erschrak. Zwischen den Holzfasern ertappte er eine verfressene Termite auf frischer Tat.

*Waren Termiten in diesen Breiten überhaupt heimisch?*, fragte er sich.

Mondschein lag bewegungslos auf dem Bauch, die Beine in die Luft gestreckt, als hätte man ihren Körper grotesk drapiert. Ihr Hals war verdreht, die Augen starrten leblos. Blut sammelte sich unter ihrem Kopf am Boden.

Er blickte zum anderen Ende des Kellers, wo eine verschlossene Holzkiste an der Wand stand. Ein Kabel führte aus der Kiste in eine Steckdose.

Wegen der rohen Gedanken, die er zuvor gehegt hatte, fühlte er sich nun schuldig. Dass sie stirbt, hatte er nicht gewollt! Nur, dass sie aus seinem Leben verschwand, so wie der verwundete Bär in die Wälder gelaufen und nie wieder zurückgekehrt war!

In seiner Verwirrung benötigte er seelischen Beistand und öffnete die Holzkiste: da lag Noola in einem blumigen Sommerkleid mit vernähtem Mund und Augen, ein Mobiltelefon war in ihren mumifizierten Fingern verschlungen.

Auf dem Display leuchtete: *1726 Anrufe in Abwesenheit.* Ihre Wangen waren etwas eingefallen und verstaubt.

Sollte er die Naht ihres Mundes öffnen und ihn mit Sägespänen füllen, um ihr ein volleres Aussehen zu verleihen?

Er schob sie ein wenig zur Seite und legte sich zu ihr.

Noolas furchtbarer Todeskampf kam ihm in den Sinn. Ohne sich weiter um den eben Geborenen zu kümmern, hatte Severin die Badewanne mit kaltem Wasser und Eis gefüllt, Noolas schrecklich verunstalteten Körper darin platziert und ihre Adern geschlitzt, um sie vollständig ausbluten zu lassen. In dem Gewirr aus Blut, Fleisch, Eingeweiden und gesplitterten Knochen entwirrte er zuerst die feinen, schon weit verzweigten Wurzeln der Mutterblume und setzte sie in einen Topf mit Erde, so wie man es eben mit einer Blume tat. Er hatte geduldig ihr Blut gegen Formalin getauscht, vorsichtig ihre restlichen Weichteile entnommen und dabei auch die Schlange gefunden, die entweder schlief oder tot war, aber auf den ersten Blick noch ganz intakt wirkte – er setzte sie im Garten ins Gras. Mit einem Einlauf wusch er allen Schmutz aus dem Körper, spülte alles den Ausguss hinunter, schloss vorsichtig die zerrissenen Flügel ihres Brustkorbes, nähte geduldig die zerstörte Brust, bis sie schließlich wieder der einer Frau ähnelte. Er füllte Noolas Körper mit Sand und Sägespänen auf und flickte den Rest ihres Oberkörpers gewissenhaft. Das Gehirn zu entfernen brachte er nicht über sich, und es war auch nicht notwendig, wie er dachte. Er fand Bestätigung in dem, was er tat, als ihm zufällig ihre Hand auf die Schultern fiel, so als bedanke sie sich.

Ihre Augen machten ihm Kopfzerbrechen! Er beschloss, sie herauszunehmen, sie durch Glaskugeln zu ersetzen, den Rest mit Sand aufzufüllen und die Augenlider zuzunähen, um ihr Gesicht realistischer wirken zu lassen, so als ob sie nur schliefe. Er bewahrte ihre Augen in einem Gefäß mit Ethanol am Schrank in der Werkstatt auf, gleich neben den präparierten Tieren. Er rasierte ihren Körper (bis auf ihren Kopf) und behandelte sie mit Balsam und

Wachs, damit sie frisch glänzte. Er füllte ihren Mund mit Sand und vernähte ihre Lippen, die er, wenn er es recht überlegte, niemals geküsst hatte. Das wollte er nun nachholen. Er vernähte auch ihre Weiblichkeit, so wie es in ihrem Dorf ihr Vater, der Beschneider, getan hätte (Meserete hatte ihm davon erzählt). Schließlich steckte er sie in das geblümte Kleid, das sie trug, als sie sich kennengelernt hatten.

Im Keller zimmerte er eine Kiste, legte sie mit Polstern aus und bettete Noola darin.

Als man ihr Verschwinden bemerkte, sagte er, sie wäre in ihre Heimat zurückgekehrt. Niemand überprüfte seine Aussage, wieso auch? Die liebsten Neger waren den Menschen in Babel solche, die weit fort waren. Man kannte ihn und vermutete nichts Böses. Dass es gar nicht möglich war, ohne Pass ein Flugzeug zu besteigen, daran dachte niemand. Noch nicht – das kam erst später, als man Severin Roosmeer anzuschwärzen versuchte.

Er setzte Davids Mutterblume im Wald nahe seiner eigenen. David würde wohl des Nachts zurückkommen, so wie es ihm sein eigener Trieb befohlen hatte, dachte er.

Severin hatte sich unter Tags um Davids Erziehung gekümmert, hatte ihm gelehrt, was er für notwendig hielt. Nachts schrieb er Noolas Geschichte. Er trank dabei Blue Hippo und musste beim Öffnen jeder neuen Dose an ihr Lachen denken – und dabei selbst lächeln – oder weinen, je nachdem.

Nachdem David das Haus für das Architekturstudium verlassen hatte, und er wieder alleine lebte, begann er zu sammeln: auf Flohmärkten Videorekorder, Standuhren etc., wenn er in der Mensa aß, stahl er das Mensabesteck. Am Fischmarkt wurde er beim Anblick der Tintenfische wütend und entwickelte einen regelrechten Heißhunger auf sie. Dass das nichts mit Noola zu tun hatte, wusste er nicht.

Nach Jahren suchte er wieder das Achtunddreißig auf und merkte, dass Alves-Kruger ihm, entgegen seiner Erwartung, nicht schlecht gesonnen war. Auch Charly Hofstädter wurde, nachdem der den unbewaffneten Jungen im Supermarkt getötet hatte, dort Stammkunde, war aber nur selten ansprechbar. Alves-Kruger hingegen war kaum mehr in seinem Etablissement, denn er arbeitete an seiner Dissertation und genoss seinen Reichtum. Als Pate einer kriminellen Organisation war es natürlich von Vorteil, wenn man im Ausland ein Alibi hatte.

Langsam zog sich Severin aus seiner alten Welt zurück, tauchte in Noolas ein. Das Haus verwilderte zusehends, die Sammelstücke, die ihn an sie erinnerten, türmten sich in und vor dem Haus.

Nur Higuchi-senseis Schlafstätte wurde peinlich sauber gehalten. Ab und zu wurden die alten Tatamimatten durch neue ersetzt – für den Fall, dass Noola eines Tages wieder in ihr Zimmer einziehen wollte. So schön, wie sie war, war der Gedanke für ihn nicht abwegig.

Nachdem er mit seinem Roman *Die Verdünnung* zu einer gewissen Berühmtheit gelangt war, nagelte er, von den neugierigen Nachbarn und Journalisten genervt, die Fenster mit Brettern zu. Der sich an das Haus lehnende Baum im Garten durfte hingegen mit einem Ast durch ein Fenster hereinwachsen: er war sich sicher, dass Noola es gerne sähe.

Später besorgte er sich einen Hund, Laika, die sich zwar schlecht als Wachhund eignete, aber er war sich auch diesmal sehr gewiss, dass Noola diesen süßen Hund liebte – das war schon Grund genug, sich seiner anzunehmen.

Dann und wann las Severin Roosmeer bei literarischen Veranstaltungen aus seinem Roman, wurde aber immer seltener eingeladen, da es oft zu fiesen Streitereien oder gar Handgreiflichkeiten kam.

Er hatte schließlich erkannt, dass er, obwohl er sein ganzes Leben nicht einmal daran gedacht hatte, ein Talent für das Schreiben von literarischer Prosa besaß und setzte sich nun jeden Tag, früh bis spät, ohne konkreten Plan, zur

Schreibmaschine und schrieb. Man könnte vielleicht sagen, er schrieb nur des Schreibens Willen und dankte Noola von ganzem Herzen, dass sie ihn dazu gebracht hatte.

Seine Agentin Lisa Habicht hatte bald die Geduld mit ihm verloren, da er keinen seiner neuen Texte an sie senden wollte. Sie beendete die Zusammenarbeit, da die Kommunikation mit ihm viel zu langwierig für die vielbeschäftigte Agentin war. Er lebte jenseits des Fassbaren und dafür hatte sie keine Zeit. Der vergebliche Aufwand war nun nicht mehr nötig: ein großzügiger Anteil des kontinuierlich hereinströmenden Gewinnes war ihr vertraglich zugesichert. Sie hatte dank ihm finanziell ausgesorgt.

Vom zügellosen Garnelen- und Tintenfischfressen wurde er immer fetter, begann unangenehm nach fischigen Aminen zu riechen. Zeitweise war er kaum ansprechbar, ohne eine Aufregung heraufzubeschwören: er rastete aus, wenn er einen infamen Versuch einer Rufschädigung Noolas erahnte. Interviews mit ihm ergaben für die verzweifelten Journalisten wenig Sinn, deshalb fragte man immer wieder nach, solange, bis ihm der Kragen platzte. Die einen hielten es für seinen Drang nach poetischem Ausdruck. Andere dachten, er wäre nicht ganz richtig im Kopf, und nach einer Recherche, die seinen Aufenthalt in der Anstalt am Meer ans Licht brachte, glaubten sie sich in ihrer Vermutung bestätigt.

Asam beruhigte sich nach seinem Ausbruch wieder. Die Stadtverwaltung, das hieß: der Bürgermeister mit Alves-Krugers Hilfe, hatte eine Giftmülldeponie unter den Tonnen an Staub, Asche und Geröll, die auf die Stadt herabgeregnet waren, versteckt und so zwei Fliegen mit einer Klappe erschlagen.

Noola mumifizierte unter den denkbar besten klimatischen Verhältnissen.

David Roth – den Namen hatte er sich ausgewählt, woher er ihn hatte, wusste er selbst nicht – studierte in der Hauptstadt, gelangte als respektierter Architekt – zu Severin Roosmeers Freude! – zu Ansehen in den höchsten Kreisen und reiste von Projekt zu Projekt durch die Weltgeschichte.

Severin Roosmeer erlebte von Zeit zu Zeit diese immer wiederkehrenden Träume von befreiender Schwerelosigkeit, von grenzenloser Freiheit. Wenn er in einem dieser Träume einem Kalmar begegnete, dann folgte er einem tiefsitzenden Instinkt als ein Wesen, von dem er nicht wusste, dass es in ihm steckte: ein mystisches, herrliches Wesen, das skrupellos tötet.

Während er nun bei Noola in der ausgepolsterten Kiste lag, klopfte es an der Haustür, zuerst höflich leise, dann lauter, schließlich bis zur Unverschämtheit gesteigert.

*War es schon die Polizei – für die Hausdurchsuchung? War das das unrühmliche Ende des berühmten Schriftstellers Severin Roosmeer? Genau zum richtigen Zeitpunkt!,* wie er bitter dachte.

Zuerst wollte er überlegen, was zu tun war, wie er sich aus dieser misslichen Lage befreien und sich vor den widerlichen Polizei-Hyänen schützen konnte.

Die Großvateruhr schlug neun Uhr und übertönte den Tumult vor dem Haus.

„Was soll ich tun?“

Noola antwortete unmerklich: Unter der nackten, wächsernen Haut schlängelte sich etwas in dünnen, harmonischen Wellen. Die Augennaht spannte.

Sich an ihren Körper kuschelnd flüsterte er ihr nochmals ins Ohr: „Was soll ich tun?“

Das Klopfen an der Tür hatte sich in einen regen Aufstand verwandelt, immer lauter hämmerten sie mit Fäusten, riefen, dass er endlich öffnen sollte!

*Wäre es die Polizei,* dachte er, *sie hätten die Tür schon lange aufgebrochen.*

Mondschein war tot, das war nicht mehr zu ändern. Aber ihr Manuskript war in seinen Händen und sollte von ihm bearbeitet das Licht der Welt erblicken.

Er wollte es behalten, es in die richtige Form bringen und es in ein Kunstwerk verwandeln, so wie er es schon mit Noolas Geschichte getan hatte.

Er küsste Noola auf die Wange, erhob sich und stieg vorsichtig die Kellertreppe hinauf. Das Hämmern an der Tür hatte in der Zwischenzeit zwar aufgehört, trotzdem gab es einen störenden Krawall vor dem Haus.

In der Küche suchte er nach Mondscheins Handtäschchen, doch ihm fiel auf, dass sie nichts bei sich getragen hatte, bis auf die Kappe und die Stiefel. Vielleicht hatte sie ihre Hausschlüssel dort versteckt?

Vorsichtig kletterte er wieder die Kellertreppe hinunter und zog ihr die in die Luft gestreckten Stiefel aus. Doch da war nichts außer nackten, bemalten Füßen. Er hob die mitten im Keller liegende Polizeikappe auf, aber auch da fand er nichts. Er untersuchte sie. Ob er etwas übersehen hatte? Aber sie trug nichts am Körper.

Da fiel ihm eine Schnur ins Auge, die zwischen ihren Beinen hervorlugte. Zögernd zog er daran und ein weißes Röhrchen kam zum Vorschein. Es roch nicht gut und war glitschig. Mit dem Yukataärmel schraubte er es vorsichtig auf und ließ den Inhalt herausfallen: Münzen, Geldscheine, Lippenstift und ein Schlüssel. Angewidert ließ er die weiße Plastikröhre fallen und nahm den Schlüssel an sich. Ihre Adresse war auf dem Deckblatt des Manuskripts notiert, er hatte sie sich schon gestern gemerkt.

Vorsichtig stieg er wieder die marode Treppe hinauf, derweil konnte er die weißen Termiten aus dem Holz krabbeln beobachten – sie verzogen sich blitzschnell in die Dunkelheit des Kellers und in die bereits ausgehöhlten Fasern des Holzes. Er machte sich kurzzeitig um Noolas hölzerne Behausung sorgen. Er wollte am Morgen einen Kammerjäger bestellen, um sich dem Termitenproblem anzunehmen.

In Geta und frischem Yukata verließ er das Haus. Laika wollte mitkommen.

„Bleib hier und pass auf das Haus auf, damit keiner unerlaubt eindringt! Ich kümmere mich einmal um den –“

Was sich vor seinem Haus abspielte, versetzte ihn so sehr in Erstaunen, dass er im ersten Moment dachte, es wäre vielleicht doch besser, zu Hause zu bleiben.

Vor seinem Haus fand er sich inmitten der christlich-fundamentalistischen Omis wieder, die protestierten, weil er Frau Weinzierls Hund getreten und die arme alte Frau beleidigt hatte, die den Omis zwar angehörte, aber aufgrund der erlebten Schmach mit dem ungustiösen Schriftsteller selbst nicht anwesend war. In Wahrheit war er ihnen schon lange ein Dorn im Auge: die kleine Negerin und den Erfolg hatten sie ihm nie verziehen!

Als die Omis mit Bannern, Schildern und dergleichen bewaffnet den aufgeregten Emir, der Noola in Severin Roosmeers Haus anzutreffen hoffte, an der Haustür des Schriftstellers vorfanden, ging ihr christlicher Fundamentalismus mit ihnen durch und sie stürzten sich auf den Araber und prügelten mit ihren Schildern und Fäusten auf ihn ein. Eine der Omis hatte einen Baseballschläger dabei, damit streckte sie ihn brutal zu Boden.

Als nun Severin Roosmeer aus seiner Tür heraustrat, war man gerade intensiv mit dem Araber beschäftigt. Er erkannte ihn und wunderte sich über seine Anwesenheit, machte aber keine Anstalten, ihm zu helfen. Der Emir hingegen bemerkte Severin Roosmeer nicht, er hatte auf dem Boden liegend alle Hände voll zu tun, die Schläge der christlich-aggressiven Omis abzuwehren.

Als sie ihn erblickten, rottete sich wieder eine Gruppe zusammen und wollte ihn nicht gehen lassen. Sie schrien vom Gruppenzwang aufgeheizt auf ihn ein, drohten, ihn am Kalvarienberg zu kreuzigen, nachdem sie den verdammten Araber gesteinigt hatten. Seine Fettleibigkeit und sein strenger Körpergeruch konnten die alten Weiber jedoch auf Abstand halten und er verschwand schnellen Schrittes unter hysterischen Beschimpfungen jenseits des Parks, um mit dem Taxi zu Mondscheins Wohnung zu fahren.

Das Erste, das ihm auffiel, als er Mondscheins Wohnung betrat, die in Wahrheit aus nur einem Zimmer, Küche und Bad bestand, war das Modell eines Pottwals, das auf einem Bücherschrank zwischen wissenschaftlichen Magazinen thronte. An der Wand hing eine Weltkarte, mit Wal- und Tintenfischfähnchen, zu jedem Fähnchen war jeweils das Datum notiert. Wale in Margeritenblattformation. Die Wände waren darüber hinaus mit Bildern von Pottwalen, Koloss-, Riesen- und normalen Kalmaren zugekleistert, dazwischen hingen Zettel mit handschriftlichen Notizen, Fotos von Mondschein mit einem zweiten Mädchen.

Ihm grauste vor dem Anblick dieser hässlichen Kalmare mit ihren Tentakeln und Saugnäpfen oder Haken auf den widerlichen, langen Armen und dem unvergleichlich großen Auge, das er aus seinen Träumen kannte und das sie benötigten, um wegen des geringen Lichtes in der Tiefsee ihre Beute zu erkennen. Das Präparat einer riesigen Tiefseeassel, einen halben Meter im Durchmesser, befand sich auf dem Schreibtisch hinter dem Laptop. Er wollte sich diesem Anblick nicht weiter aussetzen, setzte sich an den Schreibtisch und öffnete den Computer, der vor ihm auf der Schreibfläche lag. Er durchsuchte den Schreibtisch und die elektronischen Daten nach Notizen zu ihrem Manuskript, fand allerlei, konnte aber in der Eile nicht entscheiden, ob es sich dabei um Aufzeichnungen zu ihren wissenschaftlichen Arbeiten oder zu ihrem Manuskript handelte.

Er brachte alles zu einem Bündel zusammen und war im Begriff, in der Küche nach einem Feuerzeug zu suchen, als eine Botschaft auf dem Bildschirm ihres Laptops erschien: „Nana, bist du da? Ich hab schon lange nichts mehr von dir gehört... “

Nana? Severin Roosmeer starrte auf die Nachricht und den Absender: Regenbogen.

„Wer ist Regenbogen?", fragte er sich laut.

Mondschein und Regenbogen, das klang, als wären sie Geschwister, schlussfolgerte er und musterte noch einmal genau das Foto, das zwischen den Notizen, Fähnchen und Meerestierbildern hing: zwei lächelnde Mädchen, Arm in Arm.

*Was wusste Regenbogen?*

Sie schienen lange keinen Kontakt mehr gehabt zu haben. Er hatte Mondschein erst gestern kennengelernt, erst letzte Nacht ihr Manuskript gelesen.

„Haaaaaaaaaaaaallllloooooo!", schrieb nun Regenbogen. Sie konnte wohl sehen, dass Mondschein online war.

*Es wäre eventuell besser, wenn ich antworte*, dachte Severin Roosmeer und wollte schon etwas schreiben, als folgende Botschaft auf dem Bildschirm erschien: „Ich kann Sie sehen! Wer sind Sie?"

Da wurde ihm bewusst, dass er in eine Kamera blickte. Erschrocken schlug er den Laptop zu.

*Sie hat mich gesehen!*

Er hätte vielleicht antworten sollen, dachte er, aber nun war es zu spät. Alle Unterlagen, die er auftreiben konnte, sammelte er zusammen, riss den Laptop vom Stromkabel und stapelte alles, von dem er vermutete, dass es mit ihrem Manuskript zu tun hatte, im Gasofen in der Küche. Dass das Manuskript irgendwo im Nirvana auf einem Server gespeichert sein könnte, daran dachte er nicht. Dann schaltete er den Ofen ein, steckte den Schlüssel innen ins Schloss und verließ die Wohnung.

Man musste die Tür nun aufbrechen, wenn man in die Wohnung gelangen wollte.

Nachdem er aus dem mehrstöckigen Haus getreten war, läutete er die Bewohner mit der Sprechanlage aus den Federn. Dass jemand im Feuer stirbt, das wollte er nicht.

Einen Häuserblock von Mondscheins Wohnung entfernt wartete der Taxifahrer auf ihn. Begeistert war er darüber nicht gewesen – er würde die ganze Nacht benötigen, den grindigen Gestank wieder aus dem Auto zu bekommen. Doch Severin Roosmeer zahlte auch die Wartezeit und die war um einiges kostspieliger als die Fahrzeit.

Bald kam dieser wieder angewatschelt und hieß den Taxifahrer, sich zu beeilen.

Wieder bei seinem Haus angelangt, sah der, dass die Omis und der Araber zwar verschwunden waren, dafür parkte ein Streifenwagen vor seinem Haus und die Haustür stand weit offen!

Laika bellte und hielt mit Drohgebärden den Polizisten Rocky und seinen Kollegen Hofstädter vom Eintreten ab.

Der Taxifahrer blieb neugierig stehen und beobachtete interessiert die Situation.

„Was ist denn hier los?“, rief Severin Roosmeer aufgebracht. „Wieso ist meine Tür offen, warum seid ihr hier? Wer hat eingebrochen?“

„Es gab einen Vorfall: die alten Weiber vom Pfarrer waren hier und haben einen Araber verprügelt. Dann haben sie versucht, ins Haus einzudringen, aber der Köter hat sie davon abgehalten. Die Rettung hat den Araber derweil abtransportiert und die Omis sind bei unserer Ankunft geflohen...“

„Habt ihr sie einfach laufen lassen?“

„Das ist den Aufwand nicht wert. Mit denen leg’ i mi net an! Da hab’ ich Besseres zu tun! Aber wenn wir schon mal hier sind, könnten wir uns hier gleich mal umsehen!“

„Seid mir nicht böse, aber jetzt ist kein guter Zeitpunkt. Seht ihr nicht? Man hat bei mir eingebrochen, ich muss zuerst überprüfen, ob man etwas gestohlen hat."

„Es war ja keiner drin!"

„Es ist schon spät, ich hab zu tun. Danke für die Belehrung, gute Nacht!"

„Hast vielleicht was zu verbergen?", fragte Rocky.

„Was soll ich denn zu verbergen haben? Ihr wisst ja, ich leb' unter außerordentlichen Umständen –"

„Im Misthaufen lebst! Das riecht man zehn Kilometer gegen den Wind! Komm, lass' uns rein, dann hast du's hinter dir", meinte Rocky ungeduldig.

„Aber…"

Die beiden Polizisten waren im Begriff, völlig unbeeindruckt von der bellenden Laika, in Severin Roosmeers Haus einzudringen, als sich Hofstädters Funkgerät meldete.

„Scheiße, ein Hausbrand! Wir müssen los!"

Dann zu Severin Roosmeer: „Wir lassen's für heute, aber wir kommen wieder!"

Die beiden Polizisten sprangen in ihren Streifenwagen, warfen die Sirene an und brausten in die Stadt zu dem Brand, den Severin Roosmeer gelegt hatte.

Die Show war vorbei und auch das Taxi fuhr nun davon.

Ein paar Schilder der Omis waren vor seinem Haus in der Wiese zurückgeblieben. Auf einem stand: NIEDER MIT DEM SCHRIFTSTELLER, auf einem anderen: KREUZIGT DAS SCHWEIN!, ein weiteres behauptete TIERQUÄLER KOMMEN IN DIE HÖLLE!

Der Schrecken war zu viel für Severin Roosmeer: er betrat sein Haus und trank erst einmal ein Blue Hippo. Dann gleich noch eins. Er atmete tief durch, ein und aus, langsam ein und aus, langsamer ein und aus.

*Das war knapp!*, dachte er.

Als er in der Küche saß und zu seiner Eingangstür blickte, bemerkte er an einer Wand einen blutigen Handabdruck. Er stand auf und untersuchte ihn. Er legte seine eigene Hand darüber und merkte, dass es nicht seine Hand sein konnte.

Die Bluthand war viel kleiner als seine.

*Noola?*

Die Kellertür stand offen. Das war ungewöhnlich, denn er schloss diese Tür immer, um die klimatischen Verhältnisse im Keller nicht zu beeinträchtigen.

Er schaltete das Licht ein und traute seinen Augen nicht: Mondschein, noch vor Kurzem tot am Fuß der zerstörten Treppe, war verschwunden.

ChrisAdel.com

www.ingramcontent.com/pod-product-compliance
Lightning Source LLC
LaVergne TN
LVHW091247190726
843491LV00001B/164

* 9 7 8 3 9 0 3 3 1 5 0 2 0 *